A la luz del amanecer

Agnès Martin-Lugand

A la luz del amanecer

Traducción del francés de Juan Carlos Durán Romero

Papel certificado por el Forest Stewardship Council®

MIXTO
Papel procedente de
fuentes responsables
FSC® C117695

Título original: *À la lumière du petit matin*
Primera edición en castellano: junio de 2019
Primera reimpresión: octubre de 2021

© 2018, Michel Lafon Publishing
© 2019, Penguin Random House Grupo Editorial, S. A. U.
Travessera de Gràcia, 47-49. 08021 Barcelona
© 2019, Juan Carlos Durán Romero, por la traducción

© Diseño: Penguin Random House Grupo Editorial, inspirado en un diseño original de Enric Satué

Printed in Spain – Impreso en España

ISBN: 978-84-204-3799-6
Depósito legal: B-10614-2019

Compuesto en Negra
Impreso en Prodigitalk, S. L., Martorell, Barcelona

AL37996

Penguin
Random House
Grupo Editorial

Para Guillaume, Simon-Aderaw y Rémi-Tariku,
mis rayos de sol.

*Ciertas acciones aparentemente carentes de intención
se revelan [...] perfectamente motivadas
y determinadas por razones que van más allá
de lo consciente.*

SIGMUND FREUD

After We Meet,
I HAVE A TRIBE

1

Cuatro años. Cuatro años desde que se marcharon. Cuatro años desde que mis padres me dejaron. Cuatro años viniendo, en este mismo día de febrero, a sentarme bajo su olivo, en el banco de hierro forjado que tanto le gustaba a mamá. Cuatro años soltando mi pena y mi enfado. Y también mi perdón. Al fin y al cabo, ¿qué podía reprocharles a los dos seres más maravillosos que había tenido la suerte de encontrar?

Mi amor infinito por mis padres no tenía nada de original. Todavía podía oír cómo mi madre me repetía que yo era su pequeño milagro. Mis padres se habían querido con locura y les había bastado con tenerse el uno al otro durante mucho tiempo. A pesar de ello, quisieron aumentar el perímetro de su amor, pero la vida les reservaba sorpresas: buenas y malas. La dificultad para tener descendencia, lejos de separarlos, los había unido aún más. Mantenían la leyenda de que precisamente gracias a su esfuerzo yo había acabado por asomar la nariz. Sea como fuere, poco importaba, allí estaba yo desde hacía treinta y nueve años. El dúo se había convertido en trío de forma natural, como si fuera obvio. Me habían mimado, amado, educado, hecho mejorar; y también reprendido. Me lo habían dado todo para que pudiese hacer frente a la vida con unos buenos cimientos. Tenía la sensación de haber crecido en la casa de la felicidad, en la que mis amigos eran siempre recibidos con los brazos abiertos. Gracias a mis padres, a la libertad de pensamiento que me habían brindado, había podido buscarme, encontrarme y dejarme descubrir lo que quería ser. Y entonces, un día se enteraron de que algo repugnante roía las neuronas de mamá, una a una. Pronto no recordaría a nadie, ni siquiera quién era. Por supuesto, se transformaron en maravillosos actores y, para protegerme, me lo ocultaron. Mamá siempre había tenido la cabeza en las nubes y, con papá cuidando hasta el menor de los detalles cuando iba a visitarlos, no vi venir nada. Vivía lejos de ellos, en París, y cuando regresaba a su casa en el sur ponían todo su empeño en conservar su secreto. Cualquiera diría que no estuve muy atenta, quizás fuese así, pero incluso si hubiese sospechado algo, nada habría podido romper la espiral infernal en la que habían quedado atrapados. Lo comprendí al leer su carta. Mediante esas pocas líneas, reducidas hoy a cenizas igual que ellos, se disculparon por el sufrimiento que me iban a causar, pero eran conscientes de que si uno de ellos quedaba con vida sin el otro, lo que me esperaba me lo haría pasar aún peor. Me pidieron perdón por su egoísmo de enamorados. Su amor había arrasado con todo a su paso, incluso con su única hija.

—¿Hortense?

Una sonrisa iluminó mi rostro al escuchar la dulce voz de Cathie, mi mejor amiga, la hermana que nunca había tenido, a la que había conocido durante mi primera clase de baile, treinta y cinco años antes. Eché un vistazo por encima del hombro y la vi llegar envuelta en un grueso jersey de lana. ¿Quién había dicho que en la Provenza hacía siempre buen tiempo? El clima era un reflejo de mi humor triste, el cielo estaba gris y el mistral helaba los huesos. La invité a sentarse en el banco a mi lado. Lo hizo delicadamente, me cogió de la mano y también se quedó embelesada con el olivo.

—Qué pena que no puedas quedarte uno o dos días más —murmuró—. Nos vemos tan poco...

Inspiré profundamente, inmersa en una nueva ola de tristeza.

—Estoy de acuerdo contigo, lo echo mucho de menos. Pero ya sabes que solo vengo para la cita con papá y mamá, y no puedo ausentarme más tiempo.

—Eso es buena señal, ¡tienes las clases llenas!

—Bastante, sí.

—¿Ya sabes cuándo vendrás este verano?

—No con exactitud, pero como muy tarde el fin de semana del 14 de julio. Empezaré pronto a organizar los cursos y a poner en marcha la reserva de habitaciones.

Me había negado a desprenderme de la casa de mis padres en la campiña de Bonnieux, un pueblo encaramado sobre un flanco del Luberon. En la época en la que habían perdido toda esperanza de tener descendencia, habían invertido sus ahorros en esa ruina para restaurar —una vieja granja que habían bautizado irónicamente la Bastida— y decidido dejar la ciudad para mudarse allí. Aquel proyecto loco debía de haber sido su bebé y, al final, había llegado con biberones que preparar y pañales que cambiar. Allí reposaban todos mis recuerdos junto a ellos y junto a Cathie. Cuando papá tuvo claro que en su hija crecía una pasión irrevocable, transformó un viejo granero en desuso en un estudio de danza que no tenía nada que envidiar a los profesionales. El hecho de que hubiesen muerto en su casa no rebajaba un ápice mi apego a esas paredes. Allí se habían amado, me habían concebido, me habían adorado, y sus cenizas descansaban al pie de *su olivo*. ¿Cómo podía pasárseme por la cabeza que unos extraños tomasen posesión de esa tierra y aquellas piedras?

—¿Has echado un vistazo a la casa? —preguntó Cathie—. ¿Está todo bien?

Cada vez que venía a visitar el olivo de mis padres, en febrero, ella y su marido Mathieu me acogían en su casita de pueblo. Habría sido ridículo y demasiado trabajoso abrir la casa para veinticuatro o cuarenta y ocho horas. Adoraba esos momentos con ellos, siempre llenos de dulzura, de paz, de serenidad. Ambos compartían el don de hacer el bien a los demás; mediante un gesto, o cualquier pequeño detalle, por muy discreto que fuese, conseguían alegrar el corazón más abatido. El nacimiento de su hijo, cinco años atrás, no había cambiado en nada su forma de ser; su apertura y su generosidad hacia los que amaban había crecido. Oírlos hablar de su vida, simple, cercana a la naturaleza, que para mí era un símbolo de pureza, me llenaba; Cathie era apicultora y Mathieu tenía una empresa de poda.

—Me parece que soporta bien el invierno —respondí.

—Ya conoces tu casa... En cuanto suban las temperaturas, vendremos regularmente a abrirla y airearla.

—Gracias, pero ya estáis bastante ocupados. No perdáis el tiempo...

—No es ninguna molestia, deberías saberlo —se levantó y me ofreció el brazo para que la imitara—. Si quieres coger tu tren, hay que irse ya.

Aspiré hondo para armarme de valor, le solté la mano y fui hasta *el olivo* para despedirme. Acaricié la corteza con la palma de la mano y apoyé la mejilla sobre ella.

—Os quiero, papá y mamá. Hasta este verano.

Durante el trayecto, Cathie y yo no paramos de cotorrear. Charla de chicas para sobrellevar el bajón, silenciar el vacío que amenazaba con invadirnos. Teníamos nuestras costumbres; «parloteábamos» hasta el momento de dejar la autopista y, al acercarnos a la estación, permanecíamos en silencio los últimos centenares de metros antes de la inevitable separación. Ella paraba junto a los coches de alquiler y dejaba el motor en marcha, yo bajaba sola; nunca me acompañaba hasta el andén, ninguna de las dos quería derramar lágrimas en público. Le decía: «Gracias, dale un beso a Mathieu y cuídate», ella me respondía: «Me ha gustado verte, dales un beso a Aymeric, Sandro y Bertille, y mímate un poco, por Dios». Un último beso en la mejilla y yo salía. Justo antes de entrar en el vestíbulo, me volvía para decirle adiós con los brazos, con una sonrisa en los labios, y cuando arrancaba, ella hacía sonar el claxon. Solo entonces notaba cómo el peso del adiós me derribaba, y la imaginaba casi llorando. Pasaban los años —me había marchado de la región hacía más de quince— y mi vida parisina me procuraba alegría, felicidad y satisfacción profesional. Por muy unida que estuviese a mi Luberon natal, nunca se me habría ocurrido la idea de dejar la capital; las luces, el hormigueo de actividad, los ruidos, los espectáculos, la vida nocturna me tenían atrapada allí. Y sin embargo, cada vez que me marchaba, sentía la misma punzada en el corazón, el mismo nudo en la garganta, la misma bocanada de soledad. La misma grieta en el pecho que nunca se cerraba; y aquello no tenía nada que ver con la muerte de mis padres. Aunque todo se desvanecía en cuanto ponía el pie en el andén de la estación de Lyon y me sentía aspirada por el torbellino de mi vida, con la moral por las nubes, contenta de volver a la academia.

Aunque en nuestra mente permanecía bajo la tutela de nuestro mentor, Auguste, hacía ya cinco años que, junto a Sandro y a Bertille, me había puesto a los mandos de su academia de baile. Para cuando cumplí veinticinco, ya llevaba varios años subida a los escenarios: pequeños, medianos, nunca grandes; no era lo suficientemente seria y disciplinada para acceder a ese Olimpo. Asqueada tras mis años de conservatorio, había viajado, aprovechado mi juventud, vagado y abandonado sin remordimientos la danza académica. Me hizo falta la mirada cada vez más preocupada de mis padres sobre mi porvenir para rendirme a la evidencia y tomar las riendas. Si continuaba comportándome como una eterna adolescente, nunca construiría nada. Era el momento de madurar y de que estuviesen orgullosos de mí. Me propuse saber si podía vivir todavía de mi pasión, o si por desgracia debía dejarla a un lado definitivamente. Me presenté a las audiciones de Auguste, a quien conocía por su reputación: duro pero justo. Tras haber dirigido una gigantesca academia durante más de veinte años, había decidido consagrarse exclusivamente a los cojos, a los que estaban fuera de la media, a los inconformistas, para sacar a relucir sus aptitudes. La tensión echó por tierra mi intenso entrenamiento y mi actuación fue un fiasco, pero me aceptó en su clase. Así fue como conocí a los que se convertirían en mis socios: Sandro y Bertille.

Sandro acababa de llegar de Brasil para perfeccionarse por el camino duro. Estaba seguro de su talento, pero quería mantener los pies en el suelo. Resultado de las clases: no volvió a marcharse. Todas las cabezas se giraban a su paso; su piel cobriza y su silueta atlética ayudaban mucho, pero, desde el momento en que abría la boca con su cálido acento, aparecía, más allá del esteta, un hombre de una bondad y una generosidad poco comunes, con un sentido del humor inquebrantable. Cuando ponía su cuerpo en movimiento, emanaban de él una potencia y una sensualidad innatas. El día de la audición, todos los candidatos se quedaron con la boca abierta ante su coreografía, preguntándose cómo alguien con ese talento había podido aterrizar allí y, sobre todo, algo más egoístas, cómo hacerlo tras él. Auguste, por su parte, lo había calado al momento y lo había admitido.

En cuanto a Bertille, su ego herido la empujó a probar suerte. Madre joven de gemelos de un año, la habían despedido de la compañía en la que llevaba varios años bailando. Cuando nos explicó lo que había pasado, la escruté de pies a cabeza y no pensé ni por un momento que la dejadez pudiera ser la causa de su expulsión. Bertille era el fuego bajo el hielo. Una mujer a primera vista muy discreta, pero que demostraba un fuerte carácter si no obtenía lo que quería y de la forma en que lo quería. ¡Cuántos de sus ataques de ira había sufrido en mis propias carnes! Y cuando bailaba, costaba creer que fuera la misma que acababa de echarnos la bronca minutos antes. Su cuerpo se transformaba en un instrumento delicado, uno solo de sus movimientos transmitía una emoción asombrosa, que bastaba para embelesarnos.

Nos hicimos amigos y nos apoyamos durante ese año de locos bajo la protectora batuta de Auguste. Conscientes de que nos había acogido en su seno y de que se había encariñado con nosotros, en ocasiones teníamos la impresión de ser los elegidos. Pero fue más duro y exigente con nosotros, sin la menor consideración por nuestro estado de ánimo. Debíamos bailar, bailar y bailar hasta caer rendidos. Nos forzaba a salir de nuestros escondites, quería saber hasta dónde podíamos llegar, y nos obligaba permanentemente a alcanzar nuestros límites. Su credo: hacernos contar una historia mientras bailábamos. Esperaba de nosotros que buscásemos y liberásemos las emociones ocultas en lo más profundo de nuestro ser. Apenas nos concedía descanso, pero era tan extraordinario que cedíamos a todas sus exigencias; ninguno de sus discípulos —a pesar de nuestra naturaleza rebelde— se rebelaba jamás. Mis dos amigos y yo le pedimos continuar un año más y se negó, argumentando que su misión estaba cumplida, pero a cambio nos propuso turnarnos como ayudantes. Descubrimos la enseñanza, y para mí aquello fue una revelación. Auguste nos animó a prepararnos por libre el título de profesor. Nos había mostrado la realidad. Gracias a él y a su exigencia, trabajamos como bestias de carga y conseguimos la titulación. Dejó que volásemos con nuestras propias alas y enseñamos en diferentes academias, sin que nos perdiera de vista. Al contrario. No nos alejamos de Auguste, en cuya casa nos reuníamos regularmente. Un día, cenando con él, nos propuso un trato:

—Chicos, estoy cansado. Voy a dejar la docencia.

Gritamos, saltamos de nuestras sillas, le prohibimos hacer tal cosa. Nos quedamos tan asombrados por su decisión que olvidamos los modales impecables que de costumbre adoptábamos en su presencia.

—Ya basta —dijo tranquilamente. Con un simple gesto de la mano, nos volvimos a sentar como niños obedientes—. Dejo la enseñanza, pero os toca a vosotros. A partir del próximo curso, la academia es vuestra, impartiréis vuestras clases allí. Admitid a quienes queráis: niños, adolescentes o viejos como yo. Haced lo que os apetezca, llevad vuestro arte hasta donde deseéis. Si decís que no, la academia cerrará definitivamente, solo os puedo confiar esta tarea a vosotros. Sois mis pequeños...

Permanecimos mudos durante unos minutos interminables, mientras nos contemplaba satisfecho y emocionado. Nos miramos, y leí en los ojos de Bertille y de Sandro los mismos sentimientos que experimentaba yo: terror, responsabilidad, pero también ganas de ponerse en marcha y de hacer que nuestro padre espiritual estuviese orgulloso de nosotros. Sentí que me brotaban alas, ideas, deseos que se multiplicaban sin cesar, sin que pudiese contenerlos. Hablé la primera:

—No se arrepentirá de habernos elegido, Auguste. Puede confiar en nosotros.

Desde entonces, la academia había ido como la seda. Tan pronto como abríamos el plazo de inscripción, se llenaban las clases. En los pasillos se cruzaba una representación de todas las generaciones. Desde los niños de tres años hasta los más viejos, que callaban la edad... El lenguaje de Bertille era la danza clásica; Sandro y yo nos ocupábamos del *jazz* moderno y él tenía el pequeño extra de los bailes del mundo. Pero cada uno de nosotros podía reemplazar a los otros en caso de necesidad. Los dos estudios estaban permanentemente ocupados, y recibíamos montañas de currículos de profesores que deseaban trabajar con nosotros y bajo la enseña de Auguste.

*

Al día siguiente estaba terminando mi jornada con las adolescentes mayores. Las adoraba. Al principio de curso, me suplicaron que les dijera cuál sería la coreografía para el espectáculo de fin de año. Incapaz de disimular mi entusiasmo, les di alguna pista y aprovecharon inmediatamente para que les enseñase todo. Nos quedaban por delante muchas semanas de preparación, pero tenía ganas de poner el listón más alto que el año anterior. Tenían cualidades, formaban un grupo sólido, valía la pena intentarlo, subir un peldaño más el nivel y mi exigencia con ellas. En cinco años algunas se habían superado; a fuerza de perseverancia, de paciencia y de mano izquierda, había conseguido que aflorara en ellas un brillo extra. Estaba segura de que conseguiríamos hacer algo estupendo. Además, deseaba un broche final. La mayoría dejaría pronto la academia y mis clases; a los diecisiete, para ellas la danza no era más que un entretenimiento que sería desplazado por sus vidas de estudiante y otras ocupaciones. Las había visto crecer y convertirse en mujercitas, y pensaba que debía rendir homenaje una última vez a su implicación, a su talento para la danza.

—¡Está bien! Os lo voy a enseñar, chicas —cedí, sonriendo.

Aplaudieron y se sentaron, muy excitadas, en una esquina del estudio. Pocas veces me ponía ante ellas, no estaba allí para machacarlas con mis años de práctica, mi papel era transmitirles mis conocimientos, permitirles aceptar sus cuerpos, moverse, expandirse y sentirse bien con ellas mismas. Preparé el tema —*Blouson Noir* de Aaron— que nos acompañaría los próximos meses, le entregué el mando a distancia del equipo de sonido a una de ellas y me coloqué en el centro de la sala. Me miré en el espejo, después incliné la cabeza, con las piernas apretadas y los brazos tendidos a lo largo del cuerpo, y, con un gesto, di la señal de partida para que nos envolviese la música. A partir de ahí, despegué, dejándome guiar por el despliegue de mi cuerpo y la historia que deseaba contar. Quería vida, energía, alegría. Tenía todo en cuenta: el movimiento de un meñique, que podía expresar mucho; mis ojos, incluso si los cerraba por momentos; el más pequeño gesto reforzaba el mensaje de aquellos cuatro minutos y treinta y cinco segundos. El volumen aumentó bruscamente, sonreí y vi a Sandro al lado de mis alumnas; no había podido evitar venir, tras escuchar lo que pasaba en mi sala. Para su gusto, bailaba demasiado poco en solitario. Había entendido a la perfección cuándo subir la música —me conocía muy bien— porque precisamente se trataba del instante en el que iba a pedir a mis pupilas que se soltasen por completo. Quería una explosión de energía, que se apoderaran del espacio, que asombrasen al espectador por su libertad y que conservasen aquella sensación de por vida. Hice la demostración y yo misma quedé sorprendida por ese placer liberador. Cuando el silencio volvió al estudio, Sandro silbó de admiración:

—¡Divertíos, chicas!

Su sonrisa era un verdadero rayo de sol. Le susurré un «gracias» merecido, sus cumplidos me llegaban directamente al corazón.

—Vamos —dije a mis alumnas para animarlas. Podía notar sus dudas—. ¡Lo vais a conseguir! No os estoy mandando al matadero. Si os he propuesto esta coreografía, es porque sois capaces de hacerla.

Hora y media más tarde, apoyada en la barra, las contemplaba mientras me secaba el sudor del rostro. Casi me habían agotado esas diablillas. Me permití un toque de autocomplacencia: había acertado, aceptaban el desafío. Lancé una mirada al reloj de la pared y di una palmada.

—¡Chicas! ¡Al vestuario! ¡Sin remolonear!

—¡Hasta la semana que viene, Hortense!

Se fueron dando grititos. Mientras se cambiaban, aproveché para realizar mis estiramientos procurando relajar todos los músculos; por encima de todo, quería estar en perfecta forma las siguientes horas. Después apuré la mitad de mi botella de agua. Cuando mis alumnas salieron vestidas y emperifolladas como pavos en busca de pareja, las acompañé hasta la salida, sin tener que preocuparme de qué harían después. Era la ventaja de las clases para adolescentes y adultos: no era necesario estar pendiente ni esperar a mamás retrasadas. Me besaron todas y se marcharon.

—¡Descansad, chiquillas! —exclamé en la calle.

—¡Prometido!

Todavía me reía de su despreocupación al llegar al despacho, que había pertenecido a Auguste. Nunca comprendimos por qué no se había instalado en un espacio más cómodo. Menos de seis metros cuadrados en los que a pesar de todo habíamos conseguido meter una mesa, tres sillas, dos estanterías, una nevera en miniatura y nuestros recuerdos. Allí estaban mis amigos, Sandro en su atalaya —encaramado sobre el archivador— y Bertille sentada a la mesa frente a una parte del papeleo (las dos nos repartíamos aquella ingrata tarea).

—¿Te las arreglas?

—Sí, no te preocupes.

—Déjalo, ya lo terminaré yo mañana.

Me senté y empecé a masajear uno de mis tobillos, en el que sentía un hormigueo desde hacía algún tiempo.

—Parece ser que tu coreografía es sencillamente genial.

—No lo sé, pero las chicas están entusiasmadas.

—¡No te hagas la modesta! ¡Qué tontería! Y, francamente, estás maravillosa, espero que bailes con ellas en el espectáculo, ¡qué desperdicio si no! —descarté su sugerencia con un gesto—. Sea como sea, estoy deseando verlo —insistió Bertille. Se hundió más cómodamente en el respaldo de la silla y me lanzó una mirada de asombro—. A propósito, ¿qué haces aquí todavía? ¿No volvía Aymeric esta tarde?

¡Bailar me había hecho desconectar completamente! ¿Cómo había podido borrarse de mi memoria?

—¡Me tengo que ir! —salté de mi sitio, empujé a Sandro para coger el viejo bolso Darel que siempre llevaba conmigo, me puse los zapatos y el abrigo, y me anudé la bufanda. Se echaron a reír con mis prisas. Les saqué la lengua—. ¡Ya vale! ¡Hace diez días que no nos vemos!

—No es lo habitual —comentó Bertille.

—Sí, ¡por suerte!..., pero ahora ha tenido mucho lío, varios viajes de trabajo, así que...

—¡Vas a darlo todo! —bromeó Sandro.

—Si me da tiempo a prepararme.

—Te llevo a casa, si te viene bien; yo también tengo una cita —nos anunció con un gesto arrogante.

Me tendió un casco de motocicleta. Levanté la vista al cielo, aguantándome la risa. Sandro era un rompecorazones, las necesitaba a todas, a las jóvenes, a las menos jóvenes y a las demás. Se esmeraba por no hacer ningún tipo de discriminación. Con su encantador acento nos explicaba regularmente que una mujer era una mujer, que una mujer era bella, misteriosa y deseable fuera cual fuese su edad, la medida de sus caderas o de la copa de su sujetador. A veces Bertille y yo intentábamos que entrase en razón, pero era imposible.

Zigzagueaba con su escúter abollada entre la circulación silbando una canción de su Brasil natal. En menos de un cuarto de hora llegamos a mi casa. Levantó su visera cuando desmonté e hice ademán de devolverle mi casco.

—¡Quédatelo, pasaré a recogerte mañana!

—¿Conseguirás levantarte? —le pregunté, arqueando una ceja, escéptica.

—No me queda otra, ¿a qué hora empiezas?

—¡A las diez!

—¡Claro! ¡La hora de tus favoritos!

Le lancé una sonrisa de impaciencia. Desde hacía dos años, y con la ayuda de un fisioterapeuta, ayudaba todos los viernes por la mañana a un grupo de niños con movilidad reducida a trabajar su elasticidad. Me pagaban una miseria, lo que ponía de morros a Bertille, pero me daba igual.

—¡Hasta mañana y gracias por traerme!

—¡Date prisa! ¡El amor no espera!

Se marchó silbando y yo subí trotando los seis tramos de escalera que me separaban de mi apartamento.

Vivía allí desde hacía más de cuatro años. Me había enamorado de aquel nidito en la buhardilla, esa guarida reformada con la ayuda de mis dos acólitos y

24

del marido de Bertille. Lo había comprado gracias a los ahorros que tenía desde que empecé a trabajar y a un regalo de mis padres. No sospeché nada. Me animaron a invertir —como ellos— en un inmueble y quisieron echarme una mano. Cuando entré en la amplia estancia ruinosa de cuarenta metros cuadrados, con su balconcito entre los tejados de zinc, supe que les gustaría y que me dirían que era perfecto para mí. Me pasé días enteros lijando las paredes y el viejo parqué. En cuanto a la cocina, fuimos de excursión a Ikea y Sandro se dedicó por primera vez en su vida al montaje de muebles. Por ello, todavía hoy, faltaba una de las puertas de la despensa. Para separar el dormitorio del resto del piso, había encontrado un viejo biombo de los años treinta sobre el que había colocado un visillo blanco que acentuaba la suavidad de la pintura blanca rota. Colgué dos guirnaldas de bombillas en el minúsculo balcón —no había sitio para más—, una maceta con flores y, cuando había sol, podía colocar una mesita metálica plegable, a caballo entre la sombra y la luz, que guardaba detrás de una puerta el resto del año.

Me quedaba menos de una hora antes de saber algo de Aymeric. El tiempo justo para prepararme. ¡Lo había echado tanto de menos! Volver a verlo acabaría por disipar la melancolía tras la visita al olivo de mis padres. Me paseé desnuda por casa, puse música —la voz cálida de Alicia Keys—, escogí mi lencería con especial atención, así como el vestido ideal —el negro con la espalda al desnudo—, y, para terminar, rescaté de debajo de mi cama las sandalias de lazos y tacón alto. Poco importaba que hiciera frío, quería ver el efecto que producían en él. Efecto que conocía perfectamente. Sonó un mensaje justo cuando entraba en el cuarto de baño; me sobrepuse a una punzada de angustia y suspiré más tranquila cuando leí: *Estoy en un atasco, no puedo pasar a recogerte, quedamos directamente allí, ¡y rápido! Te he echado de menos... Besos. A.* Aliviada, me deslicé por fin bajo la ducha. Al contacto con el agua, mis músculos se destensaron y relajaron. El último chorro helado me tonificó y vivificó mi piel. Envuelta en una toalla de mano, me maquillé cuidadosamente para destacar mis ojos grises y mis labios. En cuanto a mi pelo —le gustaba mi rubio natural—, opté por un moño desordenado del que intencionadamente dejé escapar un mechón (su peinado preferido). Después, para darle suavidad a mi piel, me apliqué un aceite seco. El toque final: una única gota de perfume en el nacimiento de los senos. Estaba lista.

2

No me extrañó llegar la primera. Por mucho que Aymeric fuese el hombre más organizado que conocía, casi siempre aparecía tarde. Siempre tenía una llamada de última hora, un último correo que enviar o alguna crisis que gestionar. No se lo reprochaba, trataba de dejar las cosas lo más encauzadas posible antes de encontrarse conmigo para que no nos molestasen. El camarero, que nos conocía muy bien, me acompañó a nuestra mesa habitual, en un recoveco tranquilo perfecto para un reencuentro, desde el que podíamos ver sin ser vistos. Volvió minutos más tarde, con un cóctel en la mano.

—No he pedido nada, voy a esperar.

—Llamó justo antes de que usted llegase para encargarme que se lo sirviese, todavía tardará unos minutos.

Lo que yo decía.

—Muchas gracias.

Menos de un cuarto de hora más tarde, cuando ni siquiera había bebido tres sorbos de mi copa, Aymeric apareció en la entrada del restaurante, con el teléfono todavía pegado a la oreja. Por su gesto crispado y la tensión con la que sujetaba el móvil, pude percibir su impaciencia y su concentración. Soñadora y feliz, no me resistí al placer de mirarlo. Tenía don para dotar de *sex-appeal* a su traje salido directamente del escaparate de Printemps de l'Homme. Más allá de su aspecto o de su espigada silueta, era capaz de iluminar una habitación solamente con su carisma. Aymeric se imponía, además, por su refinada confianza. Cualquiera que hablara con él sentía que era alguien que conseguía lo que se proponía y, sin embargo, nunca había percibido en él la voluntad de aplastar a los demás. Demostraba simplemente y de forma matemática que sobresalía en su campo, que no temía a nada y sorteaba obstáculos a fuerza de trabajo, voluntad y audacia.

Su expresión se relajó en el instante en el que se cruzaron nuestras miradas y, llevándose dos dedos a la boca, me envió un beso. Pocos minutos después, colgó por fin... Recorrió con la mirada la sala del restaurante antes de venir hacia mí, con una ligera sonrisa rapaz en los labios. Dejé que se acercase sin mover un músculo. Le ofrecí mi cuello cuando llegó a mi lado, y antes de sentarse frente a mí dejó en él un beso que me estremeció. Se tomó un buen rato para mirarme de arriba abajo —era su ritual— como si intentara redescubrirme. Aquello siempre parecía tener un efecto relajante en él. Me gustaban esos instantes en los que descendía de su mundo para introducirse en el mío, tenía la impresión de ser el centro de su universo, se convertía en el Aymeric que solo yo conocía.

—¿Y esa llamada? Nada grave, espero.

—No... ¡Más bien una buena noticia! —me respondió con el rostro radiante y un destello de excitación en la mirada—. Aparte de un nuevo quebradero de cabeza imposible para mi agenda.

—¿Y puedo saber qué clase de noticia te pone en ese estado?

Empezó a hablar con entusiasmo, como cada vez que se trataba de su trabajo, y dejé que me explicase con detalle en qué consistía aquella oportunidad. Su locuacidad me divertía. De pronto, debió de darse cuenta de que llevaba diez minutos preguntándose y respondiéndose a sí mismo. Con una sonrisa de disculpa, recuperó el resuello.

—No importa, ya hablaremos de ello... Ahora soy completamente tuyo —todavía no del todo, porque el camarero apareció para tomarnos nota—. ¿Cómo te ha ido por el sur? —preguntó en cuanto nos quedamos solos de nuevo.

Le respondí con una media sonrisa, triste en el fondo:

—Cathie y Mathieu te mandan besos, esperan verte este verano.

—Yo también. ¿Y lo de tus padres?

—Hice lo que necesitaba hacer... Es solo un año más sin ellos.

Me cogió la mano por encima de la mesa y la acarició delicadamente.

—Me habría encantado estar contigo.

—Lo sé. Pero no te preocupes, estoy bien. He pasado un día estupendo en la academia, y ahora estás aquí.

Era cierto. Ahora que lo tenía delante, todo iba perfectamente bien.

—Se me ha hecho largo —me dijo tras beber un sorbo de vino y dejar la copa—. Demasiado largo, diría...

—Estoy de acuerdo, pero no tenías mucha elección.

Soltó mi mano y, con aire conspirador, se acomodó en su asiento y hundió sus ojos en los míos. Por fin nos concentrábamos el uno en el otro; me sentía en la gloria.

—He tenido una idea estos días: deberías acompañarme de vez en cuando, sería estupendo.

Solté una risita. Ligeramente socarrona, sacudí la cabeza y miré al cielo. Después me incliné hacia él, dispuesta a hacerle una confidencia.

—Aymeric...

Visiblemente satisfecho y curioso, esbozó una media sonrisa.

—Sí...

—Pareces olvidar que tengo una vida, alumnos, clases que impartir...

Cambio de humor. Mueca de disgusto. Cuando se lo proponía, era el perfecto niño caprichoso. Sin embargo, cambió de actitud rápidamente:

—Lo peor es que me gusta que tengas esa vida... Por cierto, llevo tiempo sin verte bailar...

—¡Pues vente al espectáculo de fin de año!

—No tengo intención de esperar tanto. Y no he dicho que quiera ver bailar a tus alumnas, a los demás y a ti... Aquí y ahora, esta noche, si te digo la verdad, solo hay una que me interesa.

La distancia entre nosotros se acortó, clavó su mirada en la mía.

—Encontraremos la manera de que me veas antes...

—Estoy seguro de ello —divertido, recuperó la distancia de seguridad—. Menuda idea tuve al invitarte a cenar en el restaurante esta noche, ¡debería haber ido a por ti de inmediato!

—¡Qué impaciente puedes llegar a ser! —lo pinché. Su mano apretó mi muñeca.

—¿Y tú no?

En cuanto nos retiraron los platos, dejó la servilleta sobre la mesa, lanzó una mirada a su reloj e hizo el gesto de pedir la cuenta. Comprendí el mensaje, sus prisas me divertían. En realidad, sentía lo mismo que él. Sacó del bolsillo interior de su chaqueta algunos billetes que entregó al camarero.

—El próximo jueves, la misma mesa —le recordó antes de salir.

—¡Ya lo tengo apuntado! Feliz velada a los dos.

—Gracias —respondí.

La mano de Aymeric siguió la curva de mi vestido y se deslizó por el hueco de mi espalda. Aquella caricia me electrizó. El deseo que percibí en su mirada me puso a cien. Acercó su rostro al mío, dispuesto a besarme, pero se echó atrás en el último momento.

—Estás jugando con mis nervios —susurré.

—También con los míos... Vamos.

Nada más franquear la puerta de mi apartamento, mi vestido salió volando y aterrizamos en la cama. Ganó la impaciencia. Desde que nos conocimos lo nuestro había sido explosivo, el deseo nos inundaba en cuanto estábamos juntos. Aymeric, seguro de sí mismo y del poder que ejercía sobre mí, me amaba de manera posesiva. Yo se lo devolvía con creces, abandonando mi cuerpo a él incondicionalmente. Nunca nos saciábamos. Esta vez nos pudo el tiempo sin vernos y no tardamos en terminar, casi por sorpresa.

—Está claro que se me ha hecho demasiado largo —murmuró con el rostro hundido en mi cuello y la respiración todavía entrecortada.

—No seré yo la que te contradiga —respondí, pasando una mano por sus cabellos rubios.

Se giró sobre un lado y me envolvió entre sus brazos. Nos quedamos así mucho tiempo, hechos un ovillo el uno contra el otro, sin decir nada. Me concentré en los latidos de su corazón.

—Nunca podré estar sin ti —susurró por fin, su voz sonaba casi triste.

Levanté el rostro hacia él y acarició mi mejilla. Conocía esa mirada, la de que la separación estaba cerca. Ya asomaba la nostalgia de las tres horas anteriores. La débil esperanza de conservarlo a mi lado desapareció de inmediato. Mi decepción se hizo evidente con un suspiro que no pasó desapercibido.

—La semana que viene retomaremos nuestras costumbres. Y tendremos más tiempo, Hortense —yo asentí, incapaz de sostenerle la mirada—. ¿Estás bien?

—Sí..., pero ¿cuándo podremos pasar toda una noche juntos? Tengo la impresión de que hace siglos que no he dormido contigo.

—Yo también...

—Podrías haberte quedado esta noche...

Puso distancia de inmediato. *Bien jugado, Hortense.*

—Tengo que irme.

Me había equivocado al insistir, tendría que haberlo sabido. Se encerró en el cuarto de baño. Me tapé con el edredón y no me moví. La estancia se había sumergido en la penumbra, solo un rayo de luz se filtraba a través de la puerta de su escondite. Oí su cajón abrirse, cerrarse, el agua correr en el lavabo durante unos minutos. Cuando volvió a aparecer, estaba limpio sin estarlo del todo; al menos, mi olor había dejado de estar estampado en su piel. Se vistió de nuevo con esmero, tratando de no llevarse consigo ningún resto de nosotros, retirando incluso un pelo que colgaba de su chaqueta. Se acercó a mí, incómodo. Me senté, todavía camuflada entre las sábanas.

—Hago lo que puedo, Hortense.

Lo sé.

—Lo sé.

Posó su mano en mi mejilla y su frente sobre la mía. Nos miramos a los ojos. Cuando le sonreí, pareció aliviado. No quería que se marchase de mala manera.

—Voy a hacer algo que vas a tener que perdonarme —anuncié. Frunció el ceño, visiblemente inquieto por lo que le esperaba. Sin poder resistirme más, lo besé apasionadamente. También él cedió y me abrazó con fuerza. Pero terminó rompiendo nuestro beso—. Vete —le ordené.

Me sonrió y se levantó, revitalizado por lo que acababa de darle. Le dio un repaso a su aspecto una última vez antes de salir.

—¿Aymeric?

—¿Sí? —me miró por encima del hombro—. ¿Me enviarás un mensaje en cuanto llegues?

—Claro... Y tú, ¿no te olvidarás?

—No te preocupes.

—¡Hasta el lunes!

Cerró la puerta y le oí bajar rápidamente la escalera. Cuando el silencio reinó de nuevo, salí de la cama y me preparé para la noche. Volví a acostarme con el móvil al alcance de la mano. Esperé una media hora antes de oír la señal. Ya tenía mi mensaje, al que no respondería, como de costumbre. Pero podría dormir tranquila; Aymeric había llegado a casa, estaba en su acomodado hogar del extrarradio con su mujer y sus hijos.

Nunca habría imaginado, ni siquiera remotamente, que iba a convertirme en *la otra,* la amante, la que permanecía en la sombra. No me agradaba aquella situación, al contrario, pero Aymeric me había caído encima hacía ya tres años.

Un año después de la muerte de mis padres, todavía no había logrado salir del agujero. En aquella época tenía los nervios a flor de piel. A menudo me quedaba sola por las noches en la academia, para bailar. El resto del tiempo fingía para salvar las apariencias, para no acrecentar la preocupación de Bertille, Sandro, Auguste y Cathie, que a duras penas me habían ayudado a no ahogarme de pena. Ignoraban hasta qué punto estaba perdida, hasta qué punto no sabía qué hacer con mi vida. La desaparición de mis padres había hecho volar en pedazos todas mis referencias. Pero había llegado la hora de que mis amigos retomaran sus vidas sin tener que preocuparse de mí, así que, cuando sentía que el dolor y la falta de papá y mamá se hacían demasiado fuertes, bailaba para vaciarme, para desahogarme, para palpar una emoción primaria y reencontrarme. Dejarme llevar por el ritmo de la música y de mi cuerpo me hacía mucho bien. Abarcaba todo el estudio, con los pies desnudos, los ojos cerrados, totalmente hermética a lo que tenía alrededor. Aquella vez, cuando se hizo el silencio, permanecí de pie sin moverme en medio de la sala, para recuperar la respiración y saborear la sensación de haber distendido mis músculos y olvidado mis sombríos pensamientos durante un instante. Alguien carraspeó a mi espalda. Me volví para descubrir a un hombre que no conocía. Parecía incómodo, pero no esquivó mi mirada ni intentó poner los pies en polvorosa. Inmediatamente pensé que el tipo no estaba mal, nada mal.

—Buenas noches —dije, dando dos pasos hacia él—. ¿Puedo ayudarle en algo?

Esbozó una sonrisa, y solo la mano que se pasó por el pelo reveló su incomodidad. Me pareció irresistible, con su físico de yerno ideal, un poco *fashion victim,* y su cara de niño travieso pillado in fraganti.

—Esto..., sí... Buenas noches... Estoy buscando a una tal Hortense...

Estábamos en julio y habían llegado los Reyes Magos: me buscaba a mí.

—¡La tiene delante! Pero... ¿nos conocemos?

—Creo que lo recordaría —murmuró. Se le escapó una risita, como para sí mismo, antes de ponerse a rebuscar en su maletín—. He encontrado su cartera en la calle —me dijo mientras me la tendía. Me quedé paralizada unos segundos, mirándolo fijamente con expresión atónita—. ¿No es la suya? —preguntó al fin.

Me sobresalté.

—¡Sí, sí! Pero no me había dado cuenta de que la había perdido —recorrí la distancia que nos separaba para recuperar lo que era mío. Por su expresión de asombro, me sentí obligada a darle una explicación—. ¡Últimamente tengo la cabeza en las nubes!

—¡Es lo menos que puede decirse! ¿Es consciente de lo que pesa? Sé bien que una cartera de mujer puede estar llena de tesoros, pero hasta ese punto...

—Espero que no le haya dislocado el hombro.

Y nos reímos, juntos, con ganas, sin dejar de mirarnos. Me fijé en su hoyuelo, en la peca de su cuello, en su mirada penetrante, que permanecía fija sobre un mechón de pelo que caía sobre mi hombro. Nos quedamos callados. El efecto que producía su presencia en mi cuerpo y los latidos de mi corazón me desestabilizaron. ¿Cuánto llevaba sin sentir una atracción como aquella? A pesar de todo, logré recuperar la compostura.

—Muchas gracias... Ha sido muy amable al venir hasta aquí.

—No hay de qué.

Su sonrisa. ¿Cómo resistirse? Por muy discreto que fuese, podía notar que me desnudaba con la mirada; aquello me gustaba y quería más.

—Si tiene tiempo, podríamos tomar algo en el bar de enfrente; me cambio y estoy lista.

Me sonrió de nuevo, pero de pronto tuve la impresión de que volvía a poner los pies en el suelo. Dio un paso atrás, pasándose una mano por la cara, como si intentase despertarse. Fue entonces cuando vi su alianza.

—Me gustaría mucho, pero...

Injusticia total, pensé.

—Claro. Le acompaño.

Atravesamos la academia hombro con hombro, como si una fuerza nos empujase a acercarnos, a hacer que nuestros cuerpos se rozasen al menos durante un instante. En el momento de salir, nos volvimos a mirar a los ojos, durante unos largos segundos. Entonces le tendí la mano, que sostuvo delicadamente, y su piel me pareció tan suave...

—Gracias de nuevo... por la cartera... Eh... No sé su nombre.

Presionó mi mano más fuerte, yo le correspondí.

—Aymeric.

—Gracias, Aymeric.

Con una sonrisa de decepción en los labios, lanzó un suspiro de rendición antes de soltarse de mí. Reculó unos pasos, se encogió de hombros y por fin dio media vuelta. Lo seguí con la mirada hasta que lo vi desaparecer. Se giró por última vez antes de doblar la esquina de la calle.

Los siguientes días, Aymeric, del que no sabía nada salvo que estaba casado, no dejó de atormentarme. El recuerdo de nuestro encuentro me hacía abstraerme de las conversaciones, me hacía soñar despierta, me daba ganas de flotar y de celebrar. Tenía la impresión de haber recuperado la alegría, de haber olvidado mis dudas, mis penas y las conjeturas sobre mi futuro; esos pocos minutos con él habían sido un bálsamo para mi corazón, aunque estuviese convencida de que no lo iba a ver de nuevo. Sin embargo, una semana después, Bertille vino a buscarme entre dos clases para decirme que había un tipo esperándome. Pensé en él inmediatamente, mientras me decía que ojalá me equivocase. De todas formas, era imposible. Pero cuando lo vi moverse nerviosamente en el pasillo de la academia, no pude evitar que el corazón me diese un vuelco. Nada más verme, su rostro se iluminó.

—Aymeric. No he perdido nada, que yo sepa.

Nos acercamos. Él permaneció en silencio, limitándose a devorarme con la mirada.

—¿Qué hace aquí? —murmuré—. ¿Quiere información sobre los cursos de danza?

Tuvimos que contener la risa.

—Mi hija está ya inscrita en otra parte y créame que lo lamento.

—Yo no...

Plantó sus ojos en los míos.

—No he debido venir, ¿verdad?

—No, no debió. No es razonable que esté aquí, conmigo, a media tarde...

—Lo sé, pero...

Fue interrumpido por Sandro, que me llamaba a voz en grito para mi clase. Sin dejar de mirar a Aymeric, le pedí que hiciese esperar a mis alumnas. Tenía tanto miedo de que desapareciese. Y, sin embargo, no había otra elección. Entonces lo cogí del brazo y lo llevé hasta la salida. Me miraba fijamente. Presa del pánico, me armé de valor:

—Aymeric, váyase ahora, será lo mejor. Estoy segura de que su maravillosa familia le espera esta noche en casa —dio un paso atrás acusando el golpe, había hundido el dedo en la llaga—. Así es la vida. Hay encuentros que deben seguir siendo solo eso, encuentros.

—Si todo fuese tan simple —gruñó.

—No he dicho que sea fácil.

—Así que ¿has pensado en mí, aunque solo sea un poco? —esbocé una sonrisa, a la que respondió—: Hortense, vas a pensar que estoy loco, pero ya no consigo trabajar, no consigo hablar, dormir, vivir normalmente. Solo pienso en ti. He buscado toda la información posible sobre tu academia para saber más, quiero saberlo todo, conocerlo todo. No sé qué más hacer para sacarte de mi cabeza.

—¿Y por eso has venido? ¿Crees que verme podría ayudarte?

—Necesitaba comprobar si nuestro encuentro había sido real, si no había soñado lo que pasó entre nosotros...

Se acercó a mí, acorralándome contra la pared. Me pareció muy seguro de sí mismo, a pesar de que lo notaba temblar de pies a cabeza. Yo no me sentía mejor, tenía la garganta seca y las piernas temblorosas.

—¿No lo quieres averiguar? —me dijo en voz baja.

—Mejor que no... Piensa en las consecuencias...

—¡Y crees que no he pensado en ellas! —se enojó—. ¡Me estoy volviendo loco! No soy un cabrón. Ya sé que no me conoces, que no tienes razón alguna para creerme, pero nunca he engañado a mi mujer. No soy de los que se van con todas y, mucho menos, un tipo romántico; para mí, los flechazos existen en las novelas rosas, no en la vida real. Pero lo cierto es que apareciste y ya no sé qué hacer con ello.

—Olvídame.

—Concédeme una cena, o quizás una copa. Después de todo, ¡tú misma lo propusiste!

—No juegues con eso... Estás casado, acabo de enterarme de que tienes al menos una hija y apostaría a que no es única... —asintió con la cabeza y yo suspiré, contrariada—. No quiero ser la que te desvíe del camino recto ni la que antes o después se dé un batacazo, porque siento que contigo sería muy posible.

Intenté frenarlo, pero encerró mis manos en las suyas y los latidos rápidos de su corazón me volvieron loca.

—Déjame, por favor, Aymeric, respétate, respeta a tu familia y respétame...

Sentí su aliento en la cara, su respiración tan entrecortada como la mía.

—No puedo, Hortense. Soy incapaz de luchar, no entiendo lo que me pasa... Perdóname.

Me besó. Y no pude hacer nada para resistirme a la fuerza de su beso.

Desde entonces habían pasado tres años. Nos habíamos mandado cartas de amor, habíamos llorado y nos habíamos reído juntos de lo nuestro. Aymeric me había devuelto a la vida. Con él sonreía, sentía los latidos de mi corazón y la fiebre apoderarse de mi cuerpo en cuanto estaba cerca de él. En su mirada tenía la sensación de existir, de ser amada.

Sin embargo, nunca se me había pasado por la cabeza convertirme en la mujer que reclama, que espera, que se da con la cabeza en las paredes cuando su amante la deja para reunirse con su familia, la que a veces siente asco de sí misma. Él se había vuelto un especialista del disimulo, de la doble vida, un organizador nato. Teníamos nuestra rutina, como cualquier pareja. Nos veíamos los lunes y los jueves por la noche y, cuando nuestras agendas nos lo permitían, comíamos juntos: un pequeño extra, como decía él. Enseguida el hotel nos pareció vulgar, nuestra relación merecía más. Ocupó su lugar y comenzó a dejar su rastro en mi apartamento, en el que cenábamos a veces, como en un hogar. De vez en cuando conseguía pasar una noche entera en mi casa. Durante el verano siempre encontraba la forma de estar conmigo en la Bastida, dos días de felicidad absoluta. Lo tenía entero para mí, podía ir con él de la mano por la calle, lo besaba cuando me invadían las ganas, ya no había nada prohibido. Conocía y apreciaba a mis amigos, que lo aceptaron sin problemas, a pesar de conservar cierta inquietud por mí. Pero nuestra relación tenía, por supuesto, su parte sombría. Yo no existía. Ninguno de sus amigos, ninguna de sus relaciones sabía de mi existencia. En los momentos de angustia pensaba que, si le pasaba algo, no me enteraría nunca. Nadie vendría a avisarme si se encontraba mal, si estaba en peligro, o algo peor... Aymeric no quería correr ningún riesgo, así que, a pesar de mi insistencia, se había negado siempre a tener un segundo teléfono o a establecer códigos entre nosotros. Por tanto, tenía terminantemente prohibido llamarlo, enviarle un mensaje de texto o siquiera responder a los suyos, nunca había podido hacerle un regalo ni darle una foto de los dos para su cartera, cuando yo llevaba siempre una conmigo. Al principio pensé que podía acabar con todo aquello, pero pronto me sentí incapaz, me enamoré locamente de él. Cuanto más tiempo pasaba, más atrapados estábamos en nuestros sentimientos y en nuestra relación, que a veces me parecía que no existía. Esperaba. ¿Qué esperaba? A fin de cuentas, no mucho. Seguía siendo *la otra*. Era la condición para tenerlo, y tenía que vivir con ello.

*

Una noche de sábado cualquiera. Pasada la medianoche. Tras cenar en el restaurante de Stéphane, el marido de Bertille, acompañada de Sandro, me adentré en una discoteca que frecuentábamos desde hacía años. Acodada en la barra, sorbiendo el primer daiquiri de una larga serie, observaba a mi amigo lanzarse a la caza. Era capaz de hacer bailar a las más torpes y conseguir que se volvieran sensuales y todo desparpajo. Siempre tardaba más que él en lanzarme a la pista, sabiendo que, una vez dentro, solo haría una pausa para beber una copa que me ayudase a seguir en trance. Y ese era el instante en el que siempre me preguntaba si quedarme o salir huyendo. ¿Por qué venía cada fin de semana a perder la cabeza de ese modo? Apuré la última gota de mi cóctel. Mi vista empezaba a enturbiarse, tenía los tímpanos saturados por el volumen ensordecedor de la música electrónica —perfecto, estaba lista— e hice crujir el cuello. Sin mirar a nadie, atravesé el muro de cuerpos en movimiento y me situé en el centro de la pista. A partir de ahí dejaba de ser yo, solo era movimiento, sudor y desinhibición, y olvidaba mi estado de ánimo. Perdía el control. Una dosis de abandono para vaciarme por completo. Bailaba encarnizadamente, la mayor parte del tiempo con los ojos cerrados, entraba en una dimensión paralela que me absorbía por completo. Un estado del que no conseguía desengancharme y que me daba la impresión de ser completamente libre.

A veces, sentía alguna mano paseándose por mi cuerpo; rechazaba firmemente las propuestas de desconocidos y aceptaba las de Sandro. Sandro garantizaba mi tranquilidad —alejaba a los moscones de las noches del sábado— y yo sentía un placer inmenso al bailar con él. Los minutos que nos regalábamos juntos tenían cierto aire de exhibición; dejábamos de ser bailarines profesionales para expresarnos sin reservas, demasiado borrachos como para preocuparnos por el efecto que aquello causaba en los demás. En un rayo de lucidez, Aymeric se me aparecía a veces, y pensaba entonces que, si me viera en ese estado, se echaría las manos a la cabeza. No me habría importado darle esa pequeña lección. No era raro que me encontrara en la cola del baño con jovencitas de frescura insolente que me observaban de arriba abajo como a una vieja. Comprendía sus miradas burlonas al descubrirme en el espejo; el maquillaje corrido, la frente brillante de sudor, mis casi cuarenta años estallándome en la cara. En consecuencia, tomaba una nueva copa para olvidar aún más y demostrarles que a aguante no me iban a ganar.

Domingo al mediodía. Es cierto, mi condición física me había permitido ocupar el escenario hasta el amanecer, pero mi edad ya no me permitía recuperarme con cuatro horas de sueño, al contrario que las niñatas a las que había desafiado durante la noche y que debían de estar ya completamente frescas. Conseguí no sin dificultad salir de la cama, abrí las cortinas, cegada por el sol de invierno, luchando contra unas ganas terribles de volver bajo la seguridad del edredón. Mis pesadas piernas me llevaron hasta el cuarto de baño. Apoyada en el borde del lavabo, pasé revista a mi aspecto. Tenía una cara de espanto: las ojeras acentuadas por los restos de sombra de ojos, las arrugas más marcadas que de costumbre y la piel descompuesta. La única manera de remediarlo era no pensarlo más y tomar una ducha.

Hacía un tiempo estupendo, abrí la ventana y acerqué la mesa. Es cierto que todavía hacía un poco de fresco, pero quizás el aire entraría a barrer la extraña impresión de vacío que me invadía desde que había despertado. Con el pelo envuelto en una toalla a modo de turbante, me tomé un copioso desayuno vitaminado. Después, completamente decidida a purificarme, me puse ropa de deporte, me calcé las zapatillas y salí de casa sin pensarlo. Con los cascos puestos, trotaba suavemente, sin forzar, llevada por la sola necesidad de sudar. Me encerré en mi burbuja musical, olvidando el dolor de mis músculos anquilosados y saturados de toxinas después de los excesos de la noche anterior, excesos rituales que retomaría en menos de ocho horas.

A pesar del cansancio, debía hacer ejercicio como fuese, descargar la energía negativa y malsana y recargarme con ondas positivas. Pero eso es más fácil de decir que de hacer. Estaba tan abstraída que no veía a nadie a mi alrededor, era como si París se hubiese vaciado de habitantes. Corría, anónima y sola, empujando lo más lejos posible mis preguntas y mis dudas. Sentía una angustia sorda, indefinible, crecer dentro de mí. Surgía en cualquier momento en mi interior de forma pérfida y cada vez con más frecuencia, sin que pudiese combatirla. Mi carrera me llevó hasta los jardines de Luxemburgo. La sed me obligó a pararme. Compré una botella de agua a un vendedor ambulante. Encontré un lugar en el que sentarme cerca del estanque y apuré mi cuarto de litro en pocos minutos. La sensación pastosa en la boca, que no me había abandonado desde que había salido de la cama, se atenuó por fin. Me quedé mirando a los niños jugar con sus barcos. Me parecieron todos encantadores. Muchos estaban desabrigados, animados por el buen tiempo y la primavera precoz; algunos se despertarían al día siguiente con un buen resfriado, el sol de principios de marzo era traicionero.

Al igual que los sábados, los domingos se parecían los unos a los otros; contemplaba esas estampas de familia y amigos, y me preguntaba qué estaría haciendo Aymeric en ese momento. Saqué el móvil del bolsillo y leí por enésima vez durante el fin de semana su último mensaje de texto, el que me enviaba todos los viernes por la tarde, sobre las siete, cuando se encontraba en un atasco en alguna circunvalación y yo estaba dando mi última clase. Cada viernes me escribía más o menos lo mismo: *Pienso en ti, te echo de menos, que tengas un buen fin de semana, hasta el lunes. A.* A veces citaba nuestra velada de la víspera, me decía cuánto le había gustado mi piel, nuestros besos, nuestras risas. Pasaba los domingos en su casa o en la de algún amigo, rodeado de sus hijos, vistiendo, seguramente con placer y felicidad, su disfraz de buen padre de familia, cosa que sin duda sería. De esa forma experimentaba mi pinchazo en el corazón dominical, un pinchazo tan familiar. Al menos, eso lo conocía. Hablábamos muy poco de su vida de familia y mucho menos de su pareja; yo quería saber lo menos posible —ya sabía bastante—, mantener su *otra* vida a distancia para no dejarme invadir por los celos y la culpabilidad. Sin embargo, por mi cabeza rondaban muchas preguntas... ¿Tenía problemas reales con su mujer? ¿Sospechaba ella algo? ¿Hacían todavía el amor con frecuencia? ¿Era tan locuaz como conmigo? ¿Salían todavía de fiesta los dos juntos? ¿Se acurrucaba contra ella para notar el olor de su cuello antes de mordisquearle la piel? ¿Era el mismo hombre divertido, tierno, una pizca autoritario? ¿Se mostraba con ella tan caprichoso como conmigo? ¿Fingía para mantener las apariencias en el seno de su familia? A veces, por supuesto, yo gritaba, aullaba, me entraban ganas de romperlo todo. Él siempre permanecía en silencio el tiempo que duraba mi alegato. Cuando sentía que había terminado, me decía escuetamente «te quiero». Y yo cedía de nuevo.

El grito de un niño me devolvió a la realidad; era hora de volver, no fuera que mis pensamientos oscuros se prolongasen hasta la caída de la tarde. Luchaba conmigo misma para huir de la melancolía dominical. Me disponía a regresar a casa corriendo para terminar de agotarme cuando me detuvo en seco la vibración del móvil. Aymeric. Incrédula, miré fijamente la pantalla sin reaccionar, casi estuve a punto de perder la llamada. Por eso, y como estaba agotada, susurré un «diga» en voz baja.

—Hortense, tenía miedo de que no contestaras.

Su voz era normal, no susurraba, no parecía angustiado, triste o asustado.

—¿Va todo bien? ¿Qué pasa?

—Nada especial. Solamente quería oír tu voz.

—Oh...

Perdí las fuerzas de repente. Podía contar con los dedos de una mano las llamadas de ese tipo, y menos un domingo. Concentrada en él, olvidé el mundo que me rodeaba.

—¿Qué estás haciendo?

—Estoy en los jardines de Luxemburgo.

—¿Con quién?

Su instinto de posesión se despertaba. Si yo debía esperarlo, él tenía que tragar con mi independencia y mi libertad. A pesar de los celos que le causaba esa situación, yo sabía bien que eso me hacía todavía más sensual a sus ojos... Me puse a girar sobre mí misma, coreografiando a mi pesar la ligereza que acababa de transmitirme, con las manos aferradas al móvil, como si agarrasen a Aymeric contra mí para evitar que desapareciese.

—Sola, tenía que desintoxicarme, ayer salí con Sandro.

—Ah, ya... ¿Y no hubo nadie que te molestase?

Debía reconocer que me gustaba cuando se ponía celoso. Pero no tenía nada de lo que preocuparse. El colmo de la ironía: yo le era fiel.

—Pues ahora que lo dices...

Me detuve, dejando flotar en el aire el suspense antes de reírme de lo posesivo que era. Terminó por pillarlo:

—Ya sabes que me pones de los nervios cuando haces eso.

—Sí, lo sé, pero no me niegues que te encanta.

—Te echo de menos, Hortense.

Una bocanada de felicidad desmedida me invadió y me hizo sonreír como pocas veces.

—Yo también a ti.

—Me gustaría estar ahí, contigo —su voz estaba teñida de cólera contenida y de desánimo—. Tengo que dejarte —continuó, después de unos segundos de silencio.

—De acuerdo, un beso.

—Un beso. Hasta mañana.

Colgó. Esos pocos minutos habían bastado para disipar mis nubes negras. Como si él tuviera un radar antidepresión. Volví a casa, tranquila de nuevo.

3

Comenzábamos nuestras mañanas de lunes con una reunión. *Reunión* era una palabra demasiado seria para describir las casi dos horas que pasábamos en torno a un café, sin prisas, tratando los problemas de calendario, de horarios, o los preparativos para el próximo espectáculo. Aquel día llegué exultante, todavía bajo el influjo de la llamada sorpresa de Aymeric, con una idea bien precisa para *el orden del día.*

—¡Hola! —dije cantando mientras lanzaba una bolsita con bollería.

—¡Eres un ángel! —me contestó Sandro, enviándome un beso con la mano.

—Gracias —se limitó a responder Bertille con su legendario tono delicado.

Su ceño fruncido no me hizo cambiar de humor. No era extraño, me tenía acostumbrada. A pesar de todo, interrogué con la mirada a Sandro, que se encogió de hombros: no sabía más que yo. Minutos más tarde, ya estábamos los tres apelotonados en torno a la mesa, café en mano y picando *chouquettes**. Fui la primera en tomar la palabra:

—Bueno, para empezar bien la semana, me gustaría hablar con vosotros de los cursos de este verano.

---

* Pastelito hecho con pasta de buñuelo horneada, con un pequeño toque de sal y adornado con cristales de azúcar. *(N. del T.)*

Mirando al vacío, sonreí imaginándome ya en la Bastida.

Desde el primer año que nos hicimos cargo de la academia, había instaurado esa cita que yo misma me encargaba de organizar: inscripciones, reservas de habitaciones, reparto entre los diferentes talleres y cobros; una parte iba a la caja de la Bastida para financiar su mantenimiento y otra a la academia. La mayoría de los participantes eran bailarines de escena —que habían pasado por las manos de Auguste— que necesitaban recuperarse un poco en una atmósfera distendida, soleada y cordial. Papá y mamá nos acogieron las dos primeras temporadas. Nunca olvidaré su felicidad al ver su casona llena de bailarines y músicos. Incluso se ocuparon de los gemelos de Bertille, que venían con ella, encantados de hacer de abuelos. Tras su muerte, perpetué aquella costumbre. Lo que más deseaba en el mundo era convertirlo en una tradición. Toda la propiedad se transformaba en un espacio para la danza; durante los cursos propiamente dichos ocupábamos el estudio por turnos, pero también dirigía sesiones en plena naturaleza y, por las noches, nos reuníamos en la piscina para divertirnos y hacer fiestas. Siempre había alguien que sacaba una guitarra o un saxo. La música invadía la noche estrellada. Podía quedarme despierta hasta que salía el sol, con una copa en la mano y los pies desnudos, bailando en el jardín. ¿Cuántos amaneceres nos habían sorprendido allí? Llevábamos un ritmo tranquilo, los participantes se limitaban a seguir los deseos de su cuerpo o de aquello que querían trabajar. Cada uno se levantaba a la hora que le apetecía en función del horario de su jornada. Ni Sandro ni yo nos encargábamos de los talleres matinales; eran cosa de Bertille, la madrugadora, como buena madre de familia que era. Todo estaba pensado para retomar el placer simple y básico del baile. La consigna era revitalizarse, descansar, regenerar el cuerpo, volver a conectar con las emociones, lejos de los problemas de agenda y del tumulto parisino. Incluso organizábamos cursos de cocina cuando llegaba Stéphane y tomaba posesión de los fogones, y le enseñaba a quien lo desease a alimentarse mejor y cuidar de sí mismo. ¡Qué ganas tenía de que llegara! Pronto empezaría a contar los días.

—¡Hortense! ¡Hortense! ¿Estás aquí?

El tono perentorio de Bertille me devolvió de golpe a París y al presente. Tuve un mal presentimiento al encontrarme con su expresión sombría.

—¡Perdona, era como si estuviese allí! —exclamé feliz, esperando que compartiera mi buen humor.

Por su aire incómodo comprendí que algo iba mal.

—Escucha, viene bien que saques el tema del verano...

—¿Por qué? ¿Tienes alguna idea, algo que quieras proponer?

—Precisamente quería hablar de ello contigo. Siendo razonables... Hay que pensar en suprimirlos.

Se me formó un nudo en la garganta. Bertille acababa de traicionarme, de dictar sentencia sin apelación. *¿Contra quién? Contra mí...*

—¿Qué? Pero... Pero ¿por qué?

Aquella decisión inesperada me dejaba perpleja.

—Lo siento, compréndelo. No es serio cerrar la academia todo el verano, después del espectáculo. Por supuesto que ha sido genial hacer cursos en casa

51

de tus padres en julio. Pero, entre nosotros, no es profesional, se trata más de una juerga que de cualquier otra cosa. Y ya tenemos una edad —prosiguió, sin darme tiempo a replicar nada—. Nos llueven las peticiones de cursos en París, podríamos tener un público interesante, más variado, que nos aportaría más. Siempre hemos sabido que aquello era temporal...

—Sí, claro —articulé en voz baja.

—No es un castigo, te lo prometo. Mira el lado bueno de las cosas, ¿vale? Tómate tu tiempo para reflexionar y dime lo que piensas. Especialmente porque cuento contigo para que te dediques a la nueva programación de verano.

¿Que qué es lo que pienso, Bertille? Te acabas de cargar una de mis mayores alegrías aludiendo a la supervivencia de la academia, como si nos dirigieses, cuando hasta ahora la dirección siempre había sido colegiada. ¡¿Qué quieres que te diga?!

—Tienes razón.

—¿Podré ir a tu casa en agosto? —me preguntó Sandro—. Voy a echar de menos esas pequeñas vacaciones en la Provenza.

No sé de dónde saqué fuerzas para hacerlo, pero le sonreí. Sandro ni siquiera parecía sorprendido por la sugerencia de Bertille. Quizás era yo la que tenía un problema...

—Me alegro mucho de que te lo tomes bien... A decir verdad, los cursos no son más que la primera fase, quería proponeros algo más —prosiguió, visiblemente alentada por mi serenidad.

¿Con qué nos iba a salir ahora? Parecía emocionada con sus nuevos proyectos. Nunca la había visto tan entusiasmada, estaba casi resplandeciente. ¿Qué derecho tenía yo a romper aquel impulso? Aunque no tuviera más que unas ganas enormes de decir que no estaba de acuerdo, me tocaba escuchar en silencio.

—Te escuchamos —conseguí articular con mucho esfuerzo.

—¿Por qué no contratamos a un nuevo profesor? Podríamos poner en marcha nuevos cursos, tener más alumnos...

Alucinante. Hasta entonces nos había bastado con la pequeña estructura que habíamos creado. Nunca, pero nunca, se había planteado otra cosa, ni cambiar de escala.

—Quizás te estás embalando un poco. Vamos a tomarnos un tiempo para pensarlo, ¿no crees?

Puso cara de sorpresa.

—Hortense, ya he intentado antes sacar el tema, pero no paras quieta ni un segundo. Entre las clases y... Aymeric, es imposible tener una conversación seria contigo —dijo, y me lanzó una mirada desafiante, sabiendo de antemano que no tenía ningún argumento contra ella. Así que me hundí en mi asiento y le hice una señal para que prosiguiese—. Tenemos por delante un auténtico reto. Con nuestra experiencia, estoy segura de que lo conseguiremos de sobra. Dirigimos esta academia con éxito desde hace cinco años, ¡ya es hora de crecer! Debemos ser serios y tener ambición, por nuestros alumnos y nosotros. Hace falta crear una dinámica, demostrar al resto de academias que existimos y que hay que tenernos en cuenta.

Sus ojos brillaban y su voz era firme.

—¡Me gusta! —dijo Sandro entusiasmado, saltando de la silla.

—¿Y tú, Hortense? ¿No dices nada?

Bertille no se daba cuenta de lo cruel que era para mí su decisión de acabar con los cursos de verano. Tenía la impresión de que me estaban dando martillazos en la cabeza y me hundía cada vez más en el suelo. Sin embargo, era necesario que reaccionase. Sandro y ella habían sido siempre más ambiciosos que yo, y también más capaces de mirar al futuro. Tenía que resignarme a madurar un poco.

—¡Es genial! —contesté, forzada.

—¿De veras? ¡Formidable! ¡Tenía miedo de que te lo tomases mal! Pensad en las ideas que tengáis y volvemos a hablar pronto. Hay que ponerlo todo en marcha antes de que nos enfriemos.

—De acuerdo.

Sandro se frotaba las manos, listo para ponerse a trabajar. Yo me tragué mis reservas; debía seguir la corriente y encontrar el medio de ponerme en marcha de nuevo a pesar de mi abatimiento. Después de todo, quizás Bertille tuviese razón.

Esa misma noche me disponía a dejar la academia tras haberme dedicado al papeleo durante más de una hora. Estaba cansada y seguía desanimada ante los proyectos de ampliación de Bertille y de Sandro. Participaba mal que bien en la conversación, fingiendo entusiasmo, pero me daba cuenta de que mi amiga sospechaba algo; nos conocíamos lo suficiente. Debía recuperarme y, sobre todo, encontrar dentro de mí la manera de implicarme de verdad, sin tener que aparentar. Por el momento solo tenía ganas de estar con Aymeric y pensar en otra cosa. Justo antes de marcharme me di cuenta de que tenía diez llamadas perdidas suyas, realizadas en un intervalo de veinte minutos. Me molestaba que hiciese eso. Yo sabía perfectamente que no se trataba de ninguna urgencia ni de ningún drama. Cuando tenía ocasión de llamarme, partía del principio de que a la fuerza yo estaba tan disponible como él, así que lo intentaba una y otra vez hasta que yo terminaba por responder. Le importaba muy poco que tuviese una vida y un trabajo. Sin embargo, al contrario de lo que acostumbraba, había dejado un mensaje en su última tentativa: *Hortense, llámame.* Más bien lacónico, el mensaje. Lacónico pero de contenido excepcional: ¡llamarlo!

Contestó inmediatamente:

—¡Ah! ¡Por fin! —me dijo alegremente—. ¿Dónde estás?

—Todavía en la academia. ¿Por qué?

—¡Muy bien! ¿Tienes un vestido y zapatos por ahí?

—Es posible, sí. Pero ¿por qué?

—Paso a recogerte en veinte minutos, ¡nos vamos de excursión! Vamos a pasar veinticuatro horas, o casi, juntos en Lille... Debo confesarte que he tenido que aceptar una reunión de trabajo allí mañana por la mañana, pero durante ese tiempo te he reservado una sesión de masaje. ¿Qué te parece? ¿Te gusta el plan?

Me quedé sin habla. El cansancio desapareció de pronto. Lo único que deseaba en ese momento era saltar a su cuello, que viniera ya y, sobre todo, que estuviésemos lejos los dos, incluso aunque presintiera que me iba a traer problemas... Me crucé con la mirada curiosa de Sandro, apoyado en la puerta del despacho.

—Dame tiempo para prepararme.

—Llegaré lo antes posible, estate lista, no quiero perder ni un minuto contigo.

Colgó. Atónita, me quedé mirando el móvil, sin duda con cara de tonta.

—¿Una llamada guay? —me preguntó dulcemente Sandro. Le divertía verme tan confusa. Había comprendido que se tramaba algo. Vino a colocarse a mi lado—. Cuéntaselo a tito Sandro —me dijo, y lo hice sin hacerme de rogar, con la mirada ya en *él*, soñadora y feliz—. Bonita sorpresa la que te acaba de hacer. Necesitas que esté más presente, está claro que es un momento duro para ti... —me dejó boquiabierta con su intuición—. ¡No te hagas la asombrada! Se puede leer en tu cara como en un libro abierto.

Su comentario me arrancó una pequeña sonrisa de malestar.

—Es verdad... Perdona si estoy irritable.

Borró mis excusas con el dorso de una mano.

—Bueno, si lo he entendido bien, tengo que sustituirte mañana, ¿verdad? —le salté al cuello y lo abracé. Me acunó tiernamente. Ya me veía lejos, estaba ebria de felicidad. Podía dejar estallar mi alegría ante la idea de las próximas horas—. Y, Hortense, no te preocupes. Yo me ocupo de Bertille, ¿vale?

Menos mal que lo tenía allí, yo ni siquiera había pensado en ella.

—¿Habláis de mí?

Catástrofe. Corría el riesgo de cabrearla con mi deserción. Sandro me soltó, no sin antes dedicarme un guiño de complicidad, y se acercó a ella. Alzó una ceja desconfiada, nos conocía demasiado bien a los dos como para no olerse algo raro.

—¿Qué estropicio estáis preparando?

—Nada del otro mundo, la sustituyo mañana.

Se tensó como la cuerda de un violín, con el rostro más frío que el de una estatua.

—¿En qué clase?

—En la mayoría. ¡Tú te ocuparás del resto!

—Primera noticia —soltó con tono displicente.

Para ablandarla, Sandro le apoyó sus grandes manos en los hombros.

—Su cariñito le ha dado una sorpresa y le vamos a echar una mano. Por cierto, ¿no tendrás algún vestido *sexy* guardado en un armario?

Se zafó con un movimiento seco y se acercó a mí, apuntándome con un dedo amenazador.

—¡Te estás pasando, Hortense! ¡Crees que vamos a ceder cada vez que Aymeric tenga un capricho! ¡Sandro y yo tenemos nuestras vidas! ¡Y no es precisamente así como va a crecer nuestra academia!

—¿No crees que exageras un poco? Es cierto que es un plan de última hora, ¡pero yo aquí hago mi parte igual que vosotros! ¿Tienes alguna queja de mi trabajo? ¡No tenemos elección! ¡Para una vez que tenemos la ocasión de vernos más tiempo, no lo vas a estropear todo!

—¿Y qué excusas piensas darles a tus alumnas? ¡No nos corresponde a nosotros tragar para que hagáis malabarismos porque esté pegándosela a su mujer! ¡Y de qué forma, además!

Su crueldad me hizo dar un paso atrás. Utilizar la doble vida de Aymeric para golpearme y hacerme sentir culpable de mi reciente falta de implicación en la academia era tan fácil, tan cobarde. Ella no podía saber hasta qué punto me rebajaba para evitar el conflicto.

—Ha sido un golpe muy bajo, Bertille.

—No, ¡es la pura verdad y alguien tiene que recordártela de vez en cuando!

—¡Eh! ¡Calmaos un poco, chicas! —se interpuso Sandro—. Hortense, ve a preparar tus cosas, y tú, Bertille, ¡déjala en paz!

—¡Y evidentemente tú la defiendes! Esto es increíble —exclamó agresivamente.

Se marchó dando un portazo. Me quedé estupefacta, alucinada por lo que acababa de pasar.

—Prepárate —insistió Sandro—. Aymeric te estará esperando. Me encargaré de calmarla, no te preocupes. Vete, ya hablaremos.

Durante un momento me invadió un sentimiento de culpa.

—Y mis alumnas...

—Déjalo, yo me ocupo.

Las palabras que necesitaba. Agradecida, lo estreché en mis brazos por última vez antes de marcharme a mi vestuario a recoger mis cosas. Rescaté un vestido y unos zapatos de danza con tacón que había usado para un espectáculo. Antes de salir de la academia, me asomé por el cristal del estudio de Bertille. A pesar de que se movía con soltura, podía leer en su rostro los restos de la cólera, no se había calmado en absoluto. Peor para ella, a la vuelta arreglaría el problema.

Con el bolso sobre la cabeza para guarecerme, me lancé bajo la lluvia y estuve a punto de resbalar sobre el suelo empapado. Recuperé el equilibrio de puro milagro, pero mi tobillo se llevó un buen recuerdo. Me deslicé dentro del coche de Aymeric, al fin al abrigo y a salvo. Secó algunas gotas de mi frente y mis mejillas, y me contempló durante un buen rato. Frunció el ceño, circunspecto.

—¿No estás contenta de que nos marchemos?

—¡Claro que sí! Pero he tenido una discusión con Bertille. Ya la conoces... Aunque me da igual, vamos a aprovechar que estamos juntos.

Y lo besé.

*

Aymeric, apoyado tranquilamente en el cabecero de la cama, con los brazos cruzados detrás del cuello, no me quitaba ojo de encima mientras me desprendía de la ropa. Lo sentía y disfrutaba con ello. Jugaba con mi grácil cuerpo y con la atracción que ejercía sobre él. Aunque fingía ignorarlo, era perfectamente consciente de que aquello no hacía más que aumentar su deseo hacia mí. Pasé en lencería de la habitación al cuarto de baño con desenvoltura. Delante del espejo, con un mohín en los labios, me aparté el pelo, despejando mi nuca, haciendo como que dudaba. Me maquillé con la espalda exageradamente arqueada, consciente del efecto hipnótico de la curva que hacían mis lumbares.

Sentí bruscamente que la atmósfera cambiaba por completo. Un momento antes, Aymeric parecía a punto de lanzarme sobre la cama, y al siguiente un frío glacial flotaba en el aire. Mis ojos confirmaron mis temores: el peso de los *suyos* aplastaba la pantalla de su móvil. Me acerqué a él sin que reaccionase y miré por encima de su hombro. Tres llamadas perdidas de *casa*. Me tragué el fastidio y le pasé tiernamente la mano por el pelo. Quería que se quedara tranquilo para poder disfrutar mejor de él.

—¿Puedo echarte una mano con tu conciencia?

—Lo siento.

—Deja que termine de prepararme, olvídame durante un rato. Baja a hacer lo que tienes que hacer y vuelve justo después, ¿de acuerdo?

No tenía elección, él debía llamar y yo debía sacrificar unos minutos a su lado. Era tremendamente duro, pero así funcionaba nuestra relación. Compartía al hombre que amaba con su familia y esa noche no podía montar una escena, teniendo en cuenta que estaba conmigo en un lugar de ensueño. Me besó en el cuello, se levantó e inspiró a fondo para darse valor. Yo no me moví ni un milímetro. Antes de salir por la puerta, me lanzó una mirada de preocupación.

—¿Todo irá bien cuando vuelva?

Le sonreí dulcemente.

—Todo irá bien por mi parte, te lo prometo.

—Por la mía también, entonces.

Escondida tras la cortina, desde la planta de arriba, le observé dar vueltas y vueltas en el patio interior. Las palabras de Bertille todavía me atormentaban. Mi estado de ánimo cambió de manera brusca. Verlo hablar por teléfono con su mujer me repugnaba, me fatigaba. Al fin y al cabo, ¿qué era yo? Una mujer con la que se acostaba dos veces por semana, una mujer a la que llevaba a escondidas a un hotel de lujo. ¿Cómo había podido caer tan bajo? Como si no tuviera ningún respeto por mí misma... Era tan estúpida como para creer todavía que un día vendría definitiva y completamente conmigo, cuando nunca me había prometido nada. Hacía falta que interpretara siempre todas las señales a mi favor para convencerme de que nuestra historia valía la pena. Él me amaba y, por todo lo que decía, yo era incapaz de reflexionar con calma ni dudar de sus sentimientos. Cualquier cosa valía para disculparlo... *La duda era...*

¿Por qué había cedido la única vez que había tenido el valor de dejarlo? ¿Por qué había vuelto a él, a aquel estado de soledad, de culpabilidad y de asco de mí misma?

Después de año y medio de tenerlo a ratos, estaba harta de nuestra situación; el tiempo pasaba, Aymeric no tomaba ninguna decisión y eludía todas mis preguntas. Pero yo no conseguía dar el paso, abandonarlo, olvidarlo, borrar lo que vivíamos juntos. Cuanto más rozaban la perfección los momentos que compartíamos, más lo amaba. Un día que quedamos para comer, estallé. Hacía un tiempo maravilloso, pero nuestra clandestinidad nos prohibía disfrutar del sol y sentarnos fuera, como cualquier pareja normal. Antes de entrar en el restaurante en el que nos habíamos citado, di media vuelta sin que me viese y me escondí tras un alféizar desde donde podría verlo por última vez. Esperé allí, a la sombra, sabiendo que acabaría por llamarme, lo que no tardó en pasar. Tuvo el descaro de regañarme por llegar tarde, por que no estuviera allí, olvidando que me había prohibido llamarlo. Así que le anuncié que no iba a ir más y entró en pánico, casi vociferando por teléfono, dejando de lado nuestro anonimato. Insistió en que nos viésemos una última vez, usando como argumento la fuerza de nuestro amor.

—Nuestra historia no lleva a ninguna parte —le respondí—. ¿Para qué continuar? He tomado una decisión, vernos no cambiará nada.

Lo vi salir en tromba del restaurante. Se puso a dar vueltas por la acera. Con el corazón encogido, luché contra mis ganas de correr a sus brazos y suplicarle que olvidase mis últimas palabras. Pero no tenía derecho a ello.

Las semanas siguientes fui víctima de un auténtico acoso: me llamaba sin cesar, llenaba mi buzón de voz, enviaba mensajes a todas horas, me llamaba incluso a la academia. Me las arreglaba para volver muy tarde a casa en compañía de Sandro, por miedo a que Aymeric me estuviese esperando. Estaba en constante tensión, no tenía ninguna confianza en cómo reaccionaría si llegaba a encontrármelo frente a frente. Conseguía sacar adelante las clases lo mejor que podía, a pesar de que ya no comía y por las noches dormía poco o nada, pues lloraba durante horas hasta quedarme sin lágrimas en el cuerpo, destrozada por lo que le echaba de menos. En la oscuridad escuchaba en bucle sus mensajes, sus declaraciones de amor en las que decía que no podía estar sin mí, que vivía un infierno. Aquel sufrimiento que me imponía me resultaba necesario, necesitaba escuchar su voz desesperada. Un día dejó de dar señales de vida. Sandro me confesó que había discutido con él por enésima vez un día que había llamado a la academia. Le pidió que me dejase en paz. Aymeric había obedecido, sin duda por primera vez en su vida. Quizás fue entonces cuando más sufrí, ahogada por la impresión de haberlo perdido para siempre. Bajé, pues, la guardia y recuperé mis rutinas. Pero Aymeric seguía al acecho, su desaparición del radar era voluntaria, una estrategia para obligarme a sucumbir más fácilmente. Una noche, tarde, sonaron tres timbrazos: era él. Me quedé asombrada por el color terroso de su piel y sus profundas ojeras. Comencé a temblar de pies a cabeza.

—Vete —le susurré.

Venció mi resistencia a abrirle la puerta y se abalanzó sobre mí, no tuve ni fuerzas ni ganas de rechazarlo. Hicimos el amor en el mismo suelo; un encuentro brutal, doloroso, desconcertante. Y recaímos.

No volvimos a hablar de ello. Decidí ser aún más cuidadosa y no meterle más presión en vano. Ya no me habrían quedado fuerzas para amenazarlo ni dejarlo de nuevo, me había resignado. Cuando estábamos juntos, aceptaba lo que me daba y hacía todo lo posible para que esos momentos juntos rozaran la perfección. Consagraba mi vida a conservarlo a mi lado. Había dejado definitivamente de pedirle más de lo que podía darme. A veces, el espectro de su mujer se aparecía en mis pensamientos, cuando ni siquiera la había visto una sola vez. Me las arreglaba para expulsarla lo más deprisa y lo más lejos posible. Cuando los celos no me dejaban respirar, recordaba o me convencía de que tenía el amor de su marido. Me habría gustado tanto odiarla..., pero me resultaba imposible. Cuando la culpabilidad me quemaba el corazón hasta hacerme gritar de dolor, recordaba todos mis sacrificios. Cómo habría deseado amar menos a Aymeric. Igual de imposible. Me volví adicta. Adicta a él, incapaz de renunciar a mi dosis.

Al ver que había terminado con *casa,* me deshice de mis recuerdos dolorosos. Antes de dejar la habitación a oscuras, una última mirada en el espejo: estaba guapa para el hombre que amaba e íbamos a pasar una maravillosa velada. Guardé el resto —su *otra* vida, los problemas y el veneno de Bertille, que en aquel momento me parecía ya insignificante— en el fondo de mi mente. Me esperaba al pie de la escalera. Por su sonrisa y su expresión relajada supe que en las próximas horas sería para mí y solo para mí. En cuanto a mi orgullo, me lo tragaría.

Con mi cabeza acurrucada sobre su hombro, Aymeric jugaba con mis dedos para ocultar su turbación. Nuestro silencio era pesado, nos invadía la tristeza, se acercaba el final del paréntesis. La impresión de la víspera de que teníamos días y días por delante —y no la vida, en mi caso— se borraba a medida que pasaban las horas. El entusiasmo había desaparecido. ¿Cuándo sería la próxima escapada?

—¿Qué pasó ayer con Bertille? ¿Os enfadasteis por culpa de este viaje?

Suspiré, cansada ya de lo que me esperaba a mi regreso. Le expliqué a grandes rasgos el contenido de mi conversación tempestuosa con Bertille, omitiendo por supuesto su comentario sobre nuestra situación, y mis reservas en cuanto a los cambios que quería realizar en la academia. Como cuando los comenté con él se entusiasmó, no me había atrevido a decirle que pensaba lo contrario, por temor a decepcionarlo. Le eché la culpa a las consecuencias de la organización de las clases. Me di la vuelta, pegada a él, y acaricié su barba de un día.

—Aquí estamos, vuelta a la realidad. Lo siento.

Besó mi mano, mi muñeca.

—Algo se me ocurrirá para hacer que nos perdone. Déjame pensarlo...

A las cuatro y cuarto estábamos los dos en el despacho. Había insistido en acompañarme para atrasar el mayor tiempo posible nuestra separación. Consultó su correo mientras me cambiaba y calentaba. No nos habíamos cruzado con nadie, todavía estaban en clase. La puerta se abrió bruscamente, Bertille se quedó de piedra al descubrirnos.

—Ah... ¿Ya estás aquí?

Me acerqué a darle un beso en la mejilla, no tenía ganas de volver a enzarzarme en una lucha dialéctica; deseaba hacer las paces.

—Sí, tu jornada ha terminado, hemos vuelto antes para liberarte de mis últimas clases.

—Hola, Bertille —nos interrumpió Aymeric—. ¡Qué alegría verte! ¿Cómo estás?

Se puso junto a nosotras y la besó, como si nada.

—Muy bien —respondió ella, recelosa.

Él prosiguió con su tono amistoso:

—Quería darte las gracias por haber reemplazado a Hortense, siento haberos avisado con tan poco tiempo, pero pude encajar una cita de trabajo...

—¡No sigas! No necesito saber más.

Aymeric asintió con cara de haber comprendido el mensaje. Ella se alejó y agarró una botella de agua, sin añadir una sola palabra.

—Tengo una pregunta que hacerte —se arriesgó a plantear Aymeric.

Ella frunció el ceño con desconfianza.

—Te escucho...

—¿Crees que el jueves por la noche Stéphane tendría una mesa para nosotros? ¡Hace tiempo que no cenamos juntos! ¡Invito yo!

Había encontrado la manera de hacerse perdonar y, además, era muy buena idea, o eso esperaba yo. Bertille sonrió, más para sí misma que a nosotros. Me miró de una manera que yo percibí como de incomprensión. ¿Qué mensaje estaba intentando transmitirme?

—Debería ser posible...

—Yo aviso a Sandro —añadí.

Aymeric me animó con un guiño tranquilizador.

—Hortense —me llamó ella, con voz más dulce—. Deberías darte prisa, las chicas ya están en el vestuario.

—Tienes razón.

Hice una señal con la cabeza a Aymeric para que me siguiese y salimos.

—Gracias por haber vuelto —me susurró Bertille cuando salía del despacho.

La miré por encima del hombro y le dediqué una gran sonrisa.

—Es lo menos que podía hacer.

—Hasta el jueves —le dijo Aymeric. En el pasillo, me pasó el brazo por la cintura—. La cosa ha salido bien, ¿no crees? —me susurró, orgulloso de sí mismo.

Dejé sobre sus labios un delicado beso.

—Gracias, ha sido maravilloso.

Rozó durante un momento los míos.

—No tengo ganas de marcharme.

Quédate, me contuve de exclamar. *¿A qué esperas para dejarla si tan difícil es estar sin mí?* La esperanza, siempre esa maldita esperanza que no me abandonaba. Me mordí la lengua para no estropear el final de nuestra escapada. No era ni el lugar ni el momento de exigir más. Conseguí esbozar una sonrisa maliciosa.

—De verdad que tengo que ir a trabajar, ¡me están esperando!

En efecto, mis pupilas parloteaban en el estudio. Sandro apareció como por arte de magia y le dio un empujón amistoso a Aymeric.

—Si tienes un par de minutos, ¡quédate a verla! ¡Está divina en su nueva coreografía!

—Para —le reproché, incómoda por su cumplido.

—¡No, en serio! ¡Enséñasela!

Aymeric puso la cara de niño caprichoso a la que me era imposible resistirme. ¡Al diablo el cansancio! Sandro me las pagaría.

—¡De acuerdo! ¡Disfruta el espectáculo! Pero déjame trabajar.

Un último beso, una última presión de su mano alrededor de mi cintura, una última mirada de cariño y me escapé. Al menos, sabía que Aymeric no tenía que temer una conversación desagradable con Sandro. Al contrario, reían y bromeaban juntos. Mis adolescentes habían calentado mientras me esperaban, me saltaron encima una tras otra para saludarme con un beso.

—¿Hay alguna que se sienta lista para seguirme, al menos al principio de la pieza? Sé que hemos empezado a trabajar en ello hace apenas un mes, pero podemos intentarlo, y estoy segura de que eso os va a motivar. Tenéis el derecho de renunciar y la obligación de divertiros.

Las más confiadas se colocaron y animaron a las demás a intentarlo. Empezó la música. Me encantaba que Aymeric me mirase, me gustaba cuando posaba su mirada sobre mi cuerpo en movimiento, sabía que aquello me volvía más sensual a sus ojos, el cansancio y el dolor se disipaban. Las chicas me asombraron: vistas en el espejo, me gustaba la imagen de grupo que ofrecíamos. Sonreían, se divertían, tal y como yo deseaba. ¡Qué maravilla asistir a eso! ¡Qué culminación!

—Continuad sin mí —les pedí después de que hubiesen quedado formadas en línea a mi espalda—. Os voy a mirar.

Permanecí atenta a sus brazos, a sus manos, a sus piernas, al ritmo con el que bailaban, al toque de gracia necesario a pesar de lo extremadamente enérgica que era la coreografía. Las debilidades y puntos fuertes de cada una me permitieron determinar con más precisión los papeles que podrían realizar, así como lo que deberíamos trabajar durante las próximas semanas. Me crucé con la mirada de Aymeric, que estaba cautivado, asintiendo con la cabeza a los comentarios que le hacía Sandro sin dejar de mirarme. ¿Qué se estarían contando? Mis alumnas se retiraron en el momento en el que tocaba ejecutar los saltos que todavía no dominaban. Me dejaron encadenando las piruetas, que me arrancaron una mueca de dolor —mi tobillo, el maldito tobillo—, y después volvieron a formar en círculo para el último movimiento.

—¡Habéis estado geniales! —las felicité, orgullosa de ellas—. Vamos, dos minutos de descanso y lo retomamos.

Cogí una toalla de la barra y me sequé la cara, extenuada. Sentí los ojos de Aymeric sobre mí, levanté la mirada. Leí en sus labios un «te quiero» que me cortó la respiración. *Esperanza...* Después me hizo una seña de que debía marcharse, se llevó dos dedos a la boca y me envió un beso. Susurré «hasta el jueves» y desapareció.

4

Llegué al restaurante en compañía de Sandro; Aymeric y su sempiterno contratiempo se reunirían más tarde con nosotros. Bertille estaba cobrando a unos clientes detrás de la caja. En cuanto podía, echaba una mano en el salón. Detrás de la barra se encontraba tan en su elemento como en un estudio de danza. Stéphane se había hecho cargo del restaurante hacía tres años. Soñaba con tener su propio negocio y había esperado a que la academia funcionase bien para establecerse por su cuenta. Habían invertido todos sus ahorros en el traspaso y, sobre todo, en la reforma. Cuando lo visitaron por primera vez, no era más que un tugurio. ¡La de lágrimas que había derramado Bertille sobre mis hombros y los de Sandro, desesperada por el negocio de su marido! A base de trabajo y perseverancia, Stéphane lo había convertido en un lugar magnífico, cálido, tal y como era él mismo. Un *bistrot,* uno de verdad, con sus baldosines de cerámica en el suelo, sus azulejos blancos como los del metro en la cocina, madera, tonos rojos, zinc, una cocina abierta al salón y una mesa de carnicero. Cuando entraba allí, siempre me quedaba fascinada por el ruido de las cacerolas de cobre. Stéphane demostraba que era parisino de cuna, un enamorado de la cocina casera simple y de los productos de calidad.

Cuando levantó la nariz de la caja registradora, Bertille nos regaló una sonrisa radiante. Al menos, se alegraba de vernos, todo volvía progresivamente a la normalidad entre nosotras. Sin embargo, yo era bien consciente de que no podría pasar mucho tiempo sin que ella y yo nos sentáramos a hablar con franqueza. Teníamos que aclarar algunas cosas. Lo de Aymeric, obvio, pero también lo referente a la academia. Cada vez me lanzaba más indirectas sobre mi supuesta falta de implicación. Debía armarme de valor y plantearle mis reservas sobre sus proyectos, aparte de dejarle claro lo motivada que estaba. En fin... Esa discusión no tendría lugar esa noche. Sandro y yo nos encaramamos a los taburetes de la barra mientras nos servía unas copitas de blanco. Llamó a su marido, que levantó la cabeza de los fogones y nos saludó cordialmente con la mano. Gritó varias órdenes a su espalda y vino a nuestro encuentro. Primero le dio un par de besos a Sandro y luego a mí.

—Pero bueno, Hortense, ¿vienes sola? —se extrañó.

—No tardará en llegar.

Brindamos, visiblemente contentos por la velada que nos esperaba.

—Mira, hablando del rey de Roma —murmuró Bertille.

Efectivamente, Aymeric acababa de entrar. Traía cara de preocupación, así que lo interrogué con la mirada, pero me dio a entender que todo iba bien. Estrechó la mano de los chicos y se inclinó por encima de la barra para besar a Bertille. Después me besó sin pudor. El restaurante de Stéphane era el único lugar público en París donde no tenía miedo de que nos viesen.

—¡Últimamente no se te ha visto mucho por aquí! —exclamó Stéphane—. ¿Tienes mucho trabajo?

A Aymeric ya no le sorprendían las preguntas completamente ingenuas del marido de Bertille, que tenía la molesta tendencia de olvidar nuestra situación.

—No lo tengo muy fácil —se limitó a responder.

Sandro rio para sus adentros, Bertille suspiró exasperada.

—En todo caso, ¡estoy encantado de daros de cenar esta noche! —lanzó una mirada a la cocina y frunció el ceño—. Bueno, tengo que volver. Cariño, luego me uno a vosotros.

Se alejó silbando y escuchamos cómo se hacía cargo de los fogones de nuevo: «¡Pero bueno, os dejo dos minutos y esto es un caos!». Me conmovió la mirada llena de amor y ternura que le dedicó Bertille. Al notar que Aymeric me acariciaba la espalda, me volví hacia él y me sonrió.

—¿Qué tal?

—Bien, muy contenta de que estemos aquí esta noche. ¿Y tú?

—Todo en orden, no te preocupes.

Bertille nos hizo una seña para que la siguiésemos. Copa en mano, rodeamos las mesas para tomar posesión de la nuestra. Mientras esperábamos a que nos sirviesen, Aymeric le preguntó por sus hijos y, para mi absoluto asombro, ella le respondió amablemente y comenzó a animarse con la conversación. En el fondo, era el único tema en el que podían hablar el mismo lenguaje: Aymeric reaccionaba inmediatamente a los problemas relacionados con los deberes, la inscripción en el colegio, los canguros..., en resumen, a todo lo que tenía que ver con la vida familiar, que conocía y sacaba adelante en su otra vida. Me resultaba muy extraño sentirme excluida, no estar en la misma onda y ser consciente de que era algo que nunca iba a cambiar. Bertille, sin hacerle preguntas directas sobre sus propios hijos, sacaba una y otra vez el tema, pero era lo suficientemente sutil para evitar meter la pata. ¿Por qué lo hacía? ¿Estaba intentando mandarme un mensaje? No le hacía falta esforzarse. Yo sabía que ella tenía una familia, un marido e hijos, y que Aymeric tenía mujer e hijos. Según escuchaba de soslayo mientras hablaba de tonterías con Sandro, fui tomando consciencia de algo: Bertille toleraba mi situación, pero no la aprobaba y, es más, nunca lo había hecho.

En ningún momento había buscado enfrentarse a mí directamente hasta estos últimos días. Me daba cuenta de que llevaba tres años conteniéndose, de que se aguantaba y me daba a entender que Aymeric la agradaba. Recordaba hasta qué punto había permanecido de piedra cuando le expliqué todo. Yo había estado ciega o, al menos, había preferido cerrar los ojos para protegerme, para no ver la verdad. ¿Cómo ella, mujer casada, madre de familia, recta como la justicia, podía aceptar que yo fuese la amante de un hombre casado? Seguramente se pondría de continuo en el lugar de la mujer de Aymeric; en el instante mismo en que empezaba a hablar con él debía de preguntarse dónde estaba *ella,* qué sabía *ella,* debía de sentir el dolor de *ella* y en ningún caso el mío. Su forma de dirigirse a él no era más que un acto para la galería. En realidad, no lo soportaba, lo detestaba, lo único que sentía por él era desprecio. Y más en ese momento, en el que dejaba la mano sobre mi regazo mientras me hacía ojitos: lo fusiló con la mirada. Aymeric no se dio cuenta, no la conocía tanto como yo. La cólera me asfixiaba; ¿quién era ella para juzgar? Había tenido la suerte de encontrar con veinticinco años a un hombre bueno y atento, y de no tener que plantearse después cuestión alguna. ¿Creía acaso que yo había elegido enamorarme de un hombre que por supuesto no era libre, pero que me amaba? Su marido y sus hijos adoraban a Bertille, nunca estaba sola. Tenía claro que para ella la vida tampoco era de color de rosa todos los días, pero eso no le daba ningún derecho a emitir juicio alguno sobre mí. Pensar que yo era una zorra egoísta que se dedicaba a romper familias y, además, estúpida por esperar que un día él dejase a su mujer por mí, era de una banalidad desconcertante. ¿Qué le hacía reaccionar ahora y mostrar su desacuerdo tan a las claras? ¿Por qué no lo había hecho antes? ¿Para hurgar más en la herida? ¿Para hundirme en la mierda? Por supuesto que yo sabía que mi vida no era envidiable, sino despreciable y sucia. Pero era mi vida.

Estaba cansada. Cathie era la única que, desde el principio, me había servido de confidente en esta historia; nunca había notado que Bertille tuviera ningún interés. Quizá también porque conocía a la perfección sus opiniones radicales, sus juicios sin concesión. Pero esa noche había algo que no encajaba: si bien las miradas de Bertille se volvían asesinas cuando se fijaban en Aymeric, las que me dirigía a mí solo transmitían tristeza.

—¡Aquí tienen, señoras y señores! —exclamó Stéphane.

Nos sirvió y se sentó con nosotros. Aymeric se inclinó hacia mí:

—Pareces ausente. ¿No me ocultas nada?

Me acurruqué contra su hombro durante un instante y besó mi pelo.

—No, todo va bien... Estaba reflexionando, eso es todo.

—¿Sobre qué?

Para mi gran alivio, no tuve tiempo de responder. Sandro sacó el tema del verano.

—Bueno, Hortense, el hecho de que hagamos cursos de verano en Paname* no nos va a impedir una escapadita al sur, ¿verdad?

—¡Es cierto! —respondió Bertille, muy contenta—. ¡Necesitamos sol!

Me contuve para no saltar a los brazos de Sandro por aligerar la atmósfera. Sin darse cuenta, tenía un don para neutralizar nuestros conflictos subterráneos. Todo el mundo esbozó una sonrisa, incluido Aymeric, puesto que podría bajar allí un par de días, como cada año.

—¡Allí estaré todo el mes de agosto! Stéphane, ¿cuándo cierras aquí? Nos las arreglaremos en función de lo que hagas para dejar libres vuestras habitaciones.

Hablar de la Bastida me hizo olvidar el resto, sobre todo porque Stéphane había abierto otra botella de vino. Bertille parecía haber olvidado sus reproches y hacía castillos en el aire, imaginando que se uniría a nosotros para ir de fiesta. A partir de ahí, el ambiente de la cena dio un giro que ya no esperaba. Todos charlábamos animadamente, quitándonos la palabra, bromeando, Bertille incluso llegó a contarle chistes a Aymeric. Cualquiera habría dicho que se había olvidado de sus prejuicios. Yo misma, incluso, acabé convencida de que había sido una paranoica y saboreé, tranquila, cada instante de esa cena. Reímos, brindamos las dos con cada copa. Stéphane y Aymeric hablaban de trabajo con entusiasmo, Sandro hacía el imbécil contándonos sus descabelladas aventuras amorosas, tremendamente divertidas, y todos los clientes se volvieron hacia nosotros cuando el pastelero del restaurante nos sirvió el postre: cinco maravillosas paulovas

* *Paname:* París, en argot tradicional. *(N. del T.)*

74

«en honor de las bailarinas», anunció. Sandro, levantándose, contestó que también él era bailarín, para después ejecutar tres movimientos de samba. Aplaudimos, ovacionamos, Stéphane felicitó a su empleado y a nuestro artista de la velada y se levantó a buscar una botella de ron con especias detrás de la barra para después del postre. Todo había vuelto a su sitio y yo estaba pasando la magnífica velada que soñaba con mis amigos y con el hombre al que amaba; solo faltaban Cathie y Mathieu para que mi felicidad fuera absoluta. Me agarré a aquellos instantes, mi salvavidas, para creer que aquella vida valía la pena, para dejarme llevar por la ilusión de sentirme realizada. Mi mirada y la de Aymeric se encontraron en el mismo instante.

—Gracias por haber tenido esta idea —le susurré.

—Qué dices, estoy pasándolo maravillosamente, vivir cosas normales juntos me sienta bien.

Contuvimos las ganas de besarnos. Nos atravesó una descarga de deseo. Se rio para sí, y luego volvió a la conversación general.

—Ahora vuelvo —le susurré al oído.

Acarició una vez más mi muslo antes de dejarme escapar. Desde la escalera me volví para mirarlo, incómoda de repente. *Te equivocas, Aymeric, esto no es la vida normal. Esta noche, después de hacerme el amor, te llevará un cuarto de hora recuperarte, te pondrás perfume y volverás a dormir abrazado a tu mujer mientras yo dormiré entre los efluvios de nuestro encuentro.* Empecé a bajar sin dejar de mirarlo.

Supe de inmediato que había sido un error. Mis tacones de vértigo resbalaron y me vi perder el equilibrio, como si estuviera fuera de mi propio cuerpo. Por mucho que traté de evitarlo, mis manos no encontraron nada a lo que agarrarse, solo aire. Me dio la impresión de que la caída duraba una eternidad. Cuando toqué suelo, para colmo, sentí que el tobillo —ese maldito tobillo que llevaba semanas frágil— se retorcía, deformado, en un ángulo completamente fuera de lo normal. No resistió. Me reproché al instante haber retrasado la cita con el osteópata. Creí escuchar un crac, un tejido que se desgarraba y mi grito de dolor. Caí sobre el coxis y me golpeé la cabeza contra la pared. Me quedé en la misma postura un tiempo que me pareció infinito, con una mano pegada al escalón superior y otra a la pared. A lo lejos escuché el chirrido de las sillas sobre los baldosines y las voces enloquecidas de todo el mundo. Levanté los ojos y me di cuenta de que había bajado la escalera casi por completo. Por encima reinaba la confusión; estaba aturdida, pero distinguí a mis amigos y a Aymeric precipitándose hacia mí, así como la palidez y el rostro aterrado de Stéphane, que permanecía arriba. Sandro llegó el primero y empezó a jurar en su lengua materna mientras me recogía. Bertille, cerrando el paso a Aymeric, se colocó sobre el escalón superior y pasó delicadamente la mano sobre mi frente.

—Hortense, ¿me oyes? Di algo...

Temblaba de pies a cabeza y sollozaba, con los ojos llenos de lágrimas.

—Me duele —conseguí articular—. Mi... mi tobillo.

Su mirada se clavó en mi pierna torcida.

—Mierda... ¡Stéphane! —gritó—. ¡Ve a preparar hielo! ¡Aymeric, sube con él e instala una silla en una esquina tranquila de la cocina!

—Pero...

—Haz lo que te digo.

Dudó unos segundos antes de ponerse en marcha; parecía completamente perdido, sin saber qué hacer ni dónde meterse. Sentí que Sandro me quitaba los zapatos, hice una mueca de dolor y cerré los ojos con todas mis fuerzas. *Aguantar. No llorar.*

—Hortense, no puedes quedarte aquí. Hay que subir. Vamos a ayudarte a levantarte.

—No sé si conseguiré mantenerme en pie... Tengo mucho miedo...

Mi tobillo había doblado ya su volumen, la piel se estaba poniendo roja... Y aquel dolor... Me caían las lágrimas por las mejillas sin que pudiese retenerlas. Bertille me cogió la cara con las dos manos para evitar que me hundiese.

—Mírame —me animó dulcemente. Obedecí. Su mirada me envolvía, trataba de tranquilizarme, de calmarme. Me agarré a ella como a un bote salvavidas—. Ya pasó. Estamos aquí. No puedes quedarte en la escalera del baño, y arriba está Aymeric esperándote. Te llevaremos al hospital...

—¡Ni pensarlo! —exclamé. No quería que nadie se preocupara en absoluto ni imponerle a Aymeric una carga como aquella. Sacudí frenéticamente la cabeza de derecha a izquierda, a pesar del dolor que me martilleaba las sienes—. ¡Se me pasará, te lo prometo!

Bertille chascó la lengua contra el paladar, algo que en ella significaba que estaba muy irritada. Debía de haber comprendido por qué me negaba. Pero mi nerviosismo la obligó a ceder:

—No eres razonable, en serio. Pero vale, si te pones así... ¿Te duele en alguna otra parte?

—No, estoy bien... Solo en el trasero, un poco los brazos y la cabeza. ¡No me he hecho daño!

Palpó mi cráneo y encontró el sitio donde me había golpeado.

—Tienes un buen chichón. Venga, no nos quedemos aquí.

Sandro deslizó las manos bajo mis brazos y me izó. Sin darme cuenta, apoyé el pie lesionado en el suelo. Tuve que ahogar un grito en su hombro.

—No lo voy a conseguir. No puedo caminar.

—Te llevaré a la espalda.

No podía cogerme en brazos. Con una escalera tan estrecha, era la única solución. Se volvió y pasé los brazos alrededor de su cuello. Me levantó como una pluma, con cuidado de no golpear mi pierna. Bertille pasó delante. No vi nada de la ascensión ni de cómo atravesamos el restaurante. Estaba mareada de dolor. Stéphane vino a nuestro encuentro y nos guio, muy nervioso, hasta una esquina, desviando la vista. Aymeric me clavó la mirada desarmado, era la primera vez que notaba que perdía la iniciativa y que estaba completamente sobrepasado por los acontecimientos. Tenía que tranquilizarlo, pero un dolor insoportable me atravesaba, no me permitía reflexionar. Sandro me sentó cuidadosamente en una silla y Aymeric se acercó.

—Hortense... Por Dios, ¿cómo has podido caerte así?

Me esperaba cualquier cosa menos ese tipo de pregunta.

—Aymeric, ¿de veras piensas que es el momento? —lo cortó Bertille—. Sujétale la pierna mientras preparamos una bolsa con hielo. No debe apoyar el pie en el suelo.

Se agachó y cogió delicadamente mi gemelo entre sus manos, apenas se atrevía a tocarme.

—No lo sé exactamente... No lo he hecho adrede.

—Ya me imagino —suspiró—. Perdona... Yo...

—Apártate —le ordenó Bertille sin contemplaciones.

Sandro tomó el relevo, Aymeric se levantó y permaneció a mi lado, acariciándome suavemente el pelo, calmándome con sus gestos tiernos. Sandro me miró preocupado mientras Bertille le entregaba el hielo.

—Te vendrá bien —me dijo.

—Lo sé, pero...

El violento contacto con el frío me cortó la respiración. Era necesario reducir el hematoma y evitar que el tobillo se hinchase demasiado. El dolor era intolerable, quemaba, sentía sus punzadas como si me clavasen hojas de afeitar bajo la piel. Las lágrimas brotaron de nuevo, hundí mi rostro en Aymeric.

—Hortense, lo lamento, todo es culpa mía —exclamó Stéphane.

Su sorprendente reacción me hizo olvidar por un momento la tortura que estaba sufriendo, saqué mi cara de su escondite y lo busqué con los ojos. Se había hecho a un lado y se comía las uñas.

—Claro que no, ¿por qué dices eso?

—¡Con el tiempo que hace que debería haber puesto un pasamanos en una escalera tan peligrosa! Tenía que suceder algún día. Lo lamento tanto... ¡Joder! ¡Mierda!

Bertille fue directamente hacia su marido, que daba vueltas sin parar haciéndose mil reproches, y le acarició el brazo con cariño.

—Para, Stéphane, he sido yo la que no ha tenido cuidado —dije—. Mejor ve a buscar ese ron con especias, ¡seguro que con eso se me pasa!

Bertille me miró agradecida.

—Además, si esto no es nada —continué optimista, consiguiendo casi reírme—. ¡Mañana estaré dando saltitos!

Nadie a mi alrededor creyó una palabra. Nadie aparte de Aymeric, que me sonreía, aparentemente tranquilizado. Desde que nos conocíamos, yo me dedicaba a disimular mis ataques de fatiga y nunca me había lesionado seriamente. Por supuesto, había sufrido algunos tirones de vez en cuando, pero nada como aquello, que corría el riesgo de obligarme a una inmovilidad total. Mi respiración se aceleró y el miedo se propagó por mis venas como un veneno. Sentía en lo más profundo de mí misma que era grave. No se trataba de un simple tropiezo en la escalera. Traería consecuencias.

—¡Genial! —exclamó Aymeric—. Una buena noche de sueño te sentará bien. Te llevo al apartamento.

Creí que Bertille lo iba a triturar en ese mismo instante. Sandro no pudo ocultar su estupefacción, sin dejar de sostenerme.

—Gracias por jugar a los taxis —gruñó ella mientras se acercaba unos pasos hacia nosotros—. ¿Podrás quedarte con ella esta noche?

Palideció y empezó a balbucear. Lo último que faltaba para hundirme por completo.

—Bertille, por favor —le supliqué—. No tiene la culpa, no te metas con él, ahora no.

Ella ignoró mi comentario y prosiguió:

—Es que, entiéndelo, no podemos dejarla sola, hay que ayudarla a meterse en la cama, ponerle hielo en el tobillo y también habrá que vigilar el hematoma... Hortense es bailarina, ¿sabes? Su tobillo, aparte de permitir que se dedique a su pasión, es su herramienta de trabajo... Así que, Aymeric, repito mi pregunta: ¿puedes ocuparte de ella esta noche, sí o no?

—Pero... acaba de decir que no era tan grave...

—¿Y acaso tú la crees? Evidentemente, a ti no debe de parecerte grave, pero ¿no ves lo que está sufriendo, que está completamente acojonada? Vamos, tú la conoces, no quiere que nos preocupemos. Hortense es así, por si no te habías dado cuenta.

Se volvió hacia mí en busca de una confirmación y bajé la cabeza. Bertille tenía razón. Y sí, yo lo necesitaba terriblemente aquella noche. Se agachó a mi altura y me puso una mano en la mejilla.

—Yo… Ya sabes que me gustaría quedarme para ocuparme de ti… pero… no puedo. Ya llego tarde… Lo siento. Te llevaré a casa, pero… pero…

Bienvenida a la realidad. Si se estrujase un poco la cabeza, podría encontrar una solución para quedarse. Solo una vez. No le estaba pidiendo gran cosa, solo que una sola vez inventase una gran mentira para ocuparse de mí. Pero, a primera vista, aquello era un esfuerzo sobrehumano. Me tragué las lágrimas y mi pena. Me incliné hacia él y posé mis labios sobre los suyos.

—Lo sé, tienes que volver a casa, no podemos hacer nada —le respondí—. Me las arreglaré… Te lo prometo, no importa.

—Aquí estamos nosotros —me interrumpió Sandro—. Bertille, ¿te montas en el coche con ellos?

—Por supuesto.

—Yo os sigo en la moto.

Me habría gustado tener fuerzas para tranquilizarlos, para decirles que me las apañaría, pero me faltaba valor, ni quería ni podía quedarme a solas conmigo misma. Aymeric intentaba aferrarse a mi mirada por encima de todo, su desconcierto me resultaba insoportable. Evidentemente, no había elección, debía dejarme, pero necesitaba tanto que me estrechase contra él, que me abrazase, que me dijese que todo se iba a arreglar.

—Dime, ¿qué puedo hacer? —me preguntó.

—Ayudarme a ponerme en pie —le respondí, más seca de lo que hubiese deseado.

El trayecto de vuelta fue todo un calvario. Apretaba los dientes para evitar gemir con cada sacudida, aceleración, frenazo. En el retrovisor me crucé muchas veces con la mirada preocupada de Aymeric, que mis pobres sonrisitas no bastaban para calmar. Bertille abrió inmediatamente la puerta y me arrastré por el asiento con cuidado de que mi pie no tocase nada, aunque mi coxis dolorido también ponía a prueba mi aguante. Todavía aturdido, Aymeric le pidió permiso para ayudarme a salir del coche; si hubiese estado en mejores condiciones, me habría echado a reír... por no llorar. Nunca lo había visto tan avergonzado. Me tendió los brazos, me agarré y me llevó como a una recién casada hasta el portal, que Sandro mantenía abierto. Conmigo hecha un ovillo contra su cuello, susurraba «perdón» a cada paso.

—Déjame aquí —le ordené al pie de la escalera.

—Pero ¿por qué?

—Por favor...

Obedeció y me mantuve en equilibrio sobre mi pierna sana, sostenida por su mano alrededor de mi cintura.

—Vete, nos las arreglaremos. Como ya has dicho, es tarde y, de todas formas, no puedes quedarte... Así que mejor que te vayas ya.

—Yo, lo...

—Sshh... Ya me lo has dicho. Dame un beso y márchate.

—Vamos —nos interrumpió Bertille—. No puedes quedarte de pie mucho tiempo.

—Tienes razón.

Aymeric, con el rostro crispado, se inclinó y apretó penosamente sus labios contra los míos.

—Te llamaré mañana.

Le pasó el relevo a Sandro, que me cogió en brazos.

—¡Oye, te has pasado con el chocolate!

Me eché a reír. Menos mal que estaba allí para relajar el ambiente.

—¡Vamos! —exclamó.

Lancé una última mirada a Aymeric, que retrocedió por el patio sin dejar de mirarnos. ¿Qué pensaría al verme sufrir en unos brazos que no eran los suyos? ¿Conseguiría dormir aquella noche? ¿Buscaría consuelo en brazos de *ella*? *No pienses en eso.* Llevada en volandas por Sandro, con Bertille abriendo paso, lo perdí de vista. Nos invadió un silencio asfixiante. Sandro se concentraba en no tropezar en ningún escalón para no repetir mi hazaña, un herido en la velada era más que suficiente. Me habría gustado ponerle más fácil la subida, pero me era imposible. El dolor me provocaba náuseas, me encogía el corazón y me llevaba a las puertas del desmayo. Quería dejar de sentirme mal y, sin embargo, sospechaba que aquello solo era el principio.

Nos recibieron las suaves luces de mi apartamento, y llegar a mi nido me calmó, al menos un poco. Bertille colocó mis almohadas y cojines extra encima de la cama, donde Sandro me depositó con precaución antes de derrumbarse sobre un sillón, agotado por el esfuerzo. Bertille me ofreció de inmediato un vaso de agua con un analgésico.

—Tienes bolsas de hielo en el congelador, te voy a poner una. ¿Qué más necesitas? —me preguntó.

—Gracias... Pues... No sé cómo decirlo... Tengo que ir al servicio.

Me miraron atónitos y después se rieron a carcajada limpia. Por un momento, la insoportable tensión se esfumó. Casi podíamos creernos que todo se iba a arreglar.

Media hora más tarde ya estaba lista, tumbada en la cama con el pie levantado y una buena reserva de hielo. Me esforzaba por no mostrarles cuánto estaba sufriendo.

—Volved a casa, estáis agotados. Me las arreglaré sola. ¡Os lo prometo!

—Yo me quedo, y no intentes rechistar —me respondió Sandro—. Pero tú, Bertille, ve a acostarte junto a Stéphane y los chicos.

Le confirmé con la mirada que podía marcharse. Ella llamó a un taxi y vino a sentarse a mi lado.

—Hortense, he cedido en lo del hospital pero, créeme, me arrepiento. Tienes que ir al médico sin falta mañana por la mañana.

—Ya veré.

—¡No fastidies! ¿Te has visto el tobillo? ¿Qué quieres? ¿Que se ponga peor? ¡No cuentes conmigo para hacer lo que te dé la gana! Llamaré a Auguste a primera hora para que te envíe donde el suyo. Y no es negociable.

—Tiene razón —la apoyó Sandro—. Cuanto más veo el aspecto que tiene eso, más seguro estoy de que, como mínimo, te has roto un ligamento.

Por la cara de Bertille, supe que opinaba lo mismo. En ese caso, ya éramos tres. Y eso que ellos ignoraban que llevaba muchas semanas sintiendo señales de alerta. Trataba de luchar contra mi crisis de ansiedad, pero me vencían los nervios sin que pudiera hacer nada. Bajo ningún pretexto debía mostrarles lo asustada que estaba.

—Esperemos a conocer la opinión del médico antes de que cunda el pánico, ¿de acuerdo?

Ella se levantó y me besó con cariño.

—Gracias, Bertille.

Abrió la boca para hablar, pero se contuvo. Tenía una vaga idea del tema que quería abordar. Afortunadamente, había decidido ahorrármelo. Por esa noche.

—Dale las gracias a Stéphane de mi parte y, sobre todo, dile que no se torture. Ha sido culpa mía, me he caído yo solita.

Sonrió, se despidió de Sandro y se marchó a reunirse con su familia.

En cuanto Sandro desapareció en el cuarto de baño, me tumbé, no sin dolor, en una posición más cómoda. Dediqué unos minutos a contemplar el techo; me sentía agotada, me dolía todo, hasta los dientes, de tanto apretarlos para disimular lo mal que lo estaba pasando. Sin embargo, sabía que no conciliaría fácilmente el sueño. Aymeric había olvidado enviarme su tradicional mensaje de texto. Aquella velada había sido extraña hasta el final. Después de todo, qué más daba, la frustración de no poder responderle habría sido demasiado grande. Me habría gustado tanto hablarle de mi terror incontrolable, del pánico que sentía ante la idea de lo que me esperaba con mi tobillo; tenía tantas ganas de echarme a llorar a lágrima viva en sus brazos para aliviarme, adormecerme y caer rendida junto a él. Lo necesitaba. Y no estaba allí.

Mi cuerpo era mi mejor aliado, aquel en el que confiaba plenamente, nunca me había traicionado. Lo entrenaba, lo cuidaba, era mi herramienta de trabajo, como le había explicado Bertille a Aymeric, y mucho más: mi cuerpo era yo. Desde muy pequeña me había servido para sentirme feliz, era mi arma de defensa contra la tristeza, me permitía existir, expresarme. Me había ayudado a superar la pérdida de mis padres, me había apoyado en él para seguir de pie, para expulsar mi pena, para conservar mis fuerzas. Que me fallara, que me demostrase que él también tenía debilidades era algo completamente inconcebible. Que me hubiesen llevado en brazos de un lado a otro durante más de dos horas se me hacía insoportable. Me horrorizaba la dependencia. No había tenido elección esa noche, visto el estado de mi pierna, pero tenía la sensación de haberme convertido en una cosa, habían hablado de mí como si no estuviese allí, no había podido opinar. Mis amigos eran adorables, sabía que no se ocupaban de mí forzados ni obligados, pero me negaba a ser un peso muerto. Me volvía loca que tuviesen que vigilarme, velarme como a una enferma, una impotente. Poco importaba lo que me cayese encima después de ver al médico, me las arreglaría sin ayuda, sin pedirles nada de nada.

—¿Has tenido noticias de Aymeric?

Me sobresalté, completamente inmersa en mis —sombríos— pensamientos, ni siquiera me había dado cuenta de que Sandro había salido del cuarto de baño.

—No.

Se acercó a mi cama, con otra bolsa de hielo en la mano.

—¿Me permites que levante el edredón?

—No hagas el tonto, me vas a hacer reír y entonces me va a doler.

—Vale, ya me porto bien.

Me llamó la atención su expresión concentrada, demasiado concentrada para él. Pensaba lo mismo que Bertille. Aymeric acababa de perder bastantes puntos incluso con Sandro. Y le costaría mucho recuperarlos. Yo no tenía interés alguno en polemizar sobre el tema, ya me sentía suficientemente abatida.

—Ahora intenta dormir —me ordenó—. Voy a echarme en el sofá, llámame si te encuentras mal.

—¿Cómo está? —le pregunté, señalando mi tobillo con la cabeza.

—No tiene buen aspecto.

5

Sandro me despertó a la mañana siguiente. Auguste venía a buscarme en una hora. No se observaba mejora alguna y, como guinda al pastel, mis brazos y mis muslos estaban cubiertos de cardenales a cual más llamativo. Me sentía muy cansada; no había pegado ojo hasta el amanecer, torturada por el dolor y la preocupación.

Auguste nos esperaba en la acera al lado de un taxi. Vino a nuestro encuentro bastón en mano, que no necesitaba en absoluto pero que contribuía a realzar su aspecto de dandi y que en realidad había conservado por costumbre desde la época en la que todavía enseñaba. Aquel anciano de coquetería legendaria sabía resaltar su gracia y su estilizada silueta. Me encogí ligeramente ante su mirada de desaprobación. Dios sabe que siempre nos había aconsejado tener cuidado y evitar las «piruetas», ya fuesen en el trabajo o en nuestra vida privada. Me observó de arriba abajo; el resultado no debía de ser deslumbrante, y adoptó una expresión mitad afligida mitad divertida. Sin prestarme más atención, se dirigió a Sandro:

—Me ayudas a meterla en el coche y después te vas a la academia. Ya os tendré al corriente.

No me dio un ataque de nervios porque se trataba de Auguste; de nuevo, esa impresión de ser dejada de lado e inútil. Estrujé el brazo de Sandro, que contuvo la risa. Me ayudó a sentarme en el asiento de atrás, me regaló un guiño de ánimo y cerró la puerta. A través de la ventanilla, lo vi reír con Auguste antes de que este se sentara delante. Definitivamente, tenía la impresión de ser una niña desobediente castigada en un rincón.

—Te aconsejo que duermas un poco —fueron las únicas palabras que me dirigió.

Y después, nada. Estaba loco de rabia. Mi estupidez y mi torpeza lo exasperaban. La forma en la que tamborileaba el puño del bastón era suficientemente elocuente. Si hubiese podido soltarme un sopapo, lo habría hecho para quedarse bien a gusto. Su irritación no le impidió mantener una conversación de lo más cortés con el taxista, ignorándome soberanamente. Sabía a la perfección adónde me llevaba. Sandro y Bertille habían pasado ya por allí, yo me había librado hasta ahora. ¡A saber cómo! Cabía pensar que hasta la víspera había encontrado la forma de evitar lo peor o de permanecer discreta cuando me lesionaba. Auguste tenía la costumbre de acudir a una vieja clínica privada en lo más alejado de la parte oeste de las afueras y que, a decir del resto, estaba escondida en medio de un parque y no muy al día. Como no tenía elección, me dejé llevar y acabé por adormilarme.

Un enfermero abrió la puerta y me tendió la mano para sacarme del coche. En cuanto salí, me puso ante las narices una silla de ruedas. Lancé una mirada furibunda a Auguste, que me respondió con una sonrisita sádica; se reía de mí a la vez que me reprochaba mi descuido. Obedecí y me derrumbé sobre el cochecito, refunfuñando.

—Nos vemos luego, después de la radiografía.

Se puso a la cabeza del cortejo silbando, mientras el enfermero empujaba la silla detrás. Auguste fue recibido por un anciano de pelo blanco hirsuto: si se trataba de su maravilloso médico, ¡había caído en manos de un sabio loco! Se saludaron efusivamente y se abrazaron sin prestarme la menor atención. Así como el exterior de la clínica me había parecido vetusto, el interior era completamente nuevo, de una modernidad médica impresionante. Para mi asombro, no solo me hicieron una radiografía del tobillo izquierdo, sino también del derecho, así como de los brazos y la cadera. Cuando el radiólogo consideró que ya había tenido la dosis máxima de radiación, pidió al enfermero que me llevase al despacho del *profesor*. En ningún momento me dieron información sobre el estado de mi pierna. Estaba a punto de estallar. Pero ¿acaso podía decir algo? De la tecnología punta regresé al siglo pasado cuando me adentré en el despacho en el que me esperaban el sabio loco y Auguste. La estancia, además de apestar a agua de colonia barata, hacía juego con su inquilino. No tenía pinta de que nada hubiera cambiado, ni sido cambiado, en cuarenta años. El *profesor* no dejó ni que mi chófer cerrara la puerta detrás de nosotros; se levantó, tomó las radiografías que llevaba sobre mis rodillas y lo mandó salir.

Tras dejar el *dossier* sobre su mesa, empujó la silla hasta la camilla de reconocimiento, que se mantenía en pie de milagro. Dando una palmada con su mano arrugada sobre el viejo cuero agrietado —la sábana estéril de un solo uso debía de ser opcional—, me hizo una seña para que me subiese y dejara la silla en un rincón. Podía ver cómo iba vestido bajo la bata; parecía tan coqueto como Auguste, siempre que a uno le gusten los pantalones de terciopelo, los chalecos de lana y las pajaritas. Me tumbé. Sin dirigirme todavía una sola palabra, observó un rato mi tobillo, gruñendo, murmurando entre dientes, soltando incluso borborigmos de vez en cuando. Comprobó después el otro, moviéndolo y doblándolo en todos los sentidos; llegó a levantar la pierna para probar su flexibilidad. Estuve a punto de soltarle que sabía abrirlas del todo pero que en ese momento, en frío y dolorida tras mi caída, me pedía demasiado. Después volvió a la zona hinchada sin dejar de soltar gruñidos que me tenían al borde de la náusea. La palpó ligeramente. Apreté los dientes y le lancé una mirada de interrogación a Auguste, que me pidió con gestos que lo dejara hacer. ¿Dónde había acabado? ¡Sandro y Bertille podrían haberme avisado! El sabio loco se fue a hurgar en un armario del que sacó un par de muletas que me tendió. Mientras seguía hablando solo, volvió hasta su mesa y encendió el aparato para analizar radiografías, un trasto más viejo que Matusalén. Me las arreglé como pude para moverme con las muletas, dándome cuenta a pesar de todo de que estaba observando mi forma de desplazarme. Estaba cubierta de sudor cuando por fin conseguí sentarme en el sillón, al lado de Auguste. Su amigo mudo, médico al fin y al cabo, estudiaba mis tomas con atención, al tiempo que yo prefería no mirar cómo había quedado mi articulación.

—Pues bien, jovencita, no deja usted las cosas a medias —dijo al fin con tono brusco.

Levanté la cabeza. Sentada frente a él, me miraba fijamente por encima de sus gafas con expresión de reproche. A pesar de su aspecto cómico, me aterraba, o más bien lo que me horrorizaba era su futuro diagnóstico. Tenía frío, me sentía mal, temblaba. Si perdía el poco control que me quedaba sobre mí misma, mis manos empezarían a tener convulsiones. En unos segundos mi vida iba a ponerse en entredicho. Quizás todo volaría en pedazos. ¿Cómo podía haber sido tan inconsciente? No me había cuidado.

—¿Tan grave es? —le pregunté con voz temblorosa.

Auguste apoyó una mano sobre las mías, crispadas sobre mis rodillas. Mis temores se confirmaban.

—¿Ha sentido debilidad últimamente? —bajé la cabeza—. Respóndame —me animó suavemente—. Esto no es un interrogatorio, solo necesito saber.

Suspiré, cansada de luchar. En el punto en el que estaba, no podía mentir.

—Desde hace dos meses, quizás algo más, el tobillo me duele regularmente durante los saltos, en especial cuando vuelvo a apoyarlo, siento como una punzada, me sostiene peor que antes. Está frágil... Ah, lo olvidaba, a principios de semana me lo torcí al resbalar en un charco.

—Y, por supuesto, no ha pedido cita ni ha visitado a un fisio. ¡Y de ir a urgencias anoche, ni hablamos! —asentí. Dio un puñetazo sobre la mesa, lanzó una mirada exasperada a Auguste y después me dedicó otra—. Ustedes, los bailarines, son todos iguales. Sienten dolor, no escuchan a sus cuerpos... ¡A ver si es que les gusta sufrir! Voy a decirle una cosa: ¡hace dos meses que encadena usted pequeños esguinces! Y me dirá: «¡Si no duele!». ¡Cuándo comprenderán ustedes que para continuar bailando hay que saber descansar y cuidarse! —de golpe, gritó aún más fuerte y me hice un ovillo en mi silla—: ¡Llevo cuarenta años siendo testigo de este tipo de comportamiento completamente irresponsable! Estoy por creer que lo hacen adrede, ¡como si fuera necesario sentir dolor para bailar! ¡Sandeces! ¡No son más que una pandilla de tontos de remate! ¡Pero usted! ¡Usted! ¡Es el no va más!

¡Me pregunto incluso si merece usted tener tratamiento si va a continuar con su actitud suicida una vez curada!

Sus ataques, comentarios sarcásticos y reprimendas resonaban de forma extraña dentro de mí, abrían dolorosamente una herida, una herida que me negaba a ver y, menos aún, a analizar. No quería escuchar nada más, solo necesitaba que se dictara sentencia.

—En definitiva, ¿qué tengo? Un buen esguince, no será tan grave.

Se echó a reír —una risa sarcástica— y me fusiló con la mirada.

—Sobre el papel, estamos de acuerdo: un esguince, como todos los que ha tenido usted en estos últimos tiempos, no es tan grave. ¡Debería haberles dado la importancia que tienen! ¡Quizás le habría ahorrado terminar así! Lo que tiene ahora es grave. ¡Muy grave! Un desgarro de grado dos superior en dos ligamentos. Hay tres niveles, mi querida señorita, eso puede darle una idea de su importancia. Por una vez, va a tener que tomarse las cosas en serio. Si continúa comportándose así, acabará con inestabilidad crónica, ¡y eso significa pasar irremediablemente por el quirófano!

Muda, estaba muda. Me quedé sin aliento. Quirófano. Inmovilización, quizás definitiva. Se acabó la danza. ¿Qué sería sin *ella*? Nada. Nadie. El suelo se abría bajo mis pies y caía, caía cada vez más bajo, en un agujero negro, sin salida posible. Se me nubló la vista.

—¡La dejo a usted de piedra! Estará en dique seco dos meses y medio, deberá llevar día y noche una férula las seis próximas semanas, se desplazará con muletas y hará un sinfín de sesiones de rehabilitación, eso le sentará muy bien, además de darle una buena lección —debía de palidecer a ojos vista, tenía ganas de vomitar, de golpearme. Todo era culpa mía. Acababa de sabotearme a mí misma. De destruirme. Yo sola. Sin ayuda de nadie—. ¡Venga, no perdamos el tiempo! Hay que colocar la férula para aliviarla.

La intensidad del dolor disminuyó en cuanto mi tobillo estuvo vendado y sujeto. Me dieron unas muletas y el sabio loco, cuyo nombre todavía no conocía, nos escoltó hasta el taxi que nos esperaba.

—Jovencita, confío en usted, sea razonable. ¡Diga a su marido que la ayude con los niños! ¡No se va a morir por eso!

Pero ¿de dónde había salido este tipo? Seguro que para él mi edad significaba automáticamente matrimonio y vida en familia. Sin saberlo, el sabio loco acababa de hundirme del todo. Como si no hubiese tocado ya fondo. Debería arreglármelas sola, sin esperar ayuda alguna. Por lo que respecta a Aymeric, tenía su propia familia de la que ocuparse. Yo iba en segundo lugar.

—De acuerdo, gracias —me limité a responder sombríamente.

Dejé que Auguste se despidiera y monté en el asiento de atrás del coche. Ya que conocía tan bien a los bailarines, no le molestarían ni mi falta de educación ni mi mutismo. Encerrada tras los muros de la clínica, no me había dado cuenta de que habíamos pasado allí el día entero. Aymeric había intentado hablar conmigo durante horas. Esperaba que lo intentase de nuevo antes de volver a su casa. En esa ocasión, Auguste se sentó a mi lado. El castigo había terminado. Ya había tenido suficiente. Los primeros kilómetros pasaron en un silencio sepulcral, mientras yo miraba la carretera a través de la ventanilla. Para evitar darle vueltas, imaginarme las próximas semanas y prepararme para las terribles consecuencias de mi inmovilización, decidí abrir la boca:

—¿Lo conoce desde hace mucho tiempo?

—Decenas y decenas de años, me salvó la rodilla y me permitió continuar bailando hasta edad avanzada.

—¿Es realmente bueno, entonces? —me burlé con suavidad.

—Sé que es difícil de creer, pero sí, es uno de los mejores.

—No, no es difícil de creer... Simplemente, es original.

—¿Ya sabes lo que tienes que hacer? —levanté los ojos al cielo para contener el llanto antes de mirarlo de frente. Su rostro estaba lleno de una gran dulzura—. Escúchalo, no hagas tonterías.

Encontré la manera de soltar una risa. Amarga.

—No veo qué otra cosa puedo hacer.

—Me has entendido perfectamente, no fuerces más. Tómate tu tiempo... No lo estropees todo. Unas pocas semanas significan poco en tu vida. El sacrificio vale la pena.

—Lo sé.

—Eres una bailarina maravillosa, una maestra reputada, adorada por tus alumnas. Si te portas bien, si por fin cuidas de ti misma y de tu cuerpo, pronto hablaremos de esto como de un mal recuerdo, nada más.

—Cuente conmigo, seré razonable.

Mis palabras eran sinceras, no estaba interpretando una comedia. Acababa de darme un tortazo de una violencia inusitada. Más allá del dolor físico, sentía un desgarro en mi corazón. Jamás había imaginado que podía dejar de bailar. Inconcebible. Retirarme de la danza era retirarme de mí misma. Extraer de mi cuerpo mi substancia, la razón misma de mi existencia. Sin la danza no era más que un cascarón vacío. La situación estaba muy clara. Me negaba a poner en peligro mi equilibrio, mi vida entera. Ni siquiera me lo planteaba. Yo era la responsable de mi estado, pero sería la responsable de mi restablecimiento. De ahí a pensar que fuera fácil era otra cosa, tendría que esforzarme y dar la impresión de que lo soportaba, para no fastidiar a nadie. Mi móvil vibró, mensaje de Aymeric: *Dónde estás. Respóndeme.* Yo: *Estoy con Auguste en un taxi, salimos del médico, llegaré a casa en una media hora. ¿Hablamos?* Respuesta: *No, voy a pasarme.* Saber que iba a verlo, aunque fuese brevemente, deshizo el nudo que sentía en el corazón. Necesitaba una bocanada de él, el calor de sus brazos para creer que todo iba a ir bien en las semanas siguientes, que pronto no me quedaría ninguna secuela. Sentí la mirada de Auguste sobre mí y la afronté. Me dedicó una sonrisa de ánimo.

—Si me necesitas, no lo dudes.

—No, estoy bien... ¡Oh, sí! Tengo que pedirle un favor.

—Te escucho.

—¿Puede avisar a Sandro y a Bertille por mí?

—Tenía previsto pasar por la academia para explicarles cómo estás.

—Muchas gracias. Dígales que los llamaré el fin de semana y, sobre todo, que no se preocupen, tendrán muchas cosas que hacer.

—Estás decidida a no molestar.

—Hago lo que puedo.

Me cogió de la mano, con la mirada perdida. La presión que ejercía sobre mi piel era casi como la de un padre por su hija. O quizás la de un abuelo benévolo e inquieto.

—Hortense, aprovecha este tiempo para hacer balance...

—¿Qué quiere decir?

—Pareces ausente desde hace un tiempo... Para ser sincero, ya no te reconozco. Cuando paso por la academia, te observo, pareces un fantasma errando por los pasillos, algo perdida. Al margen de todo... Como si no supieses adónde ir. Has perdido tu brillo.

Sentí unas ganas súbitas de echarme en sus brazos para llorar, dejarme llevar, para que me consolase de ese malestar. No hice nada.

Conseguí sin demasiados problemas atravesar el portal, pero sentí un sudor frío al llegar al pie de la escalera. ¡En qué estaría pensando cuando me mudé a un sexto sin ascensor! Para mantener los músculos y mi línea... *Brillante idea...* Respiré profundamente y comencé mi ascensión cojeando, apoyada en las muletas. Respiraba como si estuviese en pleno entrenamiento, me tomaba mi tiempo, no tenía prisa. Con los dientes apretados, mantenía a raya el dolor de brazos, de la pierna buena y de la cabeza, la sangre me golpeaba las sienes, el sudor me cubría la frente. En el tercer piso, me concedí un breve descanso, apoyada en la pared, con los ojos cerrados. Oí pasos en la escalera y suspiré de cansancio, no tenía ninguna gana de cruzarme con algún vecino ni de dar explicaciones, solo deseaba que me dejasen en paz.

—¿Hortense? —mi rostro se iluminó con una sonrisa: Aymeric—. Oh..., joder —suspiró.

Subió hasta mi altura. Me sentía en estado de coma, casi en otro mundo, sin duda al borde del desmayo.

—Eh..., no pensaba que llegarías tan pronto.

Me cogió la cara sin delicadeza. Su examen habitual no lo dejó tranquilo. Al contrario, parecía más preocupado por momentos. No debía de tener muy buen aspecto.

—Mírate... Y estás llorando, resulta tan extraño verte llorar...

Ni siquiera me había dado cuenta. Su preocupación me sacudió como una descarga y me impidió perder el conocimiento.

—El cansancio, no te preocupes. Es poca cosa, ¿sabes? Una buena torcedura, eso es todo.

—Te llevaré hasta arriba.

Ya había empezado a cogerme por la cintura, pero lo rechacé.

—No, no puedes.

—¿Por qué? ¿No me crees capaz?

Acababa de ofender al macho que llevaba dentro. Su actitud me entristeció.

—Me apoyaré en ti, llévame las muletas y me las arreglaré perfectamente.

Aceptó de mala gana, cogió al vuelo los bastones y pasé mi brazo alrededor de su cuello. No intercambiamos una sola palabra. Llegué cojeando hasta mi cama y por fin me senté. Tras las lágrimas, se me escapó una risa nerviosa.

—¡Uf, espero no olvidar nunca el pan! —Aymeric no se reía. Su expresión, dura, parecía esculpida en mármol. Se puso a dar vueltas por la estancia como un león enjaulado—. ¿Qué pasa?

—No me gusta verte así —me reprochó secamente.

Estaba nadando en mi delirio y él me atacaba. Me revolví de inmediato, sin la menor paciencia.

—¡Pues figúrate que a mí tampoco! —le respondí con rencor.

—¡Me pone de los nervios verte en este estado!

No conseguía comprender el porqué de su cólera. Cualquiera diría que era él el que estaba cubierto de sudor, exhausto, con una pierna inmovilizada y odiando el mundo entero.

—¿Puedes hacer algo por mí?

—¿Qué?

—¿Puedes traerme un vaso de agua, por favor?

Fuera de quicio, lanzó su chaqueta sobre un sillón e hizo lo que le pedía. Casi me arrancó de las manos el vaso vacío y volvió a la cocina sin conseguir disimular su exasperación. Ni siquiera era capaz de disimular, de hacer un pequeño esfuerzo por mí, para apoyarme.

—¿Cuánto tiempo vas a tener que llevar esa cosa?

—No lo sé exactamente, pero estaré dos meses y medio de baja.

Se volvió bruscamente y recorrió la distancia que nos separaba.

—¿Tanto? Pero ¿por qué?

—Es lo más razonable.

En su rostro se dibujó una mueca de ironía.

—Y tú que decías que no era grave...

—Es la verdad, te lo juro. Todos los bailarines se lesionan, yo no soy una excepción a la regla...

—¿Y quién es ese médico? ¿Dónde lo has encontrado?

Estaba extenuada y tenía que justificar todo. Suspiré, harta. Algo me decía que no me interesaba, si quería que me dejase en paz, describirle con exactitud quién era el sabio loco.

—El ortopedista de Auguste es un buen...

—¿Y tú qué sabes? ¿Lo habías visto antes?

—¡Lo sé y punto! Escucha, me he pasado el día allí. Han examinado cada centímetro de mi cuerpo.

—¿Y bien? ¿Cuál es el diagnóstico?

—Ya te lo he dicho, tengo un esguince en un estado muy avanzado. Prefiere tomar todas las precauciones para evitar una cirugía.

—¡Una cirugía! ¡Lo que faltaba! —empezó de nuevo a dar vueltas y vueltas, nervioso—. ¿Y cómo te las arreglarás? ¿Y la academia? ¿Y nosotros? ¿Y todos estos días? ¿Qué vas a hacer?

No podía más, tenía los nervios a flor de piel, no dejaba de meter el dedo en la llaga, me estaba hundiendo.

—¡Basta! —grité.

Se detuvo en seco y me miró fijamente, a todas luces atónito por mi reacción. La suya era desproporcionada, por no decir surrealista. Quería despertar de aquella pesadilla en la que Aymeric me gritaba. Era yo la que debería haber perdido los papeles. No él, que además había perdido los papeles contra mí. Para recomponerme un poco, me pasé la mano por la cara y me estiré el pelo hacia atrás. Clavé mis ojos, hechos polvo, en los suyos. Lo interrumpí antes incluso de que pudiese abrir la boca.

—¡Cállate, Aymeric! No digas una sola palabra. ¡No tienes derecho a echarme la bronca como a una niña! Lo que voy a hacer en los próximos días lo pensaré el lunes. Me caí hace apenas veinticuatro horas, acabo de volver de la clínica. Estoy agotada, casi no he pegado ojo en toda la noche, me duele y me va a seguir doliendo un tiempo. Es un fastidio, tienes razón. Pero estás empeorando las cosas. ¡No entiendo por qué la tomas conmigo! ¿Crees que me he dado un trompazo adrede?

—¡Esto va a ser un infierno! —exclamó.

—¿Un infierno para quién?

Nos fusilamos con la mirada. Por primera vez desde que nos conocíamos, lo detestaba. Me habría gustado tener fuerzas para echarlo. Pero yo era la débil, en la cama, y él me dominaba desde su envergadura, fuerte, poderoso, temible. Su teléfono sonó y rompió el silencio. Visiblemente molesto, se alejó de mí y lo rescató del bolsillo de su chaqueta. Antes de descolgar, me hizo una seña para que no hiciese ruido. Su desfachatez me dejó atónita, además de hacerme un daño horrible.

—Eh... Sí, que... ¿que dónde estoy? —me daba perfecta cuenta de lo que estaba pasando por su cabeza; lo tenía siempre todo previsto, nuestras citas estaban siempre programadas, organizadas, esa tarde había actuado de forma instintiva al venir a verme. Me habría gustado gritar, decir que estaba allí, que existía. Su vacilación no duró mucho; con la voz mucho más suave, recuperó todo el aplomo que le conocía—: En una cita fuera... No, no volveré al despacho después... De acuerdo, te llamo en cuanto esté en el coche, no tardaré mucho —colgó—. Tengo que marcharme.

—No estoy sorda.

Miró al cielo y se volvió a poner la chaqueta. Después se colocó ante mí y suspiró, contrariado.

—Bueno...

—Gracias por tu visita. No te retrases por mí, que pases un buen fin de semana.

Me dio un beso en la frente.

—Si te crees que para mí es fácil —suspiró.

Su desfachatez, su falta de apoyo, su egocentrismo me dejaron de piedra. Antes de cerrar la puerta tras de sí, me lanzó una mirada sombría que me heló la sangre.

—Hasta el lunes.

Le oí bajar los escalones a toda velocidad. Me dejé caer hacia atrás y, apoyándome en mi pierna sana, me tumbé en posición fetal, con la cabeza hundida en la almohada. Aymeric no era él mismo, no podía imaginarme otra cosa. ¿Qué le había sucedido? Nuestra escapada de enamorados había sido solo unos días antes, y tenía la impresión de no estar con el mismo hombre. No comprendía su dureza. Sin decirlo a las claras, me consideraba responsable de la situación. Era la primera vez en tres años que necesitaba desesperadamente su apoyo, por mínimo que fuese, me hacía falta que estuviera ahí para mí y se había demostrado incapaz. Ese pequeño incidente me hacía ver que no podía esperar nada de él y, Dios mío, cuánto me dolía, mucho más que mi tobillo, que a fin de cuentas me traía sin cuidado. Me asfixiaban como nunca nuestros límites como pareja. ¿Acaso lo éramos? La soledad me cortó la respiración. Mi mirada, que erraba en el vacío, cayó sobre la foto de mis padres en la mesa de noche. Sus rostros sonriendo al objetivo me provocaron un nudo en la garganta, los echaba de menos cada día, ese día aún más; las lágrimas, auténticas lágrimas de pena y pavor, pesadas, de esas que atraviesan las mejillas dejando huella, las primeras realmente liberadoras, brotaron sin que pudiese luchar contra ellas. Hubiera dado todo lo que poseía por volver a ser una niña pequeña, con la rodilla arañada y sangrando tras una caída en el patio de la Bastida y la herida cubierta de tierra. Mamá me habría hecho sentar, entre sollozos, en una silla de la cocina antes de volver con algodón y mercromina, yo habría gritado con mi vocecita infantil «¡no, mamá, pica!», papá habría entrado clarinete en mano y habría empezado a tocar. Mamá le habría dejado hacer unos minutos antes de regañarlo, «cariño, para o se va a poner a bailar», y eso es exactamente lo que habría hecho; habría saltado de la silla y bailado alrededor de la mesa como la princesa que soñaba ser, sin darme cuenta siquiera de que mi madre no había tenido tiempo para curarme la rodilla. Quería estar en casa con ellos, porque la noche después de caerme mamá me habría arropado y yo me habría acurrucado bajo las mantas de mi cama. Me habrían cuidado, me habrían puesto una tirita en el corazón. Pero no me quedaba más bálsamo que su recuerdo. Y no bastaba para olvidar que iba a pasar muchas semanas sin bailar, para olvidar que tenía miedo de que un lazo de amor, cuya naturaleza se me escapaba por completo, se hubiese roto entre Aymeric y yo.

*

Sandro y Bertille aparecieron la tarde del domingo, cargados de bolsas de la compra, un montón de platos preparados por Stéphane y una buena botella de tinto. Me obligaron a permanecer sentada y prepararon la cena. En lo más profundo de mí, estaba contenta de verlos y de sentarme a la mesa con ellos; me sacarían de la cabeza mis oscuros pensamientos, incluso si debía disimular para que no se diesen cuenta de nada. Durante la cena los hice reír, contándoles mi experiencia con el sabio loco, y ambos relataron las suyas. Al cabo de un momento, noté que Bertille me observaba.

—¿Qué pasa?

—¿Has sabido algo de Aymeric?

—Eh..., no, desde su visita del viernes por la tarde.

Esperaba una señal por su parte, un pequeño mensaje, pero nada. Silencio absoluto. Evidentemente, nunca me llamaba durante el fin de semana, pero vista la escena que me había montado y las circunstancias, había esperado que se manifestase.

—¿Viene mañana por la noche? —se inquietó Sandro.

—¡Sí!

Dibujé la mejor de mis sonrisas, quizás demasiado buena a tenor de la cara de Bertille, escéptica.

—Así que todo va bien y el mundo es maravilloso —comentó, poco convencida.

Intercambió una mirada con Sandro y de pronto se pusieron serios. Intuí cuál sería el próximo tema de conversación.

—Tenemos que comentarte algo...

—Lo sé, queréis hablar de la academia.

Bertille me miró con tristeza.

—De eso se trata —suspiró Sandro, igualmente contrariado.

En las últimas veinticuatro horas no había dejado de pensar en ello; sabía que no tenían elección, pero oírselo decir era mucho más violento que pensarlo. La academia funcionaba a toda máquina durante diez meses al año, nos acercábamos al final de curso y, por tanto, al espectáculo y a las inscripciones. Un desconocido debería sustituirme con mis alumnas, tomar posesión de mi vestuario, ocupar el espacio que yo dejaba vacante, retomar o no las coreografías que había preparado sin que yo pudiese opinar. Otra consecuencia. Me había lesionado por negligencia, debía batirme en retirada, consciente de que nadie era irreemplazable. ¿Qué otra cosa podía hacer, salvo asumir mi error y animarlos? Los tranquilicé desde el principio.

—Es normal. Yo haría lo mismo en vuestro lugar —sus hombros se relajaron de alivio—. ¿Tenéis alguna pista? ¿Alguna idea?

—Hemos pedido a Auguste que se informe por nosotros. ¿Tienes alguna exigencia concreta?

Dibujamos a grandes rasgos el perfil del candidato ideal; intenté ser metódica y reflexiva, y dejar mi ego a un lado.

—Espero que no tardéis mucho en encontrarlo. Mantenedme al corriente.

—Queremos que vengas a las entrevistas, eso nos parece indispensable.

Bertille ya había pensado en todo.

—No sé... Sois vosotros los que vais a pasar los dos próximos meses con ese profesor.

—Es posible, pero son tus clases y tus alumnas.

—Ya veremos —suspiré.

El silencio se abatió sobre nosotros unos minutos, me hundí en el fondo del sofá, con la mirada en el vacío, dejándome llevar un momento por la amargura. Sin intentar ocultar mi tristeza. Podía permitírmelo. Por esa razón, al menos.

—Pasará pronto —me animó Bertille.

—Eso espero. Me siento muy mal por no haber tenido cuidado. He metido a todo el mundo en problemas.

—¡Eh! No te preocupes por nosotros, ya nos las arreglaremos.

Me alegro por vosotros. Es todo lo que quiero. Pero ¿y yo? ¿Cómo me las voy a arreglar?

Los acompañé hasta la puerta de entrada a pesar de sus protestas. Sandro me abrazó, y Bertille también me estrechó contra ella. Después me miró fijamente.

—El ambiente será extraño sin ti.

—Estaréis muy ocupados, ¡no tendréis tiempo de preocuparos por mí!

—¿Vendrás a vernos de vez en cuando?

No sé si tendré el coraje de ir a ver la academia fun-cionar sin mí. Así que no, no estaba claro que fuera a ir.

—¡Por supuesto! ¡Contad conmigo para echaros un capote si algo no marcha bien!

Conseguí hacerles reír. Me dieron un último beso y se marcharon. Dejé todo sin recoger y me acosté directamente.

6

El lunes por la tarde llamé a Cathie para avisarla. Necesitaba oír su voz suave y tranquilizadora. No podía hablar más que con ella.

—¿No deberías estar en clase a estas horas? —comentó sin rodeos.

Tocada...

Sin interrumpirme, escuchó el relato de mis últimas aventuras. Permaneció en silencio un buen rato después de que hube terminado.

—Pobrecita, ¿y cómo aguantas el golpe? Debes de estar completamente trastornada —dijo con dulzura.

—Un poco, no te voy a engañar.

—¿Quieres que suba a verte? Mathieu puede aguantar unos días sin mí.

Su propuesta era tentadora, pero no tenía la cara de pedirle que abandonara a su marido y a su hijo para que viniese a hacerme de enfermera, y menos por un «simple» esguince. Con cuarenta años ya podía ocuparme de mí misma...

—¡No! Me las arreglaré perfectamente. No te preocupes. Parezco deprimida, pero es solo los primeros días. ¡Mañana estaré mejor!

—Vale... ¿Aymeric se podrá ocupar un poco de ti, al menos?

Por su tono de voz, la noté más que escéptica. ¿Cómo explicarle, sin que se preocupara o se enfadara, que su forma de cuidarme consistía en proponerme por SMS una cita en el restaurante esa noche?

—¡Claro, nos vamos a ver dentro de un rato!

El camarero de nuestro restaurante habitual se abalanzó sobre mí cuando me vio.

—¿Qué le ha pasado? ¿Puedo ayudarla?

—Muy amable, gracias. Podré sola. Sírvame una copa, ¡necesito algo que me ponga a tono! —le pedí, con una sonrisa tensa en los labios.

Bajar las escaleras me había sorbido toda la energía, por la concentración que había tenido que poner para no partirme la cara. No había estado lejos de bajarlas sentada sobre mis posaderas, solo la dignidad me lo había impedido. Tendría que reducir al máximo mis desplazamientos e, incluso si me entraban ganas de hacer una pequeña visita a la academia, debería renunciar a ella, a menos que quisiera pasar un calvario. Pero esta noche había también que añadir el dolor lacerante del tobillo. Había desobedecido. Quitarme la férula y retorcer la pierna para ponerme unos pantalones ajustados no había sido buena idea. Me daba en la nariz que el pantalón de yoga no habría sido del gusto de Aymeric.

—Me he retrasado en el trabajo —se limitó a decir Aymeric cuando apareció dos copas de vino más tarde.

Se sentó y agarró la carta. Antes de parapetarse tras ella, me dedicó una mirada y sonrió, visiblemente satisfecho.

—¡Pareces en plena forma!

Menos de tres minutos más tarde, llamaba al camarero para que apuntase la comanda.

—Pensé que te sentaría bien salir, imagino que no habrás puesto un pie fuera en todo el fin de semana.

—Es cierto. Gracias por pensarlo.

Durante la cena tuve la impresión de estar de nuevo con el Aymeric que me había conquistado. Locuaz, sonriente, encantador y seductor. Me hacía gracia que sus ojos no pudieran evitar fijarse en mi escote, y también la presión de sus caricias en mi mano. En resumen, hacía como si no hubiese pasado nada. Si hubiese esperado algún tipo de excusa por su comportamiento de la otra tarde, me habría ido con las manos vacías. Pero lo conocía: demasiado orgulloso para pedir perdón.

Durante el trayecto de vuelta a mi casa, posaba regularmente la mano en mi muslo, sonriendo. Su ternura me sentaba bien, me sosegaba. Poco a poco iba olvidando mi resentimiento. ¿Quizás era él quien tenía razón? No servía de nada retomar el tema de nuestra pelea y, en cuanto a mi estado, ya le había repetido bastante que no era nada grave, habría sido una ridiculez pedirle en ese momento que me tratase con cuidado hasta que mejorara.

—Ya era hora —intenté bromear al entrar en mi apartamento.

Aymeric dejó las muletas en una esquina mientras yo me libraba de la cazadora y del bolso. Cuando, al apoyarme en el respaldo del sofá para descansar el tobillo, me giré hacia él, descubrí una mirada vacía que no le conocía.

—¿Vienes? —le dije tendiéndole la mano.

Creí percibir cierto hastío, pero alejé de mí esa impresión rápidamente. Sin embargo, estaba acostumbrada a que fuese más lanzado. Se acercó y, en cuanto estuvo suficientemente cerca, me agarré a su cintura, deslizando las manos bajo su chaqueta. Acaricié su espalda, su calor y su perfume despertaron mi deseo, quería sentir su piel contra la mía. Lo besé, pegándome más a él. Me respondió sin gran entusiasmo. Pasó su mano por mi pelo y separó su boca de la mía.

—Hortense, apenas puedes mantenerte en pie.

Me soltó y puso distancia entre nosotros, lo que me produjo un escalofrío. No me deseaba y no se anduvo con chiquitas para hacérmelo saber.

—Seamos razonables.

¿Razonables? Aymeric, no eres un animal. ¿Qué te pasa?

En tres años se podían contar con los dedos de una mano las veces que no habíamos hecho el amor. De pronto me sentí fea, incapaz de despertar en él el menor deseo, decaída, menos que nada. Tuve que usar toda mi capacidad de disimulo para no mostrarle hasta qué punto me hería su rechazo.

—Te voy a dejar descansar.

—Como quieras.

Para terminar de rematarme, me dio un beso en la frente.

—Hasta el jueves, que duermas bien.

Me envió un beso con la punta de los dedos y se marchó dando un portazo. La semilla de la duda trazaba su surco, haciéndose eco del malestar que había percibido días antes. Aymeric había cambiado. Tenía la impresión de que había dejado de interesarle por culpa de una pequeña lesión sin importancia. No. Imposible. Me quería, me lo repetía una y otra vez. Pero ¿cómo librarme de ese sentimiento, cuando además no me ofrecía ningún apoyo?

El jueves por la mañana pedí un taxi para ir a la academia. Auguste había sido terriblemente eficaz con su preselección. Tenía el día entero por delante, junto a Sandro y Bertille, para encontrar el sustituto ideal. Durante el trayecto me preparé para estar de buen humor. No tenía derecho a enturbiar la atmósfera, ya era bastante responsable de la situación. Sin alumnos, la escuela estaba particularmente tranquila y silenciosa; el pasillo, desierto. Sentí cierto alivio por no ser testigo de su efervescencia sin poder unirme a ella. El alegre barullo y la cacofonía de las chicas me habrían producido un extraño sentimiento de agresión, ya que hacía días que vivía como una ermitaña. Oí las voces de Sandro y Bertille a lo lejos, procedentes de una de las salas. Me dirigí hacia ellos sin mirar nada. *Permanece concentrada. No te fijes en nada para no flaquear. Tengo una misión que cumplir hoy. ¿Por qué este pasillo es tan largo? No pienses en el pasado, cuando lo atravesabas dando saltitos. Permanece concentrada. Por fin he llegado...*

—¡Hola!

Estaban colocando una mesa y sillas en un rincón.

—¡Eh! ¡Hola!

Me acerqué a ellos un tanto insegura con las muletas, que resbalaban ligeramente sobre el parqué. Me besaron y Sandro me ayudó a sentarme, con mil precauciones. Era adorable que me prestara tanta atención, pero de nuevo tuve sensación de impotencia.

—¿Qué tal estás? —preguntó Bertille.

—¡Bien! Como me dijo el fisio ayer, ¡dando unas vacaciones a mi cuerpo!

—Oh, sí, está claro que te gusta —se burló.

Me reí con ganas porque, efectivamente, la víspera había estado a punto de estrangular al fisio después de su comentario. Lo que él no sabía ni sabría jamás era que tenía la intención de hacer ejercicios suplementarios con mi pierna buena, mis brazos y mis abdominales, para compensar sus masajes de tres al cuarto. No entraba en mis planes ablandarme. Y ese gasto de energía me ayudaría a descargar mis nervios y la tensión.

—¿Café? —me ofreció Sandro.

—Sí, gracias. ¿Puedo hacer algo? ¡No voy a quedarme con el culo pegado en la silla mientras vosotros lo hacéis todo!

—No te preocupes, nosotros también vamos a tomar.

Sandro desapareció durante cinco minutos y volvió con los cafés. Me tendió una gran bolsa de plástico que había hecho aparecer como por arte de magia. Mis alumnas, en cuanto se enteraron el lunes de que me había lesionado, se las habían arreglado para dejar cartas, postales, dibujos (las más pequeñas) e incluso tabletas de chocolate Galak, mi placer oculto.

—Son adorables... ¿Qué tal están? —pregunté, con los ojos brillantes por la emoción.

—Están como locas, pero te van a echar de menos... ¡Si hubieses visto el drama que montaron tus adolescentes cuando se enteraron! ¡Casi nos quedamos sordos!

Bajé la vista, desmoralizada de pronto, incapaz de luchar contra la pena y cuánto echaba de menos a mis pupilas.

—Todo irá bien, Hortense —me dijo dulcemente Bertille para reconfortarme—. Lo siento, pero tenemos que ponernos manos a la obra.

—Tienes razón, ya tendré tiempo de ver los regalos más tarde.

Inspiré con fuerza para recuperarme.

—Bueno, nos gustaría hablarte de algo que hemos pensado —anunció Bertille.

A partir de ahí, me explicó que ella y Sandro habían pensado que sería quizás una buena ocasión para contratar a alguien con vistas a la ampliación de la academia. No dije una palabra, la máquina se había puesto en marcha sin que yo pudiese hacer nada.

—Nos gustaría saber tu opinión —me preguntó Sandro.

Me armé de valor.

—Sin duda, tenéis razón... ¡No sé cómo no lo habíamos pensado antes! Hay que aprovechar... Y, nunca se sabe, si no estoy del todo recuperada para los cursos de verano, tendréis a alguien disponible...

Se quedaron completamente estupefactos con esa última frase. A mí misma me costaba creerlo.

—¿Qué dices? —exclamó Sandro—. ¡Se supone que te recuperarás en poco más de dos meses! Este verano estarás en plena forma.

—¿Y si no lo estuviera? Seamos previsores.

La jornada pasó a la velocidad de la luz, los candidatos se sucedieron sin que encontrásemos el mirlo blanco; nos faltaba siempre ese no sé qué suplementario para poder confiar en alguien en particular, aunque fuese para reemplazarme. La exasperación de Bertille era cada vez más palpable. Solo nos quedaba una persona por ver.

—¡No creía que fuese tan difícil de encontrar! —exclamaba irritada.

Ninguno lo admitía, pero habíamos perdido nuestra confianza inicial. Una joven entró en la sala.

—Perdonen el retraso, me llamo Fiona.

Nuestras miradas se clavaron en la última candidata. Llegaba completamente desaliñada, empapada en sudor, en absoluto preparada para deslumbrarnos. Pero irradiaba una frescura y una espontaneidad que me gustaron de inmediato. Hasta Bertille pareció de pronto más relajada con ella delante. Se presentó. Resultó divertido, hablaba sin parar, traía un montón de ideas, era consciente de lo joven que era —veinticinco años—, pero tenía un deseo real de progresar. Su mirada ingenua y su dinamismo convencieron a mis compañeros, que entablaron una animada conversación con ella. Yo me mantuve al margen, desplazada por completo. Aquella encantadora Fiona era la candidata ideal para reemplazarme y unirse a nuestra academia. Sus aptitudes para la danza confirmaron que era la persona que estábamos buscando. La emoción que transmitía era impactante y me conmovió profundamente. Su talento era sin lugar a dudas responsable de que me emocionara, me moría de ganas de estar en su lugar. Cuando terminó, nos dedicó una amplia sonrisa y se contentó con un «eso es todo». Después se marchó a esperar nuestro veredicto en el pasillo, peleándose con sus bolsos. Me incliné sobre la mesa, intercambié una mirada con Bertille, que dibujó una media sonrisa poco común en ella.

—Sandro, ve a buscarla, ya tenemos a nuestra profesora —le ordené.

Quince segundos más tarde volvía agarrando por la cintura a la famosa Fiona, que tenía la cara de una niña pequeña en la mañana de Navidad. Sandro y yo dejamos que Bertille detallara las condiciones del contrato y el salario, y después nos cedió la palabra.

—¿Estás lista? —pregunté a Fiona.

Daba saltitos de alegría. Le di unas indicaciones sobre mi forma de trabajar, así como una panorámica de cada uno de mis grupos. Permaneció atenta, concentrada y seria. Reaccionaba pertinentemente a lo que yo le explicaba.

—Confío en ti, Fiona, te ocuparás bien de mis pupilas. No olvides a mis pequeñitas de los lunes, son muy importantes. No dudes en llamarme si tienes preguntas.

—Gracias, Hortense.

Bertille retomó la palabra para ajustar los primeros problemas de planificación y después Fiona se fue, dándonos efusivamente las gracias por nuestra confianza. Me gustaba. Era innegable que yo también había sucumbido a su encanto. Bertille y Sandro habían encontrado la compañera ideal para los próximos meses.

—No podíamos haber soñado algo mejor —exclamó Bertille—. ¡Nos vendrá bien esa sangre nueva! Qué curioso, me recuerda a ti cuando nos conocimos.

De vuelta a casa, me derrumbé de cansancio sobre la cama, con la moral en lo más bajo, a pesar de la satisfacción de haber encontrado a la persona adecuada. La academia cambiaba. Había fingido entusiasmo, pero arriesgarnos a romper lo que funcionaba perfectamente hasta entonces me angustiaba cada vez más. La ambición renovada de Bertille se explicaba por sus ganas de consagrarse a la academia: los gemelos habían entrado en la adolescencia y la necesitaban menos, el negocio de Stéphane marchaba bien y ella deseaba realizarse más como mujer. Era normal. Las dos teníamos casi cuarenta años, pero era bastante sencillo constatar que no estábamos en el mismo punto, no pasábamos la misma crisis de los cuarenta.

¿Qué debía hacer? ¿Cómo combatir esa melancolía que me invadía, esa impresión de estancamiento? Tendida en mi cama, me sentía rendida tanto física como anímicamente. ¿Cómo iba a distraer la mente y a encontrar la motivación necesaria para recuperarme, cuando no estaba segura de encontrar mi sitio en aquella nueva academia? ¿Sería capaz de dedicarme a ello? ¿Me sentía con ganas? La llamada de Aymeric cortó mis elucubraciones.

—Hola —suspiré—. ¿Cómo estás?

—Bien, bien, solo quería avisarte de que cambiamos de restaurante esta noche, he reservado en un sitio agradable, discreto, tranquilo. Pensé que te gustaría.

Sentí un pinchazo en el corazón con lo de *discreto* y *tranquilo*.

—Está bien que quieras cambiar, pero...

—Pero ¿qué?

Volver a pasar la prueba de la escalera de mi edificio era más de lo que podía soportar, pero sentí al explicárselo que aquello lo contrariaba.

—¿Cómo puedes estar agotada? —me reprochó—. ¡Si no haces nada en todo el día!

Sorprendida por su agresividad y su falta de consideración, cerré los ojos con todas mis fuerzas.

—¡Es cierto que en este momento, comparada contigo, no me estoy matando a trabajar! —exclamé con ironía.

Dejó pasar unos segundos en silencio y suspiró profundamente.

—Está bien, lo haremos como quieres.

—Hasta luego.

Me temblaban las manos cuando colgué. Necesité un rato para recuperarme. ¿Qué nos estaba pasando? La angustia se agarró de nuevo a mi garganta, no quería dar crédito. Debía hacer todo lo posible para que la velada fuese perfecta. Arrastrando la pierna, puse un poco de orden, después saqué un vestido ligero que me dejaba las piernas al aire, pero solo podía mirar mi férula, el apéndice que desfiguraba mi cuerpo. A continuación, me preparé con la misma atención que de costumbre, tal y como a él le gustaba.

Recuperé el optimismo cuando lo vi cruzar el umbral de mi apartamento con un ramo de rosas.

—Perdóname, me he comportado como un auténtico patán.

No le respondí, cogí el ramo y me acurruqué entre sus brazos. Por muchos reproches que le debiese, por mucho que esperase más de él, solo quería estar con el Aymeric de siempre. Que retomáramos nuestra vida donde la habíamos dejado antes de mi caída. Me cogió en brazos y me llevó hasta el sofá.

—O mucho me equivoco o me has dicho que estabas cansada, así que no te quedes de pie.

Me dejó, se inclinó sobre mí para darme un beso ligero y, sin dejarme tiempo para que lo atrajera hacia mí, se alejó.

—Una cena bien elegida —comentó al descubrir sobre la mesa baja la bandeja de comida japonesa que había encargado poco antes.

Tras cenar en silencio, extendí mis piernas sobre el sofá y me pegué contra él. Me acarició distraídamente el hombro.

—¿No quieres saber por qué tenía tan pocas ganas de salir esta tarde? Quizás no te interese...

—¡Sí, sí, claro! Cuéntame.

—Hoy he ido a la academia.

—¡Ah, bien! ¿Vas a volver a trabajar? —me preguntó, muy contento de repente.

—¿Eres tonto o qué? —exclamé, mirándolo con odio—. ¿Cómo quieres que vuelva a bailar? No, he ido precisamente para lo de mi sustitución...

—Ah..., y ¿qué tal?

Por primera vez pareció interesado por lo que le contaba sobre el crecimiento de la academia y Fiona. Por mi cara de decepción, comentó:

—No pareces muy contenta.

—No sé... —me incorporé para situarme frente a él, puso un gesto de duda—. ¿Qué pasa?

—Es importante que te recuperes —me sermoneó—. Está bien pensar a lo grande, hay que subirse al tren en marcha... Has perdido la garra, ya no bailas.

—Te recuerdo que es provisional, pareces haberlo olvidado.

—Sí, es cierto... Perdona, pero cuando te veo tan mal, me preocupo por ti, eso es todo.

¿Qué pretendía? ¿Hundirme definitivamente? ¿Torturarme aún más? Sin preocuparse por mi malestar, lanzó una mirada a su reloj. Me quedé atónita, incapaz de creer lo que se avecinaba.

—Hortense, voy a tener que irme.

Me mordí la lengua para evitar exclamar «¡No! ¡Todavía no!». Se levantó del sofá, sin un gesto tierno hacia mí, y fue a beber un vaso de agua.

—Tengo mucho retraso en el trabajo desde hace unos días —se justificó.

—Ah...

—He de volver a mi casa a trabajar.

A *mi* casa... Nunca había empleado esa expresión cuando se refería a su familia. Me impactó de lleno, no vi venir aquel golpe, aquel doloroso bofetón. Apreté tanto los puños que las uñas se me hundieron en la piel. Aymeric no se dio cuenta de nada, ocupado en ponerse la chaqueta y sacar las llaves del coche del bolsillo. Ya estaba listo para marcharse; sin pasar por el cuarto de baño, porque no me había tocado, apenas me había besado y no corría el riesgo de conservar sobre su cuerpo ningún aroma de nuestro encuentro. A excepción de un pelo que acababa de encontrar en su hombro y del que se libró con un pellizco como de una vulgar mota de polvo.

—Lo entiendo —conseguí musitar.

Cogiendo impulso con las manos, logré ponerme de pie. Se acercó a mí con una sonrisa de satisfacción en los labios y me agarró por la cintura.

—Gracias —dijo.

«Gracias, ¿por qué?», tuve ganas de soltarle. ¿Gracias por la comida? ¿Gracias por no montarte una escena? ¿Gracias por dejarte irte a *tu* casa con la conciencia tranquila? Me acarició la mejilla y besó la punta de mis labios. ¿Dónde quedaban nuestros besos apasionados, fogosos, voraces, ardientes?

—Buenas noches —murmuró—. Hasta el lunes, yo me ocuparé de la reserva.

Volveríamos, pues, al restaurante, según su voluntad. Un beso distraído más y me soltó. Atravesó el umbral sin volverse. Alicaída, permanecí estoica, por no decir estupefacta, durante un buen rato. Y me invadió la rabia; sentí ganas de romperlo todo, de gritar hasta que me oyesen los vecinos, hasta romperme las cuerdas vocales, quería golpear, demoler, destruir todo lo que había a mi alrededor, quería bramar mi soledad, mi dolor. Me hacía falta bailar para expresar todo lo que me desgarraba por dentro. Para vomitar lo que me carcomía, para vomitar mi pena. ¿Por qué no podía dar marcha atrás? No para evitar la caída, sino para no ceder nunca ante Aymeric, no enamorarme de él, no dejar mi vida en sus manos, no sacrificarle nada. ¿Qué estaba haciéndome? Me abandonaba, me dejaba en la cuneta porque ya no era como él quería. Sentía que me había convertido en una carga, en algo de lo que no conseguía deshacerse. ¿Me habría tomado por un juguete? Era caprichoso como un niño. Se me habían acabado las pilas, así que había perdido su interés por mí. ¿Me amaba de verdad? ¿O me quería solo por lo que representaba? ¿No era para él más que una profesora de danza a su disposición porque la vida en *su* casa no era divertida ni sensual?

Me pasé los días siguientes encerrada en casa, con las cortinas echadas, anulando incluso las citas con el fisio —para lo que me servían—, no quería ver a nadie. Envié mensajes de texto a Cathie para que no tuviera la mosca tras la oreja, porque me había dado cuenta de que después de nuestra última llamada tenía sus sospechas y no quería que apareciera, algo de lo que habría sido muy capaz. Daba vueltas y vueltas, rumiando, repasando una y otra vez la película de nuestra historia. Mis temores se confirmaban: además de las dificultades para vernos y la imposibilidad de vivir nuestra relación a la luz del día, para una vez que teníamos un contratiempo —mínimo—, aquello bastaba para desbaratar la rutina de nuestra pareja ilegítima. Y Aymeric no asumía su parte de responsabilidad, ni siquiera hacía frente a la situación. Era incapaz de apoyarme en lo más mínimo y de cuidar de mí. Como si le aburriese. Tenía la impresión de estar enloqueciendo, de vivir en vano, de asfixiarme. Cada vez que me entraba un ataque de rabia cogía el móvil, dispuesta a llamarlo, a exigir explicaciones, a ordenarle que viniese de inmediato. Mis automatismos de amante perdidamente enamorada se imponían entonces, había que protegerlo, una y otra vez, protegerlo a *él*. Cuidar de él. No ponerlo en peligro. Dejar que se encargara de sus responsabilidades familiares. ¿Y yo? Pues bien, yo quedaba relegada. Me dio una nueva prueba de ello el lunes, con un simple mensaje: *Tengo que quedarme en el trabajo, no podremos vernos esta noche. Besos. A.*

El jueves por la mañana abrí los ojos, ansiosa, había dormido terriblemente mal, mi sueño se había visto agitado por pesadillas que no recordaba, pero que me dejaban un gusto amargo. Tenía un mensaje de Aymeric en el que me citaba *sin falta* en nuestro restaurante de costumbre a las ocho y media. *Cada vez mejor.*

Un poco más tarde, bebía café sentada en el sillón delante de la ventana, mirando fijamente el zinc de los techos parisinos, devorada por el temor a lo que me reservaba nuestra próxima cita. ¿Una tumba aún más profunda? ¿Silencios? ¿Reproches? ¿Indiferencia? ¿Una nueva humillación? Mi móvil se manifestó. ¿Se lo había pensado o tenía algo mejor que hacer? Me alivió descubrir una foto del jardín de la Bastida, enviada por Cathie. Los lilos habían florecido, los frutales también. Sin ser consciente de ello, acababa de enviarme una pequeña bocanada de oxígeno. Sin pensarlo, la llamé.

—¡Sabía que no te resistirías a las lilas!

Su comentario me hizo reír, me conocía muy bien.

—¿Cómo estás, Cathie querida?

—Todo bien por aquí, siempre nos va bien, ya sabes. ¿Y tú?

Me maldije por mi dichosa espontaneidad. Ahora le iba a tener que mentir y no lo soportaba.

—Es duro seguir órdenes... ¿Y en la Bastida?

—Sin novedad. Me pasé esta mañana para airear, hace un tiempo estupendo. ¡Estamos en plena temporada! ¿Te importa que pasemos allí el fin de semana?

—¿Cuántas veces tengo que decírtelo? Sabes muy bien que la casa está a vuestra disposición cuando queráis.

—Gracias, lo sé, pero me cuesta ir allí sin ti.

—¿Cómo están Mathieu y Max?

—En plena forma...

La escuché a medias mientras me daba noticias de su pequeña familia. No era que no me interesara; al contrario, los echaba terriblemente de menos, pero sentía una atracción contra la que no podía luchar.

—¿Y si bajara? ¿Qué dirías? —la corté.

Dejó pasar unos segundos, y después:

—¿Hablas en serio?

—No sé, se me acaba de ocurrir. Estaría mejor con vosotros que encerrada en mis cuarenta metros cuadrados hasta el final de mi baja. Me muero de aburrimiento, ¡me voy a volver loca si no tomo el aire!

—¡No seré yo quien te lleve la contraria! ¡Vamos, ven! —contuve la risa ante la excitación que nos invadía. Cathie estaba entusiasmada—. ¿Cuándo llegas?

—Ni idea... Voy a consultar los horarios de tren y tengo dos o tres cosas que arreglar antes de marcharme.

—¡He hecho bien en pasarme por la Bastida! Voy a aprovechar para preparar tu cuarto.

—¡No! Lo haré yo cuando llegue. Déjame ese placer.

—Por supuesto, ¡me alegra mucho que vengas con nosotros!

—A mí también.

Nos quedamos en silencio.

—¿Hortense?

—¿Qué?

—¿Vienes de verdad?

Me tomé un par de segundos de reflexión.

—¡Eso creo! Besos.

Colgamos. Temblaba como una hoja por la mezcla de excitación y de angustia. No estaba soñando. Había bastado una llamada telefónica para mandar todo a hacer puñetas, para que pensara en mí. Quería tener ya la maleta hecha, estar en el tren, estar allí... Allí, en mi casa. Desde el principio había echado mucho en falta a mis padres; no podía hacerlos volver yendo a la Bastida, pero estaría cerca de ellos. Tenía que hacer balance de mi vida, de cómo me encontraba y, sobre todo, distanciarme de Aymeric, por mucho que me aterrara la idea de estar lejos de él. Sin embargo, no podía marcharme sin pasar por la academia.

*

Llegué a la una de la tarde para comer con todo el mundo. Al escuchar la voz de Sandro y la música de Bertille, cada uno en su sala, los celos me retorcieron el vientre. Demasiado preocupada por la actitud de Aymeric, había olvidado cuánto echaba de menos aquello. Pero allí estaba, presente, pegado a mi cuerpo, la danza, dejarme llevar por el ritmo, expresarme en movimiento, mis encadenamientos, sentir los músculos en tensión, enseñar mi arte, ver a mis alumnas evolucionar, divertirse. En un abrir y cerrar de ojos había quedado fuera de juego, me sentía vacía. Al penetrar en el despacho, di un paso atrás: mi sustituta estaba allí, ocupando el lugar que le correspondía. Pronto dejaría de ser mi sustituta para convertirse en mi compañera.

—Hola, Fiona —saludé dulcemente.

Levantó la cabeza de los horarios que estaba estudiando y abrió los ojos como platos.

—¡Hortense! —saltó de la silla muy contenta—. ¡Ven a sentarte! No te canses.

—Gracias, estoy bien y quiero echar un vistazo a las clases.

—¡Claro, lo entiendo!

Dejé el bolso y la chaqueta y solté las muletas. Las necesitaba, pero ya no las soportaba más y, sobre todo, no quería atravesar la academia con ellas, ya me sentía suficientemente inválida. Olvidé por un momento los riesgos... Antes de salir del despacho, me volví hacia ella.

—¿Me cuentas durante la comida qué tal con mis alumnas?

—¡Por supuesto!

Atravesé el pasillo mirando las fotos colgadas en la pared —recuerdos de espectáculos de los cinco últimos años y de los días de gloria de Auguste— y me desvié hacia el vestuario para sentarme en un banco. Ayer mismo aquello era mi vida cotidiana, algo así como un anexo a mi apartamento. Las alumnas de las clases matinales eran adultas, así que todavía no parecía una leonera. A pesar de todo, algunas cosas de las adolescentes —leotardos, zapatillas, mallas— andaban esparcidas por ahí. ¿Cuándo me las volvería a poner yo y participaría de nuevo en la agitación de la academia? Me di cuenta de que todavía estaría de baja cuando llegase el espectáculo de fin de curso, algo fuera de lo común. La impresión de haber tomado la decisión correcta al poner tierra de por medio se reforzó, no tenía ningún sentido ser masoquista. ¿Quizás estaba también perdiendo el interés?

Minutos más tarde me colé en la sala de Bertille y me coloqué discretamente en una esquina. Ella estaba concentrada, pero me vio y me dedicó una sonrisita discreta. Hacía mucho tiempo que no me paraba a admirarla. Su gracia y delicadeza me hipnotizaron. Invitó a sus alumnas a empezar sus estiramientos y se acercó a mí.

—Ven con nosotras, te sentará bien.

—No, no quiero molestar.

—Señoras, tenemos una invitada de honor.

Todas las bailarinas se volvieron hacia nosotras, me conocían y me hicieron señas de ánimo con la mano.

—¡No te hagas de rogar!

—¡Vale!

Me tumbé y, durante unos segundos, permanecí sin moverme, con las manos a lo largo del cuerpo, las palmas hacia abajo, con la piel de gallina. Placer en estado puro. Me imaginaba el ruido sordo de los pies al caer al suelo después de un salto. Habría dado cualquier cosa por estar en la barra, levantar una pierna y luego la otra y estirarlas, tensarlas antes de lanzarme a hacer una pirueta y recuperar esa sensación de ingravidez al perder contacto con el suelo. Las manos de Bertille se posaron sobre mí sin decir palabra, me guio en mis movimientos, la sensación era mágica, sentí nudos que se soltaban, músculos que se relajaban. Mi cuerpo se dejaba llevar mientras recuperaba el tono gracias al delicado trabajo de Bertille. Se despidió de sus pupilas hasta la semana siguiente sin dejar de ocuparse de mí.

—Es genial que hayas venido a vernos —me dijo, una vez vacía la sala—. ¿Cómo estás?

—No voy mal.

—No tienes muy buena cara.

—No salgo mucho de casa.

—¡Te falta la luz del sol! ¿Y de moral?

—Tirando.

—Te estás haciendo la dura.

Levanté el rostro hacia ella, era muy perspicaz.

—¿Por qué no has venido a mi clase? —exclamó Sandro, interrumpiéndonos—. ¡Esta tarde te secuestro!

—¡Ni lo sueñes! —le respondí, riendo de alivio.

La comida transcurrió con una alegría espontánea. Decidí comportarme como si la presencia de Fiona no tuviese nada de extraño, no afectara a nuestra complicidad. Curiosamente, no sentía ninguna rivalidad, casi me daba la impresión de tener frente a mí a una extensión de mí misma pero más motivada —yo también había tenido esa fogosidad en el pasado—, o que siempre había estado entre nosotros. Su mirada nueva, desde fuera, nos aportaba frescura e ideas que ni siquiera se nos habían pasado por la cabeza. A pesar de lo mayores que nos hacía sentir, contratar a alguien joven tenía sus ventajas. Hablamos de la vuelta a las clases en septiembre; habían pensado rehabilitar las antiguas salas al fondo del patio del edificio, que databan de la época hiperactiva de Auguste y que nunca habíamos utilizado. No las necesitábamos. De repente, pensé en la advertencia de Aymeric. Si continuaba lamentándome de mi suerte y batiéndome en retirada, ¿acabaría en la calle? ¿Era razonable que me marchara? Alejé de inmediato esa idea, me estaba volviendo paranoica. ¿Cómo podía haberse vuelto tan nocivo? Fiona nos dejó cuando llegaron los cafés, sus alumnas la esperaban. Le pedí que las saludase de mi parte, declinando su invitación a ir con ella. No tenía valor para verlas.

—Es realmente buena —les dije a mis amigos una vez que se fue.

Bertille puso el dedo en la llaga.

—Bueno, ahora deja de irte por las ramas, tú tienes algo que decirnos, ¡si no, no habrías venido! Andas en plan: estoy bien, todo el mundo es simpático, todo el mundo es guapo..., pero no me creo una sola palabra.

Esbocé una sonrisa forzada.

—No es fácil. El tiempo pasa muy despacio... He pensado que me vendría bien pasar un tiempo en el sur, necesito sol, pero quiero estar segura de que no os molesta.

—¡Por supuesto que no! —me respondió.

—Serías tonta si no aprovecharas —añadió Sandro—. ¡Yo, en tu lugar, llevaría ya mucho tiempo allí!

—¿Piensas quedarte allí hasta el final de la baja? —se interesó Bertille.

—Quizás.

Sin dejarme tiempo para preocuparme por la facilidad con la que me dejaban marchar, prosiguió:

—Y Aymeric, ¿qué piensa de esto?

Muy a mi pesar, noté cómo se me entristecía la cara.

—¿Y bien? —preguntó Sandro preocupado.

—Todavía no lo sabe. Se lo voy a anunciar esta noche. Ya veremos qué dice —respondí encogiéndome de hombros, aparentemente indiferente.

—¿Va todo bien con él? —me preguntó Bertille, con palpable ironía.

Sentía que estaba dispuesta a morder, a escupir lo que le roía el corazón, y lo último que deseaba era un encontronazo del que ella saliese victoriosa.

—¿Qué te hace pensar lo contrario?

Sacudió la cabeza, más afligida que nunca.

—No sé a quién quieres convencer, pero no te canses conmigo, tu suerte está echada desde hace algún tiempo.

—Lo sé muy bien —le respondí al instante.

Nos miramos desafiantes.

—Tías, ¡no hay quien os aguante cuando se os calienta la cabeza! —nos interrumpió Sandro.

Conseguí reír y le eché un vistazo a mi reloj.

—¡Vais a llegar tarde! ¡Id a prepararos! Yo invito esta vez.

Me levanté y cojeé hasta la caja para pagar la cuenta.

—¿Te vemos en la academia? —propuso Sandro.

—No, me voy a casa.

Me cogió entre sus brazos y me estrechó con fuerza.

—¡Diviértete! ¡Y vuelve cuando estés en forma!

—Cuenta con ello.

Después le llegó el turno a Bertille.

—No podemos estar de acuerdo en todo.

Eso, sin duda...

—Me he dado cuenta últimamente de que tenías un problema con Aymeric. Lo que no entiendo es por qué has tardado tanto tiempo en expresarme tus reservas...

—Te muestras sorda y ciega en todo lo que tiene que ver con él... Simplemente cuídate, ¿vale? Haces muy bien en tomar distancia, quédate el tiempo que necesites. La academia te esperará.

La abracé y la besé.

—Te llamaré pronto.

—Por la cuenta que te trae.

Se marcharon los dos, a la academia, con sus alumnos. Y yo me esfumé adrede.

*

Era consciente de que no estaba siendo razonable. Intentaba hacerme daño a mí misma al tiempo que me ponía en peligro de forma desconsiderada, pero quería pruebas y, sobre todo, quería hacerlo sufrir, destilar un veneno. Así pues, tras peinarme y maquillarme con esmero, me puse mi vestido con la espalda al aire, cogí mis sandalias de tacón y tragué la dosis máxima de analgésicos. Después, sin ayuda de las muletas, cerré la puerta del apartamento descalza, con la férula puesta para ahorrar un poco de esfuerzo a mi tobillo. Bajé con cuidado la escalera y cojeé hasta el taxi.

Me quité la férula delante del restaurante, la escondí en mi inmenso bolso y me calcé las sandalias a pesar del riesgo. En cuanto di el primer paso, tuve que ahogar un gemido de dolor. La cólera y la determinación me ayudaron con el segundo. Me recibió nuestro camarero.

—¡Qué maravilla, se encuentra usted mucho mejor! Y figúrese que tengo una sorpresa para usted.

—¿De qué se trata?

—Ya ha llegado, la está esperando.

Me quedé atónita unos segundos. ¿Se había adelantado? Eso no había sucedido nunca. Me recuperé de inmediato sabiendo que me podía ver desde nuestro sitio habitual.

—¡Gracias! Me uniré a él, no es preciso que me acompañe.

Me dirigí sonriente hacia nuestro rincón, poniendo todo mi empeño en caminar de la manera más normal posible, lo que supuso un esfuerzo mayor de lo imaginado. Sin embargo, lo conseguí. Pero me sentía muy ridícula. Estaba cayendo realmente bajo, ni siquiera respetaba mi cuerpo. ¿Por qué cometía

131

una estupidez tan grande? Me crucé con la penetrante mirada de Aymeric y creí percibir un brillo de deseo. Al acercarme se levantó, comprobó a su alrededor que nadie conocido lo miraba y dio dos pasos hacia mí. Cuando nuestros cuerpos se rozaron, se inclinó y dejó un ligero beso sobre mi cuello. No pude impedir aferrarme a él por un instante. Mi debilidad se impuso. Tuve unas ganas repentinas de llorar y me solté para sentarme. Al fin podía descansar el tobillo.

—Hortense, ¿qué te pasa? —murmuró, inquieto.

—Nada —le respondí, escondiéndome detrás de la carta—. Te he echado de menos, eso es todo.

Sentía su mirada inquisidora sobre mí.

—Qué bien te sienta salir de casa, tengo la impresión de que estás como nueva. Vas mucho mejor, ¡es increíble! ¡Hace quince días ni siquiera podías andar!

Se pensaba que el juguete tenía pilas nuevas. Pero no, se equivocaba, yo no estaba bien y me habría gustado que me echase la bronca, que me dijera que no era necesario poner mi salud en peligro por él. Ni siquiera se lo imaginaba. Yo debía ser indestructible, bella y sensual, y estar disponible para él en todo momento. Decidida a interpretar hasta el final el papel que había preparado para la velada, le dediqué una sonrisa encantadora.

—Debería escucharte más a menudo. Tienes siempre razón.

Rio, satisfecho. El camarero nos tomó nota sin que Aymeric dejase de devorarme con los ojos. Me deseaba, habría podido creer que mi poder sobre él permanecía intacto. La posesividad con la que acariciaba mi mano rebosaba deseo, aunque por momentos su mirada se perdía, se volvía preocupada. Me daba miedo. ¿Qué tenía que decirme? Me lanzó una mirada de arrepentimiento.

—Yo... Tengo que disculparme por la otra noche, de verdad que no me pude escapar —sacudió la cabeza, aparentemente molesto—. Me jode esto, te lo juro... Lo siento, pero no podremos vernos los próximos diez días. Tengo un viaje de trabajo la semana próxima, después es el fin de semana de Pascua y el lunes es festivo.

Ah, los días festivos se deja descansar a la amante...

—No hay problema, no te reprocho nada —frunció el ceño, desconcertado. Esa no se la esperaba—. En realidad, me viene bien —añadí, distante a propósito.

—¿Por qué?

—Me bajo un tiempo a la Bastida.

Me soltó la mano y se hundió en el respaldo del asiento.

—¿Te vas mucho tiempo?

En su voz se percibía un ligero pánico.

—Todavía no lo sé... No puedo estar encerrada sin hacer nada en mi casa. Estaré mejor allí hasta el final de mi baja.

Palideció a ojos vista, le estaba haciendo daño. Justo lo que deseaba. Ponerle la miel en los labios para quitársela después.

—¿El resto de tu baja? Entonces, ¿te vas dos meses?

—¡Sí! Será genial, voy a poder disfrutarlo.

Clavó los codos en la mesa y escondió la cabeza entre las manos.

—¿Cuándo lo decidiste? —preguntó entre susurros.

—Esta mañana.

La llegada de los platos nos interrumpió. Se incorporó con gesto sombrío y bebió un trago de vino.

—Haces bien en marcharte —exclamó algunos bocados después, mirándome fijamente a los ojos—.

Tengo que centrarme en el trabajo y prestar mayor atención a lo demás... Lo tengo todo abandonado en este momento.

Terminamos de cenar en silencio, ambos encerrados en pensamientos que no debían de ser muy positivos. Él estaba sufriendo, y yo disfrutaba con ello. En respuesta, como para vengarse, me atacaba con *lo demás,* sabiendo perfectamente que no había nada peor para mí. ¿Por qué nos estábamos haciendo daño? ¿De qué servía, al fin y al cabo?

Para cuando, algo más tarde, encontró sitio para aparcar frente a mi casa, no habíamos intercambiado mucho más que banalidades. Apagó el motor, era el momento de la verdad.

—¿Tienes prisa por volver o subes?

Abrió su puerta como respuesta. Esa noche yo era la responsable, pero nuestra historia se estaba volviendo sucia, fea. Al pie de las escaleras me quité las sandalias, mi tobillo me dolía horriblemente y ya no podía ocultarlo. Pasó su brazo por mi cintura.

—Apóyate en mí.

Cuando cerré la puerta de mi apartamento detrás de nosotros, no encendí la luz. Se pegó a mi espalda y me estrechó con fuerza, hundiendo la cabeza en mi cuello. Me agarré a sus brazos, que me envolvían.

—¿Cuándo te vas? —murmuró.

—Mañana por la mañana —respondí también en voz baja.

Me había salido sin más. Tenía que marcharme pronto, lo antes posible. Me abrazó aún más fuerte, hasta hacerme daño. Sus labios presionaron mi nuca, me mordisqueó ligeramente la piel, gemí. Lo conocía lo bastante como para saber que estaba intentando hacerme cambiar de opinión avivando mi deseo. Me giró hacia él y encerró mi rostro entre sus manos.

—No olvides que te amo.

Esa declaración era su manera de pedirme que me quedase, que estuviese disponible para él. Pero no cedería. Porque sabía que marcharme era lo correcto. Era cuestión de supervivencia. Lo atraje hasta mi cama besándolo con toda la fuerza de mis sentimientos encontrados; quería rechazarlo y, sin embargo, esperaba que me amase. Me desnudó tomándose su tiempo, rozando mi piel, sabía bien cómo hacer brotar mi deseo. Me hizo el amor para marcarme, para que no lo olvidase, para quedarse en mi piel. Conocía perfectamente los resortes de mi cuerpo y de mi placer, jugaba con ellos, usándolos y abusando esa noche. Me mostraba lo inmenso que era su poder sobre mis sentidos y sobre mí. Me volvía loca, me daba asco a mí misma: era débil. Abdiqué, guiada por la esperanza de su amor sincero.

En la oscuridad de la habitación, me miraba a la cara con ojos tristes.

—¿En qué piensas? —le susurré.

—Te voy a echar de menos...

Era sincero, lo sentía.

—Yo también, pero pareces tan ocupado y preocupado estos últimos días que no vas a tener tiempo de aburrirte sin mí.

—No digas tonterías... No soporto que estés lejos de mí.

Picoteó mis labios con su boca unos instantes, después me besó tan apasionadamente que perdí el control.

—Tengo que irme.

Se soltó y fue a encerrarse en el cuarto de baño. Conteniendo las lágrimas, sentí la necesidad de ponerme algo encima; mi desnudez me incomodaba, me daba la impresión de no ser más que un cuerpo para él. Después me metí debajo del edredón y me hice un ovillo con él. ¿Debía renegar de esa separación que yo había provocado? ¿No habría delirado por completo esos últimos días? Para ser sincera, esas últimas horas me había amado, yo había experimentado nuevamente la sensación de existir para él, temblaba todavía del placer que me había provocado. ¿No estaba inventando preocupaciones donde no las había? ¿Le estaba poniendo en bandeja el puñal para que me lo clavase? Pero esa noche yo le había ofrecido la representación del papel que él quería que interpretase. Y, además, también me había hablado de *lo demás* de lo que no se ocupaba lo suficiente. Es cierto que lo había dicho para herirme, pero ¿no había en ello algo de verdad? ¿Por qué esa súbita inquietud por su mujer y su familia? ¿Sucedía algo en su vida que me ocultaba? Sentí su mano en mi mejilla y levanté la mirada; estaba de pie frente a mí y me sonreía. Toda la tristeza parecía haber desaparecido de su rostro. Me dolió, me habría gustado verlo desgarrado por la pena.

—Tienes razón en marcharte, Hortense, parece que te hace falta. Vuelve conmigo cuando estés en forma. Podremos retomar las cosas donde las dejamos... antes de la caída.

Te equivocas. Ya nada será como antes. No te das cuenta, pero acabas de abrir aún más la brecha.

—Lo intentaré —murmuré.

Se inclinó hacia mí y lo agarré por el cuello. Me abracé a él como si fuera la última vez.

—Te quiero, Aymeric. Será duro estar sin ti.

Me rendía lamentablemente, no podía dejarlo marchar sin decírselo.

—No puedo prometerte nada, pero intentaré ir a verte.

—De acuerdo —suspiré.

Aflojé ligeramente mi abrazo, apoyó su frente contra la mía y dejó un beso ligero sobre mis labios. Después lo solté por completo.

—Duerme bien.

Se alejó lentamente de la cama, sin dejar de mirarme. Me dedicó una sonrisa y se dio la vuelta. Antes de desaparecer, me lanzó una última mirada por encima del hombro.

—Te llamaré.

Cerró la puerta sin hacer ruido.

7

—¿Puedes parar aquí? —le pedí a Cathie cuando su coche se adentró en el camino que llevaba a la Bastida.

—¿Por qué?

—Quiero hacerlo a pie.

—No es muy razonable.

—Confía en mí, lo necesito —suspiró, resignada, y apagó el motor—. Gracias.

Después de comprobar la férula, me puse en marcha. Di algunos pasos y ofrecí mi rostro al cielo cerrando los ojos. Inspiré profundamente. El perfume de la naturaleza, con sus esencias de pino, tomillo salvaje y lavanda, me insufló el oxígeno que echaba de menos desde hacía mucho tiempo. Respiraba mejor. Una sonrisa se abrió paso en mis labios. Ante mí se erguía el gran portalón de hierro forjado. Abrí el candado que protegía la cerradura y empujé las puertas del paraíso. Su chirrido me recordó a papá y a su enfermiza obsesión por engrasar los goznes. Instintivamente, las abrí de par en par.

Sin preocuparme por mi tobillo, enfilé el sendero bordeado de cipreses y tomé un atajo por el campo. Caminaba como podía por entre la hierba alta, la primavera había hecho su trabajo, el terreno permanecía casi virgen, con amapolas aquí y allá. Los árboles estaban sanos, el frescor del invierno les había sentado bien; los almendros estaban en flor, los olivos parecían más fuertes que nunca, bien enraizados en la tierra.

El Luberon, esa pequeña montaña que era mi punto de referencia, se levantaba delante de mí, frente a la casa. Lejos de agobiarnos, su cercanía nos daba protección, nos tranquilizaba gracias a la suavidad de su silueta, que podríamos calificar como voluptuosa. Me encantaba contemplarlo por la tarde, durante la puesta de sol, cuando se volvía más dulce y se teñía de un rojo anaranjado. Daba la impresión de que se le podía acariciar como a una piel delicada. Me di un sopapo en el muslo con la palma de la mano, súbitamente irritada por esa pierna que me impedía correr campo a través. Luego me burlé de mí misma: si no me hubiese caído, no estaría de baja y no habría sentido la necesidad de huir de Aymeric y de su defectuoso amor, por lo que no estaría allí. El olivo de papá y mamá me llamaba; les envié un beso con la mente y les prometí que iría a verlos al día siguiente. Había llegado el momento de entrar en casa.

El postigo de la puerta de entrada había sido siempre caprichoso, tuve que ensañarme tirando de él, pero no se me resistió mucho. Sabía perfectamente dónde darle un golpe con el hombro para desbloquearlo. El olor de la Bastida inundó mi olfato; ese perfume de casa de campo, ese olor familiar a cerrado, que tranquiliza, que nos dice *nada se ha movido, nada ha cambiado,* esa fragancia, recuerdo de días felices, ligeramente teñida de leña ahumada, restos del fuego de chimenea de la Navidad pasada en compañía de Cathie y Mathieu. Tuve el tiempo justo de abrir todas las ventanas del salón antes de que apareciera Cathie con mi pequeña maleta y mis muletas, y me pillara saliendo a la terraza. Cojeé hasta ella para recuperar mis cosas.

—Gracias —le dije, conservando mi amplia sonrisa.

Me cogió del brazo y me llevó hasta los grandes sofás de la terraza. Me senté para enorme alivio de mi tobillo y Cathie tomó sitio a mi lado, sobre el apoyabrazos.

—¿Y bien? —me preguntó, pegando su cabeza a la mía.

—Ya me siento mejor, no te puedes ni imaginar.

—Estaba equivocada. No parece que el pequeño paseo te haya hecho daño. Diría incluso que caminas mejor que al bajar del tren.

Tenía razón. No estaba muy en forma cuando nos habíamos visto. Me había pasado las dos horas y media de viaje en tren de alta velocidad cabeceando, sin conseguir conciliar el sueño, a pesar de que esa noche apenas había pegado ojo, demasiado ocupada en llorar.

—¿Cuándo vas a ir a buscar a Mathieu y a Max?

—En breve, pero ¿estás segura de que quieres que vengamos esta noche?

—No vas a cambiar de planes por mí. Y hace mucho tiempo que no pasamos un fin de semana juntas, Cathie querida.

—En eso estoy de acuerdo.

Me besó en el pelo como lo haría una madre y se levantó. Me dedicó una mirada dulce, que llenó mi corazón de alegría.

—Voy a dejar que te instales. Ya me contarás cuando quieras.

Su comentario me hizo reír.

—Lo sé, no te preocupes, no creo que tengas que esperar mucho tiempo.

—¡Me voy!

Esperé a que su coche despareciese para entrar. Cada vez que volvía, la casa me parecía mayor que en mis recuerdos. Como si creciese conmigo, pero con bastante más firmeza. Dejé las contraventanas del salón y del comedor abiertas de par en par. Abrí las de la cocina para que entrase la luz; mamá la había elegido rústica, nunca había cedido a la llamada de la modernidad, y eso se notaba en todas y cada una de las estancias. Así era la Bastida. Todo en madera clara, patinada, desparejada. Sobre los sofás y los sillones yacían mantas y cojines en tonos pastel, suaves, los mismos que tenían las cortinas de las ventanas. Después subí a la primera planta, la del hostal.

Mis padres, mucho antes que yo, habían decidido convertir una parte de la casa en un *bed and breakfast*. Yo había tomado el testigo, lógicamente. Me conformé con abrir las contraventanas y solo me entretuve en la habitación en la que Cathie y sus chicos se instalarían durante el fin de semana, pues quería que todo estuviese listo cuando llegaran. Del armario cogí la ropa reservada para hacer la cama grande y la pequeña. De vuelta al piso de abajo, me armé de valor.

Entrar en el dormitorio de *Papá y Mamá*.

Me dirigí hacia la ventana para abrirla antes de volverme hacia su nidito. Nada había cambiado desde su partida. Cada vez que venía limpiaba y cambiaba las sábanas, escogiendo solo las preferidas de mamá. Nadie aparte de mí podía ocuparse de esa tarea y nadie dormía allí nunca. Pasé la mano por la cómoda, dejando una marca en el polvo. Contemplé una por una las fotos enmarcadas, donde éramos felices los tres. Una de ellas me llamó particularmente la atención. Encarnaba el verdadero amor, un amor tan fuerte que ni la muerte podría separarlos, un amor que había superado los obstáculos, que había sobrevivido a todo, tanto a lo peor como a lo mejor. ¿Qué debían de pensar ellos de su hija, que vivía una historia de amor con un hombre que solo quería de ella la mejor parte, porque ya tenía lo mejor y lo peor en su *otra* vida? Tenían que sentir pena por mí, pero no me juzgaban o, más bien, no me habrían juzgado. Para ellos, el amor no se juzgaba, se vivía, bastaba con que fuera sincero. No habría hecho falta mucho tiempo para que Aymeric viniese a compartir mi reencuentro con la Bastida... Acaricié la colcha sobre la cama y salí de la habitación. Me sentí mejor en cuanto entré en mi cuarto. Me quedé absorta ante la vista, que daba a los olivos y los campos de lavanda. A pesar del frescor del final de la tarde, dejé todo abierto mientras hacía la cama. Desde siempre había dormido allí tan bien que sentí ganas de acostarme inmediatamente.

El sonido de un claxon me sacó de mis ensoñaciones. Cojeé hasta el jardín, la pequeña familia al completo estaba desembarcando.

—¡Madrina! —gritó Max.

Le tendí los brazos riendo. Corrió hacia mí y se agarró de un salto a mis piernas. No pude evitar soltar un bufido, y comprendí que había forzado demasiado desde que bajara del tren.

—¿Cómo estás, hombrecillo?

—¡Bien!

—Max, deja a Hortense, hay que tener cuidado con ella, tiene pupa en el pie —le dijo su madre mientras se acercaba.

Le hice una señal a Cathie de que todo iba bien. Divertida, levantó la mirada al cielo. Mathieu apareció también, cargado como si estuviese de mudanza. Se detuvo a mi lado y lo besé en la mejilla.

—¿Puedo entrar y dejar todo esto antes de darte la bienvenida adecuadamente?

—Venga, como si fuese tu casa.

Lo oí gruñir de lejos por culpa de todos los «trastos» que su mujer le había obligado a llevar.

—Habrá que tener ocupado a tu hijo y alimentarse, amor mío —se burló ella.

Soltó una gran carcajada con su risa contagiosa. Después volvió a nuestro encuentro y me levantó en sus brazos. Mathieu era un coloso; a primera vista parecía brusco, pero en el fondo era un enorme peluche sentimental.

—¡Venga! ¡Entremos en la choza! Nada como una temporada en tu casa para ponerte en forma.

Me besó con mucho cariño, dándome los tres besos del sur, y me dejó delicadamente sobre el suelo de madera.

—Bueno, Max, tú vienes conmigo; chicas, vosotras a lo vuestro, los hombres nos ocupamos de la cena y del aperitivo.

Cargó con su hijo sobre los hombros y desapareció dentro de la casa.

—Ven a sentarte y a poner el tobillo en alto —exigió Cathie—. No creo que las muletas sean opcionales.

Nos reímos las dos de su adorable reproche.

Nos habíamos quedado viendo caer la noche mientras bebíamos a sorbos un vino del lugar, fuerte, colmado de sol. Max dormía el sueño de los justos. Mathieu y Cathie me contaban noticias del pueblo, de los vecinos, de los antiguos compañeros. Todo, todo el mundo me resultaba cercano, como si formasen parte de mí, a pesar de la distancia de lo cotidiano. Arrollada por mi vida parisina, tenía tendencia a olvidarlo, pero en cuanto volvía me correspondía una llamada al orden en toda regla, por mi bien y para mi gran regocijo. Se pusieron a tomarme el pelo: mírate, un cubito de hielo bajo la manta. Cuanto estaba en la Bastida, no me gustaba nada hacer planes a cubierto, así que era difícil que dijera: «Vamos a entrar», incluso si estaba helando. Ellos, en cambio, bien acostumbrados a las temperaturas suaves de la región, resistían la prueba del clima, aguantaban tanto el calor como el frío. Podría pensarse que sus cuerpos se regulaban en función de la temperatura.

—¿Cuánto tiempo estarás aquí? —me preguntó Mathieu.

—Eh...

—¡Deja de agobiarla, acaba de llegar! —interrumpió su mujer.

—¡Pero bueno, solo quiero saber cuántas veladas nos vamos a pasar en la terraza!

—Si necesitas estar encerrado, te doy las llaves de mi apartamento en París —le contesté riendo.

—¡Antes muerto! ¿Cómo puedes vivir en semejante caja de zapatos?

Mathieu había nacido y moriría allí. En el campo. Estaba escrito. Huía de la ciudad, del mundo, de todo lo que podía parecerse de lejos a la muchedumbre. Habría podido vivir en una cabaña en lo más profundo de los bosques canadienses; era el trampero perfecto, un poco salvaje. Hasta las gentes del lugar, a pesar de que lo conocían, le tenían algo de miedo cuando se ponía de malas. Prefería la compañía de los árboles, aunque los cortara en trocitos. Cathie se había quedado patidifusa de él en el liceo, usando su expresión de entonces. ¡Cuántas horas había pasado yo sentada a su lado mientras se lo comía con los ojos suspirando al otro lado del patio, sin atreverse a acercarse a él! Y al final se fueron encontrando poco a poco, ella, la bella y frágil bailarina clásica, y él, el futuro leñador enamorado de las abejas.

—No, en serio —insistió—. ¿Vas a pasar aquí el verano o te vuelves pronto?

—Algún día tendré que regresar. Pero, por el momento, nadie me necesita en París...

Cathie frunció el ceño.

—Suenas muy categórica —suspiró.

Lo era.

—Acabamos de contratar a alguien, la academia está creciendo.

—Y...

Sabía muy bien adónde quería llegar. *Venga, Hortense, díselo.*

—Aymeric..., cómo decirlo...

Mathieu emitió un gruñido, conmigo se comportaba como un hermano mayor protector. Nunca le había escuchado un solo comentario sobre Aymeric, pero estaba claro que no procedían del mismo planeta. En cuanto a Cathie, se aguantaba.

—Tiene muchas cosas de las que ocuparse, y... —me miraban con curiosidad, sin ser indiscretos, así que decidí contarles la verdad, una verdad edulcorada para empezar—: Debo alejarme de él, necesito distanciarme un poco. Mi esguince es una excusa perfecta —concluí, falsamente contenta y resignada.

—¿Cuánto tiempo vas a seguir esperando? —preguntó Cathie preocupada, con una voz dulce, libre de cualquier atisbo de agresividad.

Cogí el vaso de vino y bebí un trago, cautivada de pronto por la negrura de la noche.

—Está muy bien que estés aquí —me dijo Mathieu tras unos minutos de silencio—. Este fin de semana daremos juntos una vuelta por el jardín y por la casa.

Sabía lo bastante como para formarse una opinión, sin contar con que ese tipo de conversación lo incomodaba. Así que, para él, nada mejor que volver a lo que le gustaba. Se ocupaba del mantenimiento de la propiedad durante el año. Lo había empezado a hacer en la época de papá y mamá, como intercambio de favores. Cuando mi padre se sintió demasiado mayor para ocuparse de todo, le propuso a Mathieu que se encargase a cambio del acceso y uso del terreno, y de una casita anexa. Mathieu había aprovechado la ocasión, pues no tenían los medios para comprar algo más grande que su casa del pueblo. Y aunque pasase todas las jornadas fuera, nunca se cansaba. La única vez que debió de arrepentirse de ese acuerdo fue el día de su muerte: fue él quien se los encontró dormidos para siempre en su cama. Nunca habíamos hablado de ello, pero desde ese día nos hicimos todavía más cercanos, nuestra amistad se volvió fraternal.

—¿Va todo bien?

—Claro que sí, igual que siempre, eso es todo. Tranquilízate, ¡si no, te habría avisado!

En ese instante me invadió un ataque de bostezos. El cansancio se me echaba encima.

—Vamos a acostarnos —anunció Cathie.

Minutos más tarde, cuando su marido estaba ya arriba, me abrazó con fuerza.

—Duerme bien y ya hablaremos de todo eso cuando quieras.

—Gracias.

Me soltó y subió a la planta de arriba. Su silueta desapareció no sin que antes se despidiera con un gesto con la mano. Apagué las últimas luces y entré en mi cuarto. Saqué mi neceser de la maleta, abandonada en una esquina de la estancia. Aquí tenía mi guardarropa y siempre dejaba París estrictamente con lo mínimo, como si cambiase de piel según donde viviese. Al meterme debajo del edredón, suspiré de bienestar. Me sentía bien allí, en mi cama, en mi dormitorio. Como si ese simple hecho me quitase un peso de encima. Tenía la sensación de estar muy lejos de todo, de haber abandonado París hacía lustros. Todo parecía remoto. Curiosamente, el tobillo me dolía menos; me había acostumbrado al dolor, pero había bajado de intensidad. Por supuesto, estaba bien protegido y metido en su férula desde hacía ya dos semanas, pero yo me encontraba mejor, quizás más tranquila, más segura desde que había llegado, con menos tendencia a dudar constantemente. Cathie y Mathieu tenían ese poder para calmarme. Su complicidad, su afecto me permitían relajar la presión. Y haberles confesado que la situación con Aymeric era algo complicada me había aliviado. Solo a ellos podía confiarme sin temor a reacciones extremas. En realidad, eso era precisamente lo que necesitaba: saber que, si quería, podía contarlo y me escucharían. Con los párpados listos para cerrarse, me di cuenta de que mi móvil se había quedado en el salón. No le había echado ni un vistazo desde que bajé del tren. Lo dejé donde estaba.

El fin de semana pasó volando entre risas, lecturas y juegos con Max, cocina y charla de chicas al sol con Cathie, sin olvidar los recorridos por el jardín y la casa con Mathieu para comprobar el estado del lugar. La Bastida se comportaba bien, incluso aunque tuviera que plantearme alguna reforma en los próximos meses. Podría esperar al final de la temporada, pero no mucho más. Para evitar cualquier deterioro, habría que hacer alguna cosa antes del próximo invierno. La mañana del domingo, mientras terminaba de desayunar, Mathieu me anunció que había llegado el momento de llenar la piscina y yo no iba a llevarle la contraria. Las temperaturas más que clementes nos permitirían disfrutar de un baño en los próximos días.

Llevándose a su hijo con él, se puso manos a la obra. Ver cómo Cathie seguía con la mirada a sus dos amores me llegó directo al corazón. Se volvió hacia mí con una sonrisa tímida en los labios.

—¿Qué?

—Me he dado cuenta de que todavía no has entrado en el estudio de baile.

—¡Oye tú! ¡Qué mala leche! —le dije riendo.

La frustración de no poder utilizarlo me frenaba, había estado retrasando ese momento. *Miedo de sentir demasiado dolor...*

—¿Quieres que lo abramos juntas? ¿Puedo acompañarte?

Su propuesta me tranquilizó. Sola habría sido incapaz de enfrentarme a los recuerdos vinculados a ese lugar.

—Sí, sería genial.

¿Cuántas horas habíamos pasado allí las dos, entrenando? Podían contarse por meses, o más, y eso dejando de lado las que íbamos solo a desahogarnos.

—No te muevas, voy a buscar la llave.

No me hicieron falta ni cinco minutos para llegar y meter la mano en el aparador de la sala de estar. Cuando salí, Cathie me escrutó con expresión extraña.

—Oye, ¿no tendrías que ir a sesiones de fisioterapia?

—Ay...

Sonreí, incómoda. Abrió los ojos como platos, la misma mirada que reservaba a su hijo cuando se portaba mal.

—¿Qué pasa? ¿No has ido?

—Fui una vez y, después, lo dejé...

—¿Por qué? ¿Estás loca? ¿A qué juegas? No te vas a librar tan fácilmente, te lo aviso: mañana tendrás una cita.

—Puedo arreglármelas sola, ¿no crees?

—¿Eres fisio? ¡No! Así que obedece, eso es todo. Si es necesario, yo te llevo.

—No, debería poder ir conduciendo si no está demasiado lejos.

—Pues considera el problema arreglado. Mañana vamos.

Me cogió del brazo y cruzamos la casa. Caminé apoyando mi cara en su hombro, con la sonrisa en los labios, realmente reconfortada por primera vez desde hacía semanas, quizás meses.

—Gracias, Cathie, gracias por ocuparte de mí —murmuré en voz baja.

—Algo me dice que soy la primera que lo hace.

Estreché su brazo con más fuerza. Llegamos a la puerta de «mi» estudio de baile y nos detuvimos un instante antes de entrar.

Papá había restaurado y reacondicionado un viejo anexo en ruinas, en el que había hecho instalar una gran vidriera con cuidado de conservar la glicinia centenaria que aportaba sombra y frescor en pleno verano. Un marco único para bailar frente a la naturaleza sin tener que sufrir los grandes calores. Papá había dedicado un año entero a renovar el interior. El resultado era excepcional. Cómo olvidar su orgullo cuando me lo enseñó por primera vez... Yo tenía quince años, y mi padre cumplía mi sueño y mostraba su admiración. Asombrada por su trabajo y la belleza del estudio, quise bailar para él. También estaba mamá, evidentemente. Elegí un tema de clarinete como acompañamiento, aunque no tenía costumbre de bailar con ese tipo de música, porque ese instrumento era su pasión. Así que improvisé. Era mi forma de decirle gracias y, sobre todo, *te quiero*. Comprendí en aquel preciso instante hasta qué punto estaba viviendo una infancia y una adolescencia doradas, mimadas, y cuánto me habían consentido. Mientras bailaba, no podía evitar observarlos de reojo: mamá se agarraba al brazo de papá, las lágrimas de alegría inundaban su hermoso rostro; él, con los ojos brillantes, también se abrazaba a ella. Dios mío, cómo brillaban sus ojos... Su amor me golpeó de lleno. Cuando terminó la pieza, corrí a lanzarme al cuello de papá para abrazarlo con toda la fuerza que vibraba en mi corazón, y le susurré «papá, mi papá querido».

Así, cuando traspasé el umbral junto a Cathie, que no me soltaba, y lo descubrí envejecido, agrietado y con la pintura desprendiéndose, mi corazón se encogió. Papá había cuidado de él hasta el último momento. Su última capa de pintura databa del verano anterior a su desaparición. Por razones de ahorro no se calentaba en invierno y, como resultado, la humedad se habría incrustado en él. Las arañas habían anidado en todas las esquinas, grandes telas cubrían las cristaleras, el olor a polvo se agarraba a la garganta; no un polvo de alegría, sino un polvo de abandono y dejadez. Me solté de Cathie con delicadeza y avancé, inspeccionando cada centímetro cuadrado. En el espejo de cuerpo entero, a pesar de la suciedad, me descubrí por primera vez con mi férula, mi mejor enemiga, y la impresión estuvo a la altura de la lamentable imagen que me devolvía. Flotaba dentro de mis pantalones cortos y mi viejo jersey deformado. Por descontado, mi tez era cadavérica, pero mi cuerpo, ese cuerpo del que tan orgullosa estaba, no le iba a la zaga: se veía pálido, raquítico, vaciado de toda vitalidad, de toda luz. El abandono de la sala era el reflejo del mío propio. Ninguna de las dos estaba en su mejor momento. Acaricié la barra a lo largo, último vestigio de una época en la que todo iba bien; la sentí sólida, dispuesta a soportar estiramientos, horas y horas de entrenamiento, y me monté sobre ella con todas mis fuerzas, para liberar un poco de energía. No debía dejar que aquello me abatiera.

—Aquí hay mucho que hacer...

—Mathieu no entra, para él son tus dominios.

—¡Eh! No era un reproche. Voy a tener que encontrar soluciones...

Se acercó y se colocó detrás de mí.

—No me he atrevido a preguntártelo, porque me hago una pequeña idea, pero sácame de dudas: ¿no habrá curso este verano?

—No... Es parte de los cambios de la academia. Vamos a crecer y a hacernos más profesionales, parece ser que no hay elección...

Dejó pasar unos segundos de silencio, parecía que no daba crédito, pero se recuperó:

—Mira el lado bueno de las cosas, ¡tendrás más tiempo para arreglar el estudio!

—Tienes razón.

No quería ceder ni a la tristeza ni a la preocupación, así que me rehíce de inmediato:

—Bueno, ¡solo queda una cosa por comprobar!

Fui hasta el mueble del equipo de sonido y lo enchufé. Después, rebusqué unos minutos en los cajones y encontré el disco que buscaba —recuerdo de nuestros años de instituto, *I wanna dance with somebody,* de Whitney Houston— y me volví hacia Cathie, radiante. Ella sacudió vigorosamente la cabeza de derecha a izquierda con cara de decir: «¡Ni hablar!».

—¡Claro que sí!

—¡No! ¡No voy a bailar sin ti!

Cathie llevaba una década sin bailar, así que, mientras estuviera allí, sentía que era mi deber devolverla a escena.

—¡Vamos! —supliqué.

Frunció el ceño, señal de que estaba pensando en algo, y se acercó a mí.

—¿Quieres que baile?

—¡Sí!

—Pues bien, ve a ver al fisio, acaba de recuperarte y entonces bailaré contigo.

Me eché a reír.

—¡Trato hecho!

Qué felicidad comer al sol con el canto todavía tímido de las cigarras y las risas infantiles de Max de fondo. A pesar de todo, estaba bastante preocupada; si juntaba todas las pequeñas obras que debía hacer, el presupuesto sería más contundente de lo previsto. Seamos claros, no tenía tanto dinero. Tendría que elegir, encargarme de lo urgente y olvidar lo superfluo, consciente de que lo superfluo se convertiría en urgente al cabo de un año.

—¿Estás pensando en cómo está el estudio? —me preguntó Cathie, que debió de notar que mi humor se ensombrecía.

—No solo... El conjunto de pequeñas reformas me va a costar un riñón.

—Me pondré manos a la obra —propuso Mathieu.

—Gracias, eres muy amable, pero ya haces suficiente y los dos vais a estar desbordados los próximos meses.

Para ellos, primavera y verano eran siempre un periodo de intensa actividad, incluso de hiperactividad. Mathieu encadenaba un trabajo de desbroce con otro —además de encontrarnos en zona de riesgo de incendio, había que contar con los propietarios de segundas residencias que se decidían a talar árboles en el último minuto—. En cuanto a Cathie, debía recolectar la miel y aprovechar la llegada de turistas para vender la mayor cantidad posible al tiempo que se ocupaba de Max. Por la mañana iba a los mercadillos y por las tardes abría su pequeña tienda en el pueblo. No se me pasaba por la cabeza impedir que tuvieran tiempo de descanso en familia. Y si venían a mi casa, quería que fuese para tumbarse y aprovechar la piscina.

—He pensado una cosa —me dijo Mathieu—. Vas a pasar aquí dos meses, ¿no?

—Sí, ¿por qué?

—Son las vacaciones de Semana Santa, los parisinos aparecerán y después llegan todos los puentes de mayo. ¿Por qué no abres el hostal rural? Eso te daría unos pequeños ingresos.

Su propuesta estaba lejos de ser absurda, pero...

—Ya es un poco tarde.

—¡Siempre los hay retrasados! ¡Inténtalo!

—No estoy segura de que sea una buena idea —le interrumpió secamente Cathie.

Esto huele a chamusquina...

—¿Por qué? —exclamó su marido, estupefacto.

—Hortense ha venido a descansar, piensa un poco.

—¡Deja de jugar a mamá pato, déjala respirar! ¡Lo haces con todos!

—¡Si te molesta, voy a dejar de ocuparme de ti y ya veremos! —él gruñó y yo me aguanté la risa. Sin Cathie, Mathieu se encontraría completamente perdido, ella acababa de cerrarle la boca. Se volvió hacia mí—: No te fatigues demasiado si quieres volver a bailar cuanto antes.

—Tienes razón, pero hacer las camas, algo de la casa y los desayunos no me quitaría mucha energía, si me porto bien el resto del tiempo —sin embargo, pensaba todo lo contrario, recordando veranos que me habían dejado exhausta—. Me extrañaría ver a los turistas dándose codazos para entrar.

—Es cierto —concedió ella—. Pero espera a ver a un fisio antes de tomar decisiones. Me quedaría más tranquila...

—Lo haremos así.

Algo molesto por no haber suscitado más entusiasmo con su idea y haberse tragado una reprimenda de su mujer, Mathieu se levantó y apuró su copa de rosado.

—¡Francamente, qué quisquillosas sois! Voy a seguir con la piscina, ¡podrás poner el anuncio en cuanto se caldee!

Verlo partir con paso decidido mientras gruñía acabó por relajarnos y nos dio un ataque de risa.

Al día siguiente, salí de mi sesión de rehabilitación con la bendición para abrir la Bastida a los turistas. Visitaría al fisio dos veces por semana mientras estuviese allí. En un par de semanas podría librarme de la férula. El fisio me había confirmado que no había complicación alguna. Me aliviaba; había sido una inconsciente al descuidarme para asombrar a Aymeric, había vuelto a sentir dolor, en secreto, y hasta esa cita había temido que mi caso se hubiese agravado. Eso sí, mismo castigo que con el sabio loco: prohibido practicar toda actividad que no fuese caminar. Ni correr, ni movimientos bruscos, ni bailar... si quería volver a bailar de nuevo. No me quedaba otra que respetar sus instrucciones al pie de la letra y tomar la decisión de abrir o no el hostal para las próximas semanas.

Mathieu había acertado de pleno. Su idea había vuelto a encender una pequeña llama que brillaba de excitación desde que me dieran vía libre. Navegaría sola en mi pequeña barca. Y aunque las relaciones entre la dueña y los clientes sean muy superficiales, ver nuevas caras me sentaría bien. Desde que había empezado con la inmovilización me agobiaba la impresión de ser inútil, por fin podría ocupar mi tiempo y, además, por una buena causa. En el pequeño aparcamiento volvía a estar mi coche: mi viejo Panda turquesa con su tapicería de cuadros escoceses, en el que Mathieu había vuelto a conectar la batería el día antes, al terminar el fin de semana. Lo había comprado con veinticinco años, con mis últimos ingresos por bailar, para dejarlo aquí y que me diese autonomía cuando viniese a visitar a mis padres. Nunca se había alejado de la Bastida. Es verdad que no podía pedirle la luna, solo me daba un mínimo de seguridad y sobrepasar los setenta kilómetros hora podría resultar peligroso, pero me permitía ir de compras y desplazarme de un pueblo a otro, a condición de que estuviesen cerca. Por ejemplo, nunca iba más allá de la cañada; si me entraban ganas de pasar al lado sur del Luberon, debía encontrar un alma caritativa que me llevase o me prestase su coche.

Eran más de las siete de la tarde cuando por fin llegué a casa. Podría aprovechar la puesta de sol. Puse un poco de música —el álbum *Love & Hate* de Michael Kiwanuka— y me acomodé en un gran sillón

156

frente a mi montaña, con un vaso de rosado en la mano. Bebí un gran trago, con el teléfono delante. Me sobresalté cuando sonó. Cathie.

—¡Hola! Y bien, ¿qué tal ha ido tu cita con el fisio?

—Te vas a llevar una alegría: mi tobillo se recupera tranquilamente.

—¡Qué buena noticia! ¿Cuándo vuelves?

—Dentro de dos días.

—¿Qué has decidido en cuanto al hostal?

—¡Me lanzo! Esta noche me ocuparé del anuncio y ya veré qué pasa...

—Nada de imprudencias, ¿vale? Mathieu y yo lo comentaremos por ahí. ¡Nunca se sabe!

—Gracias por la publicidad.

—De nada. Dime, ¿te vienes a tomar café mañana? —oí a lo lejos un «¡mamá!»—. ¡Qué habrá hecho ahora! —gruñó.

Con una imagen muy precisa de Max haciendo alguna burrada y la cara de desesperación de su madre, me eché a reír. Seguro que tenía ganas de despellejar a su hijo, pero se desinflaría en cuanto se echase a su pequeño terremoto a la cara.

—Ve a ver qué hace tu hijo antes de que te eche abajo la casa.

—Me agota, te lo juro. ¿Nos vemos mañana?

—Sí, besos.

Bebí otro trago de vino y volví a fijarme en mi móvil. Estos últimos días lo había dejado de lado sin esperar nada en particular. Sin embargo, cuando lo había vuelto a coger esa mañana, no había podido evitar esperar una pequeña señal por parte de Aymeric. Y pensar que ni siquiera me había preguntado si había llegado bien ni cómo estaba. Desde entonces, seguía esperando.

Me había hecho la orgullosa todo el fin de semana, negándome a rendirme delante de mis amigos. Sin embargo, sentía su falta en mis carnes, lo echaba de menos, su cuerpo, su risa, sus bromas y caprichos de todo tipo, y ni siquiera podía llamarlo para recoger una miga, una pequeña miguita de él. Me habría gustado tanto contarle cómo estaba la casa, mis proyectos... Sentirme desesperada, pendiente de su llamada, me volvía loca. Había puesto distancia entre él y yo de manera voluntaria, porque sentía que se me escapaba, que no me amaba como debía o, más bien, como yo creía. Pero no podía evitar esperarlo. Me sentía tan débil en todo lo que tenía que ver con Aymeric... Todavía resonaban en mi cabeza las palabras directas de Bertille: «Eres sorda y ciega». Tenía razón, pero ¿qué podía hacer?

Me acosté sobre las doce, contenta por haber colgado mi anuncio en Internet. La Bastida ya estaba en todas las páginas existentes, solo había tenido que actualizar la disponibilidad. La única modificación se refería al estudio de danza, que, visto su estado de abandono, no era honesto abrir a los clientes. Solo quedaba esperar. Estaba a punto de dormirme cuando el tono de mi móvil me hizo saltar bajo el edredón. Sorpresa, no podía creerme que Aymeric se manifestara por fin.

—Hola...

Maldije de inmediato mi vocecita, suplicante.

—Eh..., ¿cómo estás?

Me senté en la cama.

—Muy bien —contesté con una voz más firme—. ¿Qué tal tu viaje de negocios?

Mantén la calma.

—Me he pasado el día corriendo, acabo justo de volver al hotel, estoy agotado. Pero la cosa pinta bien, estoy contento.

Por su tono de voz, a pesar del cansancio, lo notaba satisfecho de sí mismo.

—Me alegro, debes de sentirte mejor.

—Bueno, ¿y tú? ¿Estás sacando provecho del sol?

—Claro, hace un tiempo estupendo, hasta hemos puesto en marcha la piscina, con Mathieu.

—Muy bien, todo reposo en tu programa.

El reproche era perceptible.

—La convalecencia, más bien... Hoy he ido a ver al fisio.

—¿Por qué?

—Tengo que hacer rehabilitación.

—Ah, sí, es cierto, lo había olvidado. Así que te quedas allí toda la baja, entonces.

—Sí, y más teniendo en cuenta que voy a intentar alquilar las habitaciones.

—Pero ¿por qué?

—Tengo que hacer obras en casa, necesito dinero para pagarlas.

Lo oí suspirar profundamente en el aparato.

—La propiedad de tus padres es un agujero negro para tus finanzas. Al final, no sé cómo vas a poder asumirlo.

—¿Estás intentando minarme la moral?

—No, lo siento, comprendo que quieras conservarla, pero tengo miedo de que te cargues con demasiadas cosas, me preocupo por ti. ¿Por qué no has hablado conmigo antes de tomar esa decisión? —¡menuda cara dura! No me dejó tiempo para responder—: ¡Igual que con tu marcha! —se enervó—. Me pones ante los hechos consumados.

¿Qué le pasa? ¡Está loco, por Dios!

—Espera un momento... ¿Me tomas el pelo?

—¡En absoluto! Te estoy diciendo exactamente lo que pienso.

—¡No me lo puedo creer! Ni siquiera te has tomado la molestia de asegurarte de que había llegado bien. Y ahora me llamas haciéndote el zalamero más allá de medianoche y me reprochas que te oculte cosas. Por si lo habías olvidado, ni siquiera te puedo enviar un mensaje en clave para decirte que necesito hablar contigo.

Los segundos que dejó pasar me parecieron una eternidad, pero las palabras que siguieron me parecieron aún peores.

—Escucha, Hortense, no te he llamado para que tengamos una escena. Voy a colgar, será lo mejor.

Me venció el pánico, no había esperado cuatro días a que diera señales de vida para que terminase de esta forma.

—Espera, Aymeric... Pero ¿qué te pasa?

—Estoy agotado; de todas formas, mañana me espera un día muy duro. Debo intentar dormir. Un beso.

Colgó. Abatida, mis ojos se empañaron. Sentí un frío repentino y me hice una bola, como cuando era niña después de una pesadilla. Ni siquiera éramos capaces de hablar de tonterías sin pelearnos.

Dos horas más tarde, seguía sin conciliar el sueño. Ya no me quedaban lágrimas. La mesita de noche vibró. Me precipité sobre el teléfono: *No me gusta lo que nos está pasando. Desde que te caíste no te reconozco. Te echo de menos, y eso me hace comportarme como un idiota. Te quiero. A.* ¿Cómo podía, en tres frases, darme lo mejor y lo peor de él? Me sentía aliviada porque se daba cuenta de la fractura en nuestra pareja, porque me decía que me echaba de menos y me quería. Pero también encontraba la forma de echarme la culpa de esa grieta, definitivamente incapaz de ponerse a sí mismo en tela de juicio. Sin pensarlo, lo llamé; no corríamos riesgo alguno, estaba en el hotel. Saltó inmediatamente el contestador. Solo me quedaba esperar a que se dignase a darme noticias suyas. Me inundó una bocanada de rabia, mi paciencia estaba al límite.

Los dos días siguientes los dediqué en cuerpo y alma a los preparativos de la Bastida para canalizar mi cólera y mi pena. Encadenaba lavadoras de toallas y sábanas una tras otra gracias al mistral y al sol, la mejor secadora del mundo. Entre sesión y sesión de descanso para mi tobillo, saqué meticulosamente brillo a cada habitación, a cada cuarto de baño. Coloqué folletos turísticos en la entrada donde recibiría a los huéspedes y las llaves en un cajón. Hice inventario de la vajilla para el desayuno y fui a comprar lo que faltaba. Aproveché para hacer compras y reservas. Si los clientes asomaban la nariz, lo tendría todo preparado. Intercambié algunos mensajes con Bertille y Sandro, ninguna novedad por ese lado. Se las arreglaban muy bien sin mí y mis alumnas estaban en forma. Me sentía feliz por ellos, pero no me interesaba en absoluto. Aunque delante de Cathie hacía como si lo tuviese todo controlado, ella no se dejaba engañar, estaba preocupada por mí.

El jueves, al final del día, abandoné la limpieza para responder al teléfono fijo de la Bastida.
—¡Diga!
A lo lejos, oí que mi móvil sonaba.
—Sí, buenas tardes. Sé que ya es muy tarde, pero lo intento. ¿No tendrá una o, mejor, dos habitaciones libres para este fin de semana?

¡Gracias, Mathieu!

—Sí, tiene suerte, ¡tengo dos habitaciones libres! —respondí.

—¿De verdad?

Mi teléfono sonó de nuevo. Aymeric.

—¡Sí, sí! ¿Cuántos son?

—Somos dos parejas.

—Así pues, dos habitaciones. ¿Cuándo llegarían?

—Mañana, y nos iríamos el lunes.

Sonó una vez más.

—Muy bien. Voy a tomar sus datos.

Escuché cómo aquella encantadora mujer me daba sus datos, para después explicarle el itinerario hasta la Bastida, mientras tendía la oreja al otro lado. Escuché el sonido del contestador. Ya no llamaría más.

—Entonces, ¡hasta mañana, buenas noches y buen viaje!

Colgué para ir a escuchar el mensaje de Aymeric, arrastrando los pies con un nudo en el estómago. «Soy yo... Tenía ganas de oír tu voz. No podremos hablar durante un tiempo, salgo del despacho para recoger a mi mujer y a mis hijas, nos vamos de vacaciones con unos amigos —sentí remontar las lágrimas, ni siquiera estaba al corriente de que se tomaba unas vacaciones—, diviértete con tus turistas. Besos.» Echarme de menos no solo lo volvía idiota, también malvado. La alegría por recibir a mis primeros huéspedes se apagó de pronto.

8

Al día siguiente, Cathie vino con su miel y sus confituras caseras. Por supuesto, yo solo servía sus productos. En varias ocasiones, los años anteriores algunos clientes me habían preguntado dónde se podían conseguir. Así que le propuse dejarme una pequeña cantidad por si se presentaba de nuevo la ocasión, que seguro que llegaba. Acabábamos de instalar un pequeño mostrador en la entrada e intercambiamos un guiño, satisfechas.

—¿Te tomas un café antes de marcharte?

—¡Con mucho gusto!

Cinco minutos más tarde estábamos sentadas en los sillones de la terraza cubierta. El sol pegaba fuerte y las temperaturas aumentaban cada día. La primavera era excepcional.

—¿Sabes algo de Aymeric? —me preguntó ella sin más.

De pronto tuve la impresión de que todo el mundo llevaba tres años haciéndome la misma pregunta; ya no aguantaba más.

—Me dejó un mensaje ayer —suspiré.

—¿Y bien?

—Me reprocha el haberme marchado, o eso creo. Por un lado, mi ausencia parece venirle bien, pero, por el otro, me hace sentir culpable...

—¿Y tú cómo estás?

Cathie tomaba siempre mil precauciones para transmitir un mensaje o sonsacarme información, pero irremediablemente conseguía lo que quería.

—No sé... Me siento perdida. Lo echo de menos, es cierto, pero ya no consigo entenderlo... Todo se hace cada vez más complicado. Ya no sé lo que espera de mí.

—¿Y tú? ¿Qué esperas de él?

Me envió una tierna sonrisa de ánimo.

—Si acaso lo supiese...

—Aprovecha tu estancia aquí para hacer balance.

—Eso es lo que había pensado..., pero no confío mucho en ello.

—¿Qué quieres decir?

—Soy muy débil cuando estoy con él... Por mucho que tenga buenos propósitos, todo puede derrumbarse en cuanto vuelva a París.

—Por el momento estás aquí... ¡y bien lejos de él! —suspiré, bastante resignada—. ¿Dispuesta a recibir gente?

Caía la noche. Estaba cenando tranquilamente, acompañada solo por la voz grave de Fil Bo Riva. Aparentemente encantados por la acogida que les había preparado, mis huéspedes de por la tarde acababan de marcharse a un restaurante que les había aconsejado. Siempre era gratificante en honor a mis padres, y yo también experimentaba cierto orgullo cuando los veía extasiados ante su dormitorio o en el jardín de la Bastida. Esos cumplidos me permitían conservar la moral y no dejarme invadir demasiado por la pena y la nostalgia. Era bien consciente de que aquello me permitía huir de mis auténticos problemas. Tomaba lo que tenía más a mano para seguir con la cabeza alta. Cualquier minucia podía derrumbarme. Debía hacerle frente. Sonó mi móvil. Era

Mathieu. ¿Qué querría? Llamar por teléfono no era muy de su estilo.

—¡Hola! ¿Qué pasa?

—Quería saber si te quedaba una habitación libre.

—Sí, claro. ¿Por qué?

—Escucha, te llevo a alguien.

—¡Genial! ¡Contigo caen del cielo! —su atronadora risa casi me deja sorda—. ¿Para cuántas noches?

—¡Ni idea! Acaba de atropellar a un jabalí en la cañada y por el momento se ha quedado sin coche.

¡Peor para él, mejor para mí! Me sentía contenta por el ingreso extra, pero, francamente, me compadecía de él. Maldita carretera, tan peligrosa entre unas cosas y otras cuando no se conocía.

—¿Cuándo llegáis?

—Vamos a comer algo en el Terrail y después vamos. ¿Quieres venirte?

El Terrail... El bar de Mathieu. Cuando estaba abierto, uno podía encontrarlo allí mañana, tarde y noche, sin contar las cervezas con los amigos, las noches de partido... ¿Cuántas veces Cathie, bromeando tiernamente, le había propuesto llevarse allí la cama?

—No, estoy cenando y voy a preparar la habitación.

—Como quieras. ¡Hasta luego, entonces!

Invité a mis huéspedes, cuando volvieron, a unirse a mí en la terraza para una infusión. Después charlamos sobre la región, les hablé de mis lugares secretos y de mis imprescindibles, y no escatimaron en preguntas.

—¡Oh..., tiene usted visita! —exclamaron de pronto.

La camioneta de Mathieu acababa de detenerse en el sendero. A pesar de la oscuridad de la noche, lo vi llegar acompañado por un hombre un poco más bajo que él, cargado con una gran bolsa de viaje.

—¡Trabajo, más bien!

—En ese caso la dejamos, gracias de nuevo.

Después de las cortesías habituales y de desearnos buenas noches, fui hasta Mathieu y le di unos besos.

—¿Cómo estás? —me preguntó.

Por su cara de preocupación, comprendí que Cathie le había debido de chivar algo de mi situación sentimental.

—¡Muy bien! —lo tranquilicé antes de volverme hacia mi nuevo cliente—. ¡Bienvenido a la Bastida!

—Buenas noches —me respondió sombríamente.

—Los jabalíes en la cañada son traicioneros.

—No le quepa duda.

Tenía pinta de estar bastante disgustado. Por otra parte, era bastante lógico.

—Bueno, Hortense, te dejo a Élias, yo me vuelvo a casa.

—Sí, claro, dales un beso a Cathie y a Max de mi parte.

Se dirigió a mi nuevo huésped, que se había quedado aparte.

—Pasaré a recogerte mañana e iremos a ver al mecánico del que te hablé.

—Gracias —se estrecharon las manos—. ¡Ha sido muy amable lo que has hecho!

—Lo normal —respondió mi amigo encogiéndose de hombros, con aspecto de decir que no le veía nada de extraordinario.

Así era Mathieu, podía ver perfectamente la escena. Debió de pasar por casualidad ante el coche accidentado, se había detenido y, como el conductor le había parecido simpático, había hecho de buen samaritano, se lo había llevado a cenar con él y no lo había dejado ni un momento hasta sacarlo de aquel lío. Más allá de su aspecto brusco, era un hombre bueno y generoso. Se marchó diciendo adiós con la mano.

—Mathieu me ha dicho que su coche está muy mal.

—Sabré más mañana.

No es muy hablador.

—Venga, sígame, le enseñaré su habitación.

Asintió con la cabeza y me siguió. Cogí la llave en la entrada y atravesé el recibidor en dirección a la escalera.

—¿Hacia dónde se dirigía?

—A ningún sitio en particular.

Por su tono de voz, comprendí que no tenía intención de empezar una conversación. Por educación, me limité a lo esencial: no estaba en contra de abreviar para ir a acostarme. Abrí su cuarto y me aparté para dejarlo entrar. Tiró su bolso en una esquina y se colocó frente a la ventana.

—Tendrá mejores vistas mañana —sin respuesta—. ¿A qué hora desea que le sirva el desayuno?

—Solo tomaré un café —me respondió sin volverse.

—Estará listo a partir de las ocho —silencio—. Le dejo la llave sobre la cómoda. Buenas noches.

Escuché un vago «gracias» en el momento en que cerraba la puerta. La ventaja de este tipo de clientela es que no molestan a nadie con el ruido.

Me acosté y apagué la luz. Eché un vistazo al móvil, un acto reflejo. Sin señales de Aymeric. No tenía ni idea de cuándo tendría noticias suyas y, al pensarlo, el dolor me llegaba por oleadas. Sin poder evitarlo, a veces me replanteaba mi decisión de marcharme.

El dicho «ojos que no ven, corazón que no siente» era de una banalidad terrible. Los hechos hablaban por sí mismos: ya hacía una semana que había dejado París y desde entonces solo habíamos hablado una vez, y para pelearnos. Y pensar que estaba de vacaciones con su familia y que ni siquiera me lo había comentado antes de que me fuera. Cada vez tenía más la impresión de ser un producto desechable, algo de usar y tirar. Un juguete... Siempre volvía a esa sensación. Estaba a punto de quedarme dormida cuando oí pasos en la escalera y la puerta de entrada que se abría y se cerraba. Me desvelé por completo. ¿Había salido mi nuevo huésped a estirar las piernas en plena noche? Fue más fuerte que yo, y permanecí al acecho. ¿Qué estaría tramando fuera? Volvió media hora larga más tarde. En mi interior lo detesté: por culpa de su paseo nocturno ya no podía conciliar el sueño, y pasé una buena parte de la noche dando vueltas en la cama.

Cuando sonó el despertador a las siete menos cuarto, pensé que me moría. Para ser sincera, levantarme tan temprano no era una de mis costumbres. Si quería ocuparme de mis huéspedes correctamente y no irme arrastrando al cabo de tres días, tendría que espabilarme. Me castigué con una ducha casi helada para intentar abrir bien los ojos. Estaba lista cuando llegó el panadero, y el olor del pan y los cruasanes frescos aguzó mis papilas. Me quedaba algo de tiempo para desayunar, ya que había tenido la buena idea de poner la mesa la noche antes. Me alegré de ello, tenía ganas de aprovechar todos los momentos que podía disfrutar y olvidarme del resto. Vivía con un nudo en el estómago permanente, preocupada a la vez por los cambios en el seno de la academia, ante los que me sentía una extraña, y por la degradación de mi relación con Aymeric. Beber mi café y morder un cruasán chorreante de mantequilla en el jardín de la Bastida podía parecer anodino, pero aquello era mejor que todos los antidepresivos del mundo. A las siete y media, con los ojos inundados de sueño todavía, inclinada sobre la pila, dormitaba acunada por el ruido de la cafetera.

—Disculpe —oí de pronto a mi espalda.

Reconocí la voz de mi último huésped, a pesar de lo poco que la había escuchado el día anterior. Me entraron ganas de enviarlo al infierno por haberme impedido dormir y por arruinar el único momento de la jornada en el que estaba en paz. ¿No le había dicho que a partir de las ocho? Me volví y, al ver su mala cara, me tragué toda mi agresividad.

—Buenos días —exclamé con una voz cansina.

¡Despierta, Hortense!

—¿Ha dormido bien?

Una pregunta automática, pero estúpida. Para ponerlo en evidencia, respondió encogiendo los hombros con desgana.

—Quería disculparme por mi falta de cortesía de ayer.

Al menos, no estaba delante de un auténtico paleto.

—¡No se preocupe! Puedo comprenderlo, después de lo que le pasó. ¿Quiere desayunar?

—Solo quiero café.

Teniendo en cuenta sus ojeras, habría debido tomarlo por vía intravenosa. Dio unos pasos hacia la cocina.

—¿Puedo servirme?

—No, eso es cosa mía.

Me pareció que no sabía dónde meterse. Tuve incluso la sensación de que ser servido lo incomodaba.

—Siéntese en el comedor, ya voy.

—¿Puedo sentarme fuera?

—Por supuesto.

Asintió levemente y desapareció.

Lo encontré en la mesa del jardín, frente al Luberon, que ignoraba por completo; sostenía su cabeza con las manos, a punto de arrancarse el pelo.

—Aquí tiene —dije muy suavemente para no asustarlo.

Levantó la cabeza y su mirada extenuada se cruzó con la mía. Vio el tazón de café.

—Gracias.

—No hay de qué. Si le entra hambre, no dude en decírmelo.

Asintió y volvió a sumergirse en sus pensamientos. Ese hombre tenía preocupaciones mucho más graves que un coche destrozado por un jabalí.

Las dos horas siguientes, acaparada por mis otros clientes, que aprovecharon el bufé sin decoro, en el límite de la buena educación, se me pasaron volando.

—¡Que tenga buen día! —me dijeron todos a coro cuando se marcharon sobre las diez menos cuarto para sus excursiones de la jornada.

—¡Gracias!

En cuanto desaparecieron, mi cuerpo se relajó. Me reí sola, por la acumulación de nervios y cansancio. Había querido poner en marcha el hostal, pues bien, ya estaba en marcha, pero era necesario que cargara las pilas. Con un poco de suerte, estaría tranquila hasta la tarde. Así que decidí concederme un café y comer el último cruasán salvado *in extremis* de la glotonería de los turistas. Me senté en la mesa grande para no acercarme demasiado al protegido de Mathieu, que seguía sentado donde lo había dejado. ¿En qué podría estar pensando? Acababa de sentarme para ofrecerle una pausa bien merecida a mi tobillo cuando sonó el teléfono de la Bastida.

—¡Hoy la han tomado conmigo! —exclamé.

Mi cliente se sobresaltó. Hasta el punto incluso de que me pregunté si no lo había despertado. Me arrastré como pude al interior.

—¡Hortense, soy Mathieu! ¡He intentado llamarte al móvil pero no respondías!

—¿Ha pasado algo?

Me preocupé de inmediato. Dos veces seguidas que se empeñaba en ponerse en contacto conmigo, no era normal.

—No, nada grave. Pero tenía que pasar a recoger a Élias esta mañana...

—¿A quién?

—¡A Élias! El tipo que te llevé ayer.

—¿Y bien? ¿Vas a llegar tarde, quieres que le avise?

—Lo cierto es que no puedo moverme. Hemos tenido un marrón con las colmenas esta noche, estoy ocupándome porque Cathie está en el mercadillo.

—¿Es grave?

—Más bien, engorroso.

—Bueno, no te preocupes, le diré que has tenido un imprevisto.

—¿Puedes prestarle tu cacharro?

—¡¿Cómo?!

Estaba de broma. ¡Mi coche, ni hablar!

—Tiene que ir sin falta al taller esta mañana, le expliqué el trayecto ayer.

—¡Pero no pensarás que le voy a dejar mi Panda!

—Venga, escucha, Hortense, no te hagas la parisina desconfiada porque no te sale. He pasado la velada con ese tío, puedes fiarte de él. Además, ¿quién querría robarte esa cafetera? —su broma lo hizo reír. A mí, nada de nada—. ¡Te dejo!

Y colgó. Tenía la sensación de estar metida en una comedia mediocre. *Gracias, Mathieu.* Pero, para ser sincera, me había ofendido que me llamara parisina desconfiada. Me repuse y fui a ver al tal Élias. Estaba bebiendo los últimos sorbos de un café frío mientras fumaba un cigarrillo. Debió de sentir que alguien se acercaba, porque se sobresaltó, estaba completamente en tensión.

—Tenga, para la colilla —le dije, dejando en la mesa baja un cenicero que había pillado por el camino—. Hay que tener cuidado con los incendios.

—Lo sé, sí.

Metió la mano en sus vaqueros y sacó un cenicero de bolsillo. Asombrada, sonreí.

—Es usted previsor.

—Normal.

Lo observé durante unos segundos. A pesar de su complexión esbelta, parecía enfermizo, quizás porque se mantenía encorvado y su rostro estaba demacrado y pálido. En cuanto a sus ojos, el blanco había desaparecido, invadido por el rojo, y era difícil determinar el color de sus iris.

—¿Tiene algo que decirme?

—Esto..., sí, disculpe. Acabo de hablar con Mathieu por teléfono, el que le...

—Sí, lo sé... ¿Y?

—Lo siente mucho, pero no va a poder venir a llevarle.

—Oh...

Visiblemente afectado, se pasó la mano por el pelo castaño oscuro, ya revuelto.

—Imagino que no es posible ir a pie.

Dejé escapar una risita que reprimí de inmediato, no quería que pareciera que me burlaba.

—No, en efecto, pero no se preocupe, se llevará mi coche.

Pareció como si recibiera una descarga de adrenalina que le sacó por completo de su ensimismamiento.

—¡Eso ni hablar!

—¿Por qué?

—Lo necesitará usted.

—No, hoy no. Escuche, si quiere recuperar rápido su coche, no tiene mucha elección.

Suspiró de forma ruidosa, completamente avergonzado.

—Esto me incomoda mucho, francamente.

¡Pleno al quince!

—No sea tonto, ya le he dicho que no me molesta. Vaya a buscar su documentación y le daré las llaves.

No le dejé tiempo para negarse o para discutir y enfiló hacia la casa. Encontré mi llavero en el bolso y esperé a que volviese a bajar de su cuarto. Llegó dos minutos más tarde con la cartera en la mano.

—Allí está esperándole, no hay confusión alguna. Es un poco viejo, así que no lo fuerce demasiado. Todavía me hace falta.

—Entendido, intentaré no cargarme otro jabalí.

—Tenga cuidado también con los ciervos —le dije bromeando.

Esbozó una minúscula sonrisa.

—Volveré lo antes posible, Hortense.

—No se preocupe. No olvide decir que va de parte de Mathieu, debería servirle. Suerte.

Percibí en su mirada una extraña emoción, como si no pudiera ni imaginar que le hiciéramos aquel favor. Ese hombre estaba profundamente tocado. Me reproché el haber dudado si prestarle el coche, a pesar de que tendría que saber que cuando Mathieu confiaba en alguien, podía hacerlo yo también con los ojos cerrados. Nunca me pondría en peligro ni me haría correr riesgos.

—Muchas gracias —susurró.

Desapareció en dos segundos. Su facilidad para aparecer y desaparecer como por encanto me dejaba de piedra. No pude evitar pegar la oreja, puesto que no habría sido correcto ir a vigilarlo. Arrancó mi Panda con suavidad y dejó tranquilamente la Bastida.

Recibí varias llamadas para reservar que me subieron el ánimo. Mientras tanto, me lancé a poner orden. Quería aprovechar que estaba allí durante un periodo largo para seleccionar y cambiar algunas cosas aquí y allá. No es que quisiese una revolución en la Bastida, pero la idea de tener que hacer obra a corto plazo me había permitido darme cuenta de que podía hacer el espacio más mío. Hacía más de cuatro años que mis padres se habían marchado; por supuesto que me encontraba como en casa, pero la sentía todavía como suya. Experimentaba por primera vez la necesidad de tener allí un entorno que fuese algo más de mi gusto, en el que su huella estuviese menos presente. Tenía trabajo por delante; no era cuestión de un día y no faltarían lágrimas ni recuerdos, pero necesitaba, para ir hacia delante, encontrarme a mí misma en cierto modo. Me daba cuenta en ese momento de que últimamente había estado un poco perdida. No le daba la razón a Aymeric, que decía no reconocerme;

comprendía que mi malestar debía de ser más profundo. Como si llevase mintiéndome a mí misma desde hacía demasiado tiempo.

Sobre las tres de la tarde reconocí el motor del Panda. No pude evitar sentirme aliviada. Me lo traía y todavía funcionaba. Esperaba que supiese algo más sobre el estado de su coche. Primero, por él —no era tan egocéntrica—, pero también por mí; necesitaba saber cuánto tiempo se iba a quedar la habitación. Lo recibí en la terraza; venía caminando hacia la casa con la cabeza gacha y una gran mochila al hombro.

—¿Y bien, qué noticias trae?

—Menos malas de lo que imaginaba. Solo hay que cambiar el radiador y reparar la chapa. Gracias a su amigo, la reparación será rápida. Tenía razón, solo con su nombre bastó para ponerlos en marcha.

¡Me eché a reír! Mathieu los habría llamado con su vozarrón para exigirles que trabajasen rápido.

—¡Mejor para usted! ¿Cuándo lo recupera?

—El miércoles si va todo bien. ¿Puedo quedarme en la habitación hasta el jueves por la mañana o ya está reservada?

—No, está bien. Puede quedarse.

—Gracias.

Me tendió las llaves, que cogí como si fuesen mi bien más preciado. Mi Panda y yo... *Ridícula, soy ridícula.*

—He llenado el depósito.

Aquel detalle me dejó con la boca abierta.

—Oh... Es muy amable, pero no era necesario. Ya que se ha tomado la molestia, puede ir de paseo con él este fin de semana, vuelva a cogerlo.

—No, gracias, no quiero abusar. Puedo caminar.

Su tono más que educado no admitía apelación.

—Si insisto, ¿continuará rechazándolo?

No respondió y, como yo estaba en medio, me rodeó para entrar en la casa. Oí sus sonoros pasos en la escalera. Y después, nada. Habría preferido que aceptase mi ayuda, no iba a pasarse enclaustrado los cuatro días siguientes. No tenía ninguna gana de tener a nadie allí pegado, por muy discreto que fuese. La ventaja de alquilar las habitaciones era que en general la casa volvía a ser mía durante la jornada. Algunos clientes podían aprovechar la piscina una hora o dos, pero raramente más. La semana se preveía larga si no se movía de allí porque, de todas formas, a pie no llegaría muy lejos. Cuando volvió a bajar media hora más tarde, con una botella grande de agua en la mano, yo estaba en la terraza y decidida a jugar mi última carta.

—¡Élias!

Se volvió, sorprendido de que pudiese llamarlo de esa manera, como si nos conociésemos. Frunció el ceño, circunspecto.

—¿Sí?

—¿Aceptaría una vieja bici para pasearse? Con la pierna así, no voy a necesitarla —añadí, mostrándole mi férula.

Su mirada —muy seria— se concentró en mi tobillo.

—¿Qué le ha pasado?

—Un buen esguince.

Empezó a andar hacia mí y se detuvo en seco. Se quedó en blanco unos segundos, con los ojos cerrados. Se pasó la mano por la cara para recomponerse y se dirigió hacia mí de nuevo. De vuelta en la tierra, pero todavía más serio. ¡Era incomprensible!

—Y bien —insistí—. ¿Qué me dice?

—Por qué no.

¡Menudo entusiasmo!

Le hice una señal para que me siguiese hasta el garaje. Cuando entramos en los dominios de papá, le enseñé la esquina de las bicicletas.

—Puede usted elegir la que quiera y, en cuanto a los neumáticos, le dejo que compruebe en qué estado están. Ahí encontrará bombas y parches si necesita. No dude en rebuscar —le di la llave y precisé—: Tengo otra copia. Simplemente cuide de cerrar bien por la noche, nunca se está a salvo de un visitante. Feliz tarde.

Ya estaba casi fuera cuando me retuvo.

—¿Hortense?

Lo miré por encima del hombro y me encontré de nuevo con su gesto, agradecido pero triste.

—Muchas gracias. Buenas tardes.

Los días siguientes los pasé muy ocupada. No por el famoso Élias, que se había transformado en un espíritu. Simple: en cuanto tragaba la última gota de su café, se marchaba mochila a la espalda y no aparecía hasta tarde, cuando la noche había caído. En cambio, entre las idas y venidas de los demás, la casa, los desayunos y la información turística, no me quedaba demasiado tiempo para pensar, lo cual me venía muy bien. Para pensar en Aymeric, al que echaba de menos, que me torturaba, que quizás estaba abandonando mi vida, dejándome de lado; las imágenes de él de vacaciones con su familia sin rostro me perseguían en cuanto bajaba la guardia. Me dolía, y más porque estaba sola en mi casona llena de desconocidos venidos a pasar la Pascua en la tranquilidad provenzal. Me sentí derrotada, peor que tras recibir un puñetazo, cuando la madre de la pequeña familia que acababa de llegar vino a verme el sábado por la noche. Yo estaba en la terraza, ahogando mi soledad en una copa de vino.

—¿Le hace falta algo? —le respondí, dispuesta ya a levantarme.

—No, en absoluto, todo está perfecto. Quería solo preguntarle si nos dejaría hacer una búsqueda de huevos con nuestros hijos, mañana.

Enternecida, sonreí.

—Por supuesto, diviértanse, aquí no les faltará espacio.

Dormí muy mal. Y no fui la única: Élias salió un buen rato en plena noche.

El tiro de gracia me llegó al día siguiente, cuando vi a los dos pequeños correr como locos por el jardín de la Bastida, buscando bajo las lavandas, al pie de los árboles, tratando de encontrar los huevos de chocolate. Me di de bruces con la realidad. Todas las personas de mi entorno —exceptuando a Sandro, quien, francamente, no era una referencia— tenían su familia, su propia familia, no simplemente amigos que habían elegido. Todos habían construido un hogar, Aymeric el primero. Nunca estaría solo. Aunque su mujer descubriese nuestra relación y decidiese abandonarlo, le quedarían siempre sus hijas. Pero yo no los tendría. Nunca. Estaba a punto de cumplir cuarenta años, había dejado pasar la oportunidad. Nunca vería a mis propios hijos correr por el jardín de sus abuelos desaparecidos ni zambullirse en su piscina. Me había negado a ver el tiempo pasar, correr, escaparse, y allí estaba. No sería más que una madrina, sin familia propia. Me sentía patética por haber llegado a ese punto.

Me negué a pasar el día siguiente sintiendo lástima de mí misma, como el anterior. Así que, en cuanto tuve un momento de reposo una vez que se vació la casa por la mañana, llamé a Cathie para invitarlos a comer en la Bastida.

La pequeña familia llegó a mediodía; Max, con las gafas de bucear puestas, Cathie con un pastel de cerezas en las manos y Mathieu con una caja de rosado bajo el brazo. Aquella jornada con ellos me hacía ilusión y me haría pensar en otra cosa, sobre todo porque Cathie y yo habíamos sellado un pacto: nada de preguntas sobre Aymeric mientras yo no sacase el tema, algo que no tenía intención alguna de hacer. Al contrario que la víspera, me sentía en forma. Unas horas de descanso y alegría junto a ellos, sombrero de paja en la cabeza, me ofrecerían una bocanada de oxígeno. Comprendí que, al menos, tenía la suerte de tenerlos. Eran mi pedestal, mi apoyo, mi puerto de amarre. El día tenía el sabor de las vacaciones. Como había previsto, la Bastida estaba vacía, el famoso Élias se había marchado al alba y todo hacía pensar que no volvería hasta bien entrada la tarde o al final de la jornada. No tendría trabajo, pues.

La comida transcurrió entre buen humor y risas. Mathieu se ocupó de la parrillada, que degustamos con tomate, mozzarella y patatas a la brasa —gracias, papá, por haber tenido la idea de hacer una barbacoa de piedra natural para evitar incendios—, todo regado con vino. La deliciosa y ligera ebriedad que se apoderó de mí me sentaba bien y me ayudaba a respirar mejor. Max se tragó el postre a toda velocidad para poder volver al agua cuanto antes. Me reí ante las desesperadas tentativas de Cathie para que esperase a terminar la digestión. Tras una negociación que tenía perdida de antemano, acabó por ceder.

—¡No tienes ninguna autoridad sobre tu hijo! —se burló Mathieu.

—Como si tú tuvieras mucha. Te lleva por donde quiere.

Me reí más aún.

—Te hace mucha gracia, pero dime, ¿cuándo te vas a meter tú en el agua? —me preguntó Mathieu con una sonrisa sádica en los labios.

Desde mi llegada no había puesto un pie en la piscina; no tenía ganas ni ánimos. Y en general, cuando tenía huéspedes en casa, no la utilizaba, se la reservaba a ellos. Lo que Mathieu ignoraba era que ya había decidido poner remedio a eso. Con él, de todas formas, no tenía salida. O tomaba la decisión yo solita, como una persona mayor, o se encargaría de mí y, dada su fuerza, no resistiría mucho tiempo. No había alternativa. Me levanté, me quité el vestido, bajo el que llevaba el bañador desde esa mañana, y retiré la férula. Ver la piel desnuda de mi tobillo me procuró una sensación extraña. Tendría que haberme sentido liberada, pero en cambio se apoderó de mí un ligero pánico; mi pie estaba a su aire, sin apoyo, sin barrera de protección. Me sacó de mis reflexiones Mathieu, que saltó de la silla y empezó a darse puñetazos en el pecho mientras lanzaba un grito de bestia feroz. Olvidando de nuevo mi tobillo, me puse en marcha trotando como pude —gracias, vino, por darme la oportunidad de hacer tonterías— y me lancé de cabeza a la piscina. El baño me despejó un poco, el sol y el calor empezaban a amodorrarme. Pero sobre todo, durante unos segundos, gracias al agua, perdí la noción de la gravedad, como cuando ejecutaba mis saltos. Eché una carrera con Max, que perdí por culpa del esguince, y volví a salir, revitalizada. Regresé tranquilamente y orgullosa de mí misma hasta la mesa bajo el parasol, me puse de nuevo el sombrero de paja en la cabeza y le di un sorbo a mi copa. Me crucé con sus miradas de satisfacción.

—Es agradable verte feliz —comentó Cathie—. Te sienta bien estar aquí.

—Sin duda...

Miré a lo lejos, de repente más triste.

—¿Qué pasa?

Volví a colocarme la férula, mecánicamente. Con todo lo que la había maldecido al principio de mi convalecencia, la necesitaba ahora para protegerme de toda agresión exterior. Sin embargo, no me protegía de mis tormentos. Levanté la cabeza hacia Cathie.

—Me doy cuenta de ciertas cosas y es complicado.

Suspiró, exasperada.

—¿Sin noticias?

—No... Hoy es festivo —comenté con ironía.

Me cogió de la mano y la apretó. Me perdí en su mirada envolvente.

Si solo fuese eso, Cathie querida. Estoy aterrada, ¿sabes? Imagina solo por un par de minutos que ya no pudiese bailar más... ¿En qué me convertiría? Tú también lo estás pensando, lo veo en tus ojos. ¡No te hundas, Hortense! No le digas nada, no hagas aumentar su inquietud. Hoy no. No ahora, mientras estás pasando un día magnífico junto a las personas que más quieres.

—¿Qué os pasa a las dos? Debo de ser demasiado primario para comprender de qué estáis hablando —nos interrumpió Mathieu.

Me derrumbé sobre el hombro de Cathie riendo. Esa simplicidad y espontaneidad era justo lo que necesitaba.

—¡Adoro a mi marido!

—¡Es verdad que es increíble!

—Vamos a dejar el rosado, ¿eh, chicas? —y tras esa terrible sentencia, nos sirvió de nuevo, sin olvidarse de sí mismo. De pronto, se puso a refunfuñar mientras sacaba el móvil de sus bermudas—. ¿Quién viene a tocarme las narices hoy? —bramó al descubrir el nombre de su interlocutor.

—¿Quién es? —preguntó Cathie.

—El chavalín que acabo de contratar. ¡Y ya te puedo decir que esto huele mal!

Se alejó para contestar. En menos de dos segundos, su voz atronadora resonó en todo el valle.

—¿Qué le pasa a papá? —preguntó Max, milagrosamente fuera de la piscina.

—No sé, cariño, vuelve a jugar, será lo mejor.

Y se fue de inmediato. Cathie no parecía más preocupada de lo habitual, conocía a su Mathieu. Este volvió minutos más tarde, tiró el móvil sobre la mesa y apuró su vaso de vino.

—¿Y bien? —interrogó Cathie.

—Ese gilipollas quiso pavonearse delante de las chicas en la discoteca y se ha roto el codo. ¿Cómo vas a podar y desbrozar con un codo fastidiado? Pues te lo voy a decir: ¡no lo haces y metes a tu jefe en un marrón de los gordos! ¡Ya verás la cara de los chicos mañana, cuando les diga que tenemos un par de brazos menos!

Era muy raro que Mathieu soltara tantas frases de golpe. Me alegraba mucho de no tener nada que ver y me encogí en la silla, cruzando los dedos para que la tormenta pasase pronto.

—Podrías contratar a un trabajador temporal —sugirió Cathie con una dulzura y una calma que me asombraron.

—¡Ya están todos cogidos!

—Encontrarás a alguien, estoy segura. Piensa, ¿no conoces a nadie que pueda echaros una mano?

Con los puños apretados bajo la mesa, se estrujaba la cabeza y miraba fijamente a Cathie buscando una idea.

—Sí..., sé de alguien.

Su mujer rio ligeramente.

—¿Y quién es el afortunado?

—¡Élias!

Se incorporó e hinchó el torso, orgulloso de sí mismo.

—¿El tipo al que ayudaste y que se aloja aquí? —le interrogó ella.

Asintió con la cabeza.

—Pero ¿por qué él? —exclamé sin pensarlo.

—¿Te ha dado algún problema? —me eché hacia atrás instintivamente, como si me sintiera agredida—. ¡Dímelo y me encargo de él!

Estaba fuera de sí.

—¡Que no! ¡Si apenas lo veo! Y puedo decirte que el miércoles ya tendrá el coche listo, gracias a ti, dicho sea de paso. Se marcha después, y...

—¿Y qué? —exclamó.

—Tú no lo conoces, ni siquiera sabes si puede hacer ese tipo de trabajo.

—Ya te digo yo que sí que puede.

—¿Quién te lo dice? —insistió Cathie.

—¡Lo presiento! Ese tipo es un currante, créeme.

—Pero ¿de dónde ha salido?

—¡Y yo qué sé! No soy de los que hacen preguntas.

—¡Eso es cierto!

Mathieu se frotó las manos, satisfecho.

—Bueno, Hortense, ¡asunto resuelto! Cuando vuelva esta noche, le dices que me llame, por favor.

Estaba fuera, en el porche, cuando oí cómo regresaba el futuro empleado de Mathieu. Desde la penumbra de la terraza, distinguí su silueta en bici. Se detuvo un instante al verme sentada fuera.

—Buenas tardes —murmuró.

—Buenas tardes.

Iba directo a esfumarse en el interior.

—Espere, Élias —lo llamé, levantándome del sillón—. Tengo que hablar con usted.

Se detuvo en seco y esperó, con la cabeza encogida entre los hombros como un niño a punto de ser regañado. ¿Me tendría miedo? Nunca me había pasado...

—¿Algún problema? —preguntó al fin.

—No, ninguno, no se preocupe —respondí con mi tono más suave—. Es solo que he visto a Mathieu hoy y me ha pedido que le diga que lo llame.

Su cuerpo se relajó.

—¿No es muy tarde ya?

—No, está esperando su llamada. ¿Tiene su número?

—No, y..., bueno..., de hecho, casi nunca utilizo el móvil, se ha quedado dentro del coche, en el taller.

—Use el teléfono de la casa, está en la entrada, venga...

Me siguió dócilmente. Le entregué el aparato tras darle el número de Mathieu, sonreí y volví a salir. Pegué la oreja, completamente incapaz de negarme a espiar la conversación. Conversación —una palabra demasiado grande— en la que él escuchó más que habló. Oí un «cuenta conmigo». Volvió a mi encuentro minutos más tarde, dio algunos pasos por el jardín mientras se frotaba la nuca. Lanzó un suspiro indescifrable y encendió un cigarrillo. Debió de recordar que yo estaba allí y se volvió bruscamente hacia mí.

—Lo saca usted de un buen apuro.

—Me alegro de poder echarle una mano, es lo menos que puedo hacer.

—¿Trabajará para él mucho tiempo?

—¿Es una forma velada de preguntarme si voy a quedarme aquí?

¿Por quién me tomaba? No soy tan codiciosa.

—¡No! ¡En absoluto!

—Me quedaré unos días más si la habitación está todavía disponible.

Creí distinguir el comienzo de una sonrisa, que se detuvo incluso antes de llegar a los labios. Me calmé.

—Tengo sitio libre durante algún tiempo.

—Muy bien, ya me irá diciendo.

Se acercó a la mesa baja, sobre la que descansaba mi tobillo, muy cansado tras aquella hermosa jornada. Aplastó su colilla en el cenicero y se dirigió a la casa.

—Buenas noches, Hortense.

9

Las sesiones con el fisioterapeuta continuaban dando sus frutos, estaba muy contento con mis progresos. Un mes después de mi caída volvía a tener movilidad, menos molestias y una menor sensación de fragilidad. Solo me quedaba una semana con la férula. Había sentido miedo. Ahora podía permitirme tener esperanzas. Esperanzas de no perder definitivamente la danza. Sin embargo, para terminar de disipar mis temores, mi fisio quería tener la opinión de mi ortopedista, así que tuve que prometer que le daría la dirección de la clínica del sabio loco. Tendría que ponerme en contacto con Auguste y enfrentarme a su severidad. ¡Y quien decía Auguste, decía la academia! De todas formas, no tenía ninguna prisa, dejaría pasar el tiempo. No me atraía en absoluto la idea de volver a tender puentes con esos malos recuerdos. Cada vez que volvía a pensar en aquella consulta, así como en los últimos ratos que había pasado en París y en la academia, me llenaba de temblores, me sumía en un estado de derrota absoluta, como si estuviese en peligro. ¿Qué peligro? No tenía ni idea. Esos últimos días no había tenido noticias de Bertille ni de Sandro, y tampoco las había pedido. Tendría que haberlos llamado, tendría que haber dado señales de vida, pero no me sentía capaz. Suponía que estarían desbordados, era la excusa perfecta. Igual que las vacaciones eran la excusa perfecta para justificar el silencio absoluto de Aymeric desde hacía casi dos semanas.

Al llegar al aparcamiento de la Bastida me encontré con un coche desconocido. Aparqué a su lado para echar un discreto vistazo. No podía ser muy exigente, teniendo en cuenta la edad del mío, pero este tampoco estaba recién comprado, debía de tener un montón de kilómetros en el contador. Con la única diferencia de que mi Panda y yo no teníamos su tamaño. Era una especie de todoterreno azul marino —yo no sabía mucho del tema— imponente y bastante polvoriento. Aquel coche había tenido varias vidas, y la gran cantidad de impactos en la carrocería eran la prueba. Pero fue la leonera del interior lo que me dejó perpleja: había todo tipo de cosas, bolsos de viaje, libros desperdigados, papeles, mapas de carreteras, comida, un edredón y una almohada. Cabía preguntarse si los propietarios acampaban dentro y habían decidido hacer una pausa en una cama de verdad... ¡En mi casa!

Esperaba a unos nuevos clientes que debían llegar esa misma tarde para todo el fin de semana. No me demoré mucho, no quería que me pillaran en pleno delito de cotilleo. Cerca del garaje me crucé con Élias, para mi gran sorpresa, porque no tenía la costumbre de volver antes de caer la noche.

—¡Hola!

—Hola, Hortense.

Pensaba pasar de largo, pero cambié de opinión en el último segundo.

—Élias, ¿no habrá visto llegar a los propietarios de ese coche?

—Sí.

—¡Ah! ¿Están esperando en la entrada? Tengo que darme prisa.

Di un paso al frente.

—Sin prisa. Es el mío.

Me detuve en seco y lo miré asombrada. ¡No estaría viviendo en su coche! No sabía nada de él, pero aquello me parecía imposible. Recuperé la compostura, bien consciente de que debía de estar mirándole como a un extraterrestre.

—¡Pero claro, estamos a miércoles! ¿En qué estaría pensando? Así que está reparado.

—Eso parece.

—¡Fantástico! Un alivio, imagino —se encogió de hombros, indiferente. Como si le diera igual. Sin embargo, cuando llegó parecía el fin del mundo—. Aparte de eso, ¿va todo bien? —pregunté, intentando empezar una conversación.

Volvió el rostro y su mirada se perdió a lo lejos.

—Sí...

Exhaló uno de esos largos suspiros en los que era especialista antes de volver a centrarse en mí. Aquel hombre parecía cansado de vivir, como si cargase con un peso que le aplastaba.

—Voy a pagarle ahora, ya llevo aquí una semana. Supongo que le vendrá bien.

—Como quiera, pero no tengo prisa.

—Insisto.

Me siguió hasta la entrada. Hice los cálculos y le mostré la factura. Frunció el ceño.

—¿Hay un error? —le pregunté, incómoda.

—Creo que se ha equivocado, le debo más. Mathieu me había dado el precio por una noche y si multiplicamos...

—Él le dio el precio con el desayuno —le interrumpí—. Eso se lo regalo.

—¡Puedo pagarlo!

Si creía que me compadecía de él, se equivocaba por completo.

189

—No lo dudo. Pero me ha salido usted barato en cruasanes y confitura... Eso sí, si quiere pagar el precio de un paquete de café, ¡añada 3,90 a la factura! —sentencié, sonriendo.

Me daba la impresión de que mi broma le hacía gracia, pero que algo le impedía reírse. La tristeza parecía poder siempre con él.

—Gracias, es muy amable —consiguió decir con dificultad.

—Lo hago con gusto. Además, ¿quién sabe? En los próximos años, cuando Mathieu lo haya soltado, quizás tenga ganas de volver por aquí.

Sospechaba que era de los que nunca pasaban dos veces por el mismo lugar. Su silencio me lo confirmó. Dejó sobre el mostrador una vieja cartera de cuero que en algún momento había debido de ser negra, de la que sobresalía su permiso de conducir. El cartón rosa tenía las esquinas arrugadas, rotas en algunos lugares. Se lo sacaría joven, me habría gustado ver qué aspecto tenía en aquella época. ¿Lo habría reconocido? Soltó todo rápidamente para ponerse a rebuscar en los bolsillos de sus vaqueros, de donde sacó una bola de billetes arrugados que dejó uno tras otro sobre el mostrador. Me quedé atónita al ver cómo tenía las manos: estropeadas, con ampollas en las palmas y los dedos despellejados; en sus brazos extendidos se podía ver cada nervio, cada vena, podía reconocer los músculos montados. Me sentí mal por él.

—Creo que he contado bien —me dijo.

—Perfecto, gracias.

—Buenas noches.

Giró sobre sus talones.

—¡Espere! —se volvió hacia mí y le señalé las manos con la cabeza—. ¿No quiere que le dé algo para curarse? Debe de dolerle, tengo todo lo que hace falta en el botiquín. Si quiere continuar trabajando, no puede seguir en ese estado.

Me miró fijamente, conmovido, antes de que su mente, como de costumbre, huyese lejos, muy lejos; al menos, eso imaginaba yo. Esbozó una mueca irónica, desengañada incluso, y me sostuvo de nuevo la mirada.

—Gracias, es muy amable, pero sobreviviré, sé cómo arreglármelas.

Y se abalanzó fuera como alma que lleva el diablo. Casi a mi pesar, lo seguí. Aquel hombre era tan extraño. Se tomaba muchísimas molestias para evitar que nadie se acercase a él. Huía de todo contacto, limitándose estrictamente al mínimo que la educación le imponía. Reflexionando sobre ello, dudaba incluso de si Mathieu no se estaría aprovechando de él al contratarlo. En el suelo, vi un trozo de papel plastificado que sin duda se había caído del desorden de sus bolsillos y su cartera, lo recogí sin querer saber de qué se trataba y lo llamé mientras corría al trote tras él. Estaba a punto de cerrar la puerta de su coche —nuestro conato de conversación había provocado sin duda que huyera— y salió al verme cojear en su dirección, claramente incómodo por el imprevisto que le obligaba a afrontar. Así que intenté tranquilizarlo inmediatamente.

—¡Ha perdido usted algo!

Le tendí el papel en cuestión y me fijé en él, no sin antes notar que Élias palidecía. Conocía aquel dibujo de una serpiente roja enrollada alrededor de un bastón. Como si formase parte del inconsciente colectivo, tenía la impresión de haberlo visto desde siempre, incluso sin saber de dónde salía. No soltaba ese pequeño rectángulo de papel que Élias intentaba desesperadamente recuperar, era incapaz de devolvérselo. Y en mi mente saltó por fin la chispa. Mis ojos pasaron del papel a su propietario.

—¿Es usted médico?

Su mirada se quedó penosamente fija en el caduceo, con la mano temblorosa y las mandíbulas apretadas.

—Antes —silbó entre dientes.

—¿Antes de qué?

—No importa —tiró un poco más fuerte y yo lo solté por fin—. Gracias por devolvérmelo.

—De nada, pero...

Sin hacerme más caso, se metió de golpe en su coche, arrancó estrepitosamente tras haber lanzado a la parte trasera el precioso documento que tanto empeño había puesto en recuperar y desapareció entre una nube de polvo. Entré de nuevo en la casa y me derrumbé en el sofá del salón, atónita y desconcertada por mis descubrimientos: Élias era médico y más o menos vivía en su coche. Los treinta últimos minutos habían sido surrealistas. La bruma que envolvía a aquel hombre se hacía más espesa. Por mucho que intentara mantener a raya mi curiosidad, había crecido demasiado como para no ponerme a imaginar las historias más inverosímiles.

El sonido del móvil me arrancó de mis locas conjeturas sobre las nueve de la noche. Sobresaltada, me precipité sobre él con la esperanza de que fuese Aymeric. Mi corazón se encogió de decepción y angustia. Decepción porque no era él. Angustia porque era Bertille. Descolgué, no tenía elección.

—¡Hola, Hortense!

—Buenas noches, ¿cómo estás?

—¡Genial! Fiona lo lleva estupendamente, el espectáculo va por buen camino y los cursos se llenan.

Directa al grano, gracias, Bertille.

—Me alegro.

—¿Y tú? ¿Qué tal en el sur?

—Bien, no paro.

—¿Y eso? —preguntó con voz de cabreo.

¡Pero qué acabas de decir, Hortense!

—He abierto el hostal, la casa necesita unas reformas.

—Ah, bueno, muy bien.

Balbuceé, incómoda de repente por algo evidente: no estaba trabajando en la academia y, sin embargo, trabajaba en la Bastida. Debía cambiar de tema, pero ¿cómo?

—¿Qué tal van las chicas? ¿Bailan bien?

—Muy bien, aunque te echan de menos... Me piden noticias tuyas —me invadió la tristeza, no sabía qué decir. Pasaron unos segundos de silencio—. ¿Qué tal va tu tobillo?

La pregunta del millón... Mis ojos se posaron en él. Se había deshinchado completamente y seguía protegido por la férula, pero caminaba más deprisa, mejor y sin dolor. Me sentía más segura, cada vez más confiada.

—Poco a poco, todavía con dudas... No lo siento muy firme todavía.

—Ah, mierda. Pero ¿te las arreglas? Debes de tener miedo. Quizás tendrías que hablar con Auguste para que te lleve a su médico.

—Voy a esperar un poco... y, además, ya sabes, aquí me hacen un buen seguimiento.

Chasquido de lengua exasperado al otro lado de la línea. Seguro que mi presunta irresponsabilidad la sacaba de quicio.

—Hortense, siento tener que hablar de temas incómodos pero, como supondrás, vista la cantidad de solicitudes para este verano, tenemos que tomar una decisión. Si al cabo de un mes tu tobillo no está mucho mejor, no veo cómo vas a poder encargarte de los cursos de julio. Es súper arriesgado comprometerse si nos fallas. Y eso, por no hablar del peligro que correrías si retomaras las clases demasiado pronto. ¡Tú misma habías hablado de esa posibilidad! Lo comprendes, ¿verdad?

Como de costumbre, Bertille no se andaba con chiquitas conmigo. No se lo reprochaba. No solo yo no pedía que me esperaran —acaso tenía derecho a hacerlo—, sino que me sentía aliviada porque no me pidiera volver.

—Tienes toda la razón... Lo lamento.

Mi sinceridad era total. Pero me sentía mal, me habría gustado que me obligase a reaccionar, a gritar a los cuatro vientos, pero nada.

—Tus disculpas me traen sin cuidado, llevas un tiempo ausente, Hortense. Tómate el tiempo que haga falta para solucionar lo que tienes que solucionar, y no hablo solo del tobillo. No vuelvas si es para derrumbarte al cabo de dos días —no retomaría mi vida antes de septiembre. A pesar de la pena por abandonar a mis alumnas durante más tiempo, aquella idea me aliviaba, aunque se basase en una mentira—. Solo tengo un favor que pedirte —prosiguió.

—Dime.

—Ven, al menos, a ver el espectáculo. Hazlo por tus alumnas. Están trabajando duro con Fiona para que estés orgullosa de ellas.

Me sentí mal, había dejado de lado a todo el mundo. Bertille apretaba donde dolía, pero no podía hacer nada. Me sentía incapaz de dar marcha atrás. Y tampoco lo deseaba.

—¡Claro! Allí estaré, no podría ser de otro modo.

—Muy bien; mientras tanto, prepárate para el próximo curso. Te quiero completamente en forma.

—Cuenta conmigo. Tengo que dejarte, están llegando unos clientes.

Mentira descarada... Quería cortar aquella conversación a cualquier precio.

—¡Vale! Besos.

—Igualmente.

Colgué al instante.

Me acosté de inmediato. No por cansancio, sino para esconderme, para disimular mi vergüenza por haber mentido a Bertille sobre mi tobillo y haber dejado a todo el mundo en la estacada. Me hundía. Mi sueño se pobló de pesadillas en las que intentaba huir; corría aterrorizada por un pasillo oscuro y sin final, después llegaba a un escenario donde me obligaban a bailar como un robot, cegada por un proyector que apuntaba hacia mí. Distinguí a Aymeric y a los suyos. Su felicidad familiar y su amor me dejaron helada. Sin mirarme siquiera, se levantaron y se marcharon.

Me desperté sobresaltada, ahogando un grito que lo llamaba. Estaba cubierta de sudor, mi corazón latía con fuerza, sentía náuseas. Cogí el despertador, eran las tres de la mañana. Me pasé la mano por la cara para secarme el sudor de la frente y del pelo alborotado. Me moría de calor y, sin embargo, estaba temblando. Salí del edredón húmedo y, en la oscuridad, fui hasta la cocina, en la que apuré uno tras otro dos vasos de agua. Mientras volvía a mi pesar a mi cuarto, me di cuenta de que la puerta de entrada estaba entreabierta. Me extrañé al descubrir una de las luces exteriores encendidas, cuando las había apagado todas. Sin embargo, no sentí miedo. Di algunos pasos bajo el alero y fui hasta el cenador del fondo. Escuché algo. Me masajeé las sienes para despertarme y me concentré en el silencio. Lo que pensaba. Alguien estaba llorando. Un hombre lloraba. Aunque no podía verlo en la oscuridad de la noche, supe que era Élias. Lo presentí. Solo podía ser él. ¿Qué ocultaba, tan doloroso? ¿Qué le había pasado a aquel *antes* médico para llegar a ese estado? Sus sollozos me desgarraron el corazón. De pronto, mis preocupaciones me parecieron completamente anodinas. Di un paso por la hierba húmeda, dispuesta a unirme a él, llevada por las ganas de consolar, de ayudar. Pero cambié de opinión, no quería importunarlo. Pegada al muro de la casa, invisible en la penumbra, permanecí allí unos minutos sin moverme, consciente de mi impotencia. Me sentí una cotilla violando su secreto. Volví a entrar en silencio. Solo pude dormirme de nuevo dos horas más tarde, tras haber oído cómo entraba en la casa.

Cuando mi despertador sonó al día siguiente, no me encontraba mucho mejor que si hubiera pasado la noche entera en blanco. Mientras me arrastraba fuera de la cama, me pareció escuchar el motor de un coche. Al llegar a la cocina después de ducharme, el olor a café me hizo cosquillas en la nariz y encontré una nota sobre la encimera. Tuve que releerla varias veces para descifrar los garabatos: *Buenos días, me he tomado la libertad de rebuscar en los estantes. Élias.* No cabía duda. Una auténtica letra de médico. ¿Había notado mi presencia durante la noche y prefería huir por la mañana, consciente de que yo había descubierto algo más sobre él? Quizás demasiado, a su gusto. Estuve dándole vueltas durante todo el turno de desayunos, incapaz de sacármelo de la cabeza. Centrarme en

Élias era un medio de escapar a mis propios problemas, lo que no quita que tuviera ganas de conocer las razones de su sufrimiento. Sin contar con que me resultaba más cómodo hacerme mil preguntas sobre él que pensar en Aymeric y en mi deserción de la escuela. Mi obsesión alcanzó su paroxismo cuando me decidí a entrar en su habitación. Encontré una buena excusa por si regresaba por sorpresa. Llevaba una semana allí, acababa de pagarme e iba a permanecer un tiempo más: era lógico que hiciese algo de limpieza y cambiara las sábanas y las toallas. Lo habría hecho por cualquier cliente.

Sin embargo, me introduje sigilosamente, incómoda por entrar en sus dominios para satisfacer mi curiosidad. No me sorprendió el estado de la cama. Todo hacía indicar que no se metía nunca bajo las sábanas, apenas arrugadas; debía simplemente de tumbarse a esperar el sueño, que, por lo que se veía, no llegaba. Sus pertenencias se apilaban en torno a sus bolsas de viaje en una esquina y sobre la mesa vi un cuaderno escolar con un bolígrafo al lado, pero me obligué a ignorarlo y pasé al cuarto de baño, donde flotaba un aroma a gel de ducha con toques de madera. Sobre el lavabo, un cepillo de dientes y una maquinilla de afeitar Bic. Al igual que en el dormitorio, todo parecía listo para meterse en una maleta. Élias vivía alerta, en tránsito, dispuesto a partir —o a huir— de un minuto a otro, aunque en principio tuviera pensado quedarse un tiempo indeterminado. Con su presencia, aquella habitación tan cálida se había vuelto austera, asolada. Intentaba no dejar huella alguna a su paso. Élias no quería hacer ruido, no quería molestar, se desvanecía. No voy a mentir, mi curiosidad podía más que yo, me atraía como un imán hacia ese cuaderno. Descubrir lo que ocultaba aquel hombre taciturno y que sufría tanto a ojos vista se convertía para mí en una necesidad. Antes de dejar la habitación, volví a acercarme a la mesa. Me senté en la silla y acaricié con la mano la cubierta del cuaderno, un cuaderno de borrador como el que teníamos en la escuela primaria. Aquella presencia extraña y conmovedora de la infancia en medio de tanta desesperación me conmovió. Mis deseos de abrirlo me avergonzaban. Nada me decía que encontraría algo de interés. Un simple vistazo y asunto arreglado, ni él ni nadie sabría nada. Solo mi conciencia y yo. Hecha un manojo de nervios, comprobé por la ventana que no había ningún vehículo en el patio y abrí la puerta del todo, pendiente del menor ruido. Después volví a sentarme y, para acabar con mi malestar, inspiré profundamente y abrí por la primera página. Habría preferido no encontrarme con su terrible caligrafía, descubierta esa misma mañana, quizás habría detenido mi impulso. De nada sirvió...

No sé por qué se me ha ocurrido comprar este cuaderno. De niño nunca tuve un diario íntimo. Me parecía algo estúpido, de chicas. Y heme aquí con cuarenta y dos años escribiendo tonterías para llenar mi soledad y darme la impresión de tener un compañero de ruta. ¡Qué va! ¡Me siento aún más despreciable! ¡Qué idiotez! De todas formas, ni siquiera tengo el valor de relatar los últimos meses. Y pensar que, en algunos casos, era el primero que aconsejaba una consulta con el psiquiatra... Hoy ni siquiera me atrevo a contar cuál era mi profesión antes de toda esta mierda.

Acabo de hacer la llamada semanal a mi hermano para probarle que todavía sigo con vida. No hace más que joderme con su obsesión por querer interpretar a cualquier precio el papel de cabeza de familia y devolverme a una vida normal, como dice él. Y eso que yo soy el mayor. Pero se cree superior, siempre se ha creído por encima. Nunca ha comprendido mis decisiones, él, una eminencia de la cirugía. Anda que no he tenido que tragarme su condescendencia hacia la medicina general. Aunque no es mal tipo, mi hermano pequeño, a veces un poco tonto, pero le quiero. Sé que hace lo que puede para ayudarme. Pero ¿cuándo comprenderá que no quiero su ayuda? He perdido mi vida. La vida que anhelaba. No me queda nada. No hay perdón posible para mí. Yo lo he asumido, ¡que se haga él a la idea, joder!

Sobrevolé las siguientes páginas, cada vez más intrigada por la lectura. Llevaba en la carretera varios meses, erraba por todos los rincones de Francia, encadenaba pequeños trabajos en fábricas y explotaciones agrícolas, cobraba en metálico la mayoría de las veces. Se las arreglaba para alojarse y tener qué comer por poco dinero. A veces, dormía en su coche. En todo caso, había renunciado a su profesión. Iba de puerta en puerta, lo contrataran o no, y se marchaba al cabo de una decena de días como máximo. Relataba una vida diaria de soledad, de silencio y de trabajo, estaba claro que para cansarse, consumirse por completo y encontrar algunas horas de descanso para que su organismo no le fallase. Aunque de las personas con las que trabajaba hablaba con empatía, respeto e interés profundo, nunca estrechaba lazo alguno o, al menos, no lo mencionaba en su diario. De pronto, una fecha bastante significativa me llamó la atención.

23 de diciembre. Llamada a mi hermano. Hemos reñido. No comprende que no quiera ir a su casa en Nochebuena. Me he llevado una buena. Para él, me he convertido en un loco, un salvaje, irrecuperable. Tengo que volver a trabajar, encontrar una nueva consulta, retomar la medicina. En un alarde de generosidad, me propone incluso hablar de mí a sus colegas para encontrarme una plaza. Su pobre hermano mayor completamente perdido. ¡Que me deje en paz! ¡Que me deje en mi mierda, con mi negligencia! Si asistiese a su Nochebuena de tarjeta postal, vomitaría. ¿Acaso no recuerda que, por mi culpa, una familia no podrá tener su Nochebuena de postal? Yo no he olvidado ni olvidaré nunca que la cagué, que fallé una vez... ¡Mierda, esto me está matando!

24 de diciembre. A modo de regalo, me he cogido una habitación en un hotel piojoso de un polígono industrial. Estoy tan sonado que ni siquiera recuerdo el nombre de la ciudad en la que estoy. No ha habido manera de encontrar otra cosa. Gracias a las vacaciones, no tendré nada que hacer hasta el 3 de enero. Hoy he vagabundeado por las calles de la ciudad, viendo a la gente a mi alrededor hacer sus últimas compras, sus últimos regalos. Después, el ambiente ha ido apagándose poco a poco. Me he encontrado solo, como un idiota, mirando las luces de los árboles de Navidad a través de las ventanas. El año pasado trabajé hasta tarde, las gastroenteritis y las gripes me mantuvieron ocupado. Luego acabé en casa del señor y la señora H., esa pareja de ancianitos a los que tanto quería. Nunca salían de su granja, sus hijos vivían lejos. Me habían invitado a su casa para la cena de Nochebuena, al percatarse de que yo no tenía a nadie. Todavía les oigo decir: «No vamos a dejar solo a nuestro médico, quédese», así que había recibido con placer su calor y sus viejas guirnaldas, había aceptado ocupar el lugar de sus hijos. Lo pasaron bien conmigo y yo con ellos. Todavía recuerdo el dolor de cabeza al día siguiente, por culpa del orujo del señor H. ¿Pensarán en mí un año más tarde? También ellos me dieron la espalda, como los demás.

2 de enero. Mañana dejo este asqueroso cuarto donde llevo una semana pudriéndome. Me subiré al coche y me alejaré un poco más del mundo. Me doy asco. Para celebrar el final del peor año de mi vida, fui de bar en bar, bares de estación en los que los solitarios se reúnen para ahogar sus penas en alcohol barato con mala música ochentera de fondo. Me zambullí en ellos. Bebí hasta que no pude más para no recordar las Nocheviejas de los años anteriores en mi pueblo, el pueblo donde, a mi pesar, era considerado un héroe antes de convertirme en un apestado. Y sentí unas ganas salvajes de algo de ternura, de tocar una piel, de apoderarme de un cuerpo. Nadie es exigente en una situación así, basta con cruzar una mirada vidriosa, mandar el mensaje y entablar un simulacro de conversación alcohólica para acabar follando en el váter de un bar contra una pared costrosa. Toqué fondo de veras. Me rebajé a ese sexo sin sentimientos, sin alma, sin deseo real, solo para aliviarme u olvidar durante unos minutos que mi vida no vale nada. No me queda nada que esperar de la gente, nunca jamás podré entregarme a nadie, ni amigos, ni vida sentimental. Solo. Soy este ir y venir en el que me sumergí desde que metí mis cosas en el coche y me marché, para perderme, para olvidar quién soy.

Cogí aire, ahogada por la lectura. Élias seguía siendo un desconocido y, sin embargo, había tenido acceso a sus pensamientos más íntimos, a sus sufrimientos, a la exclusión del mundo que se imponía, sin conocer los verdaderos motivos. Se sentía culpable de algo y se castigaba. Como un acto reflejo, miré el reloj. Había quedado con Cathie para comer. Antes de volver a dejar todo como estaba, cedí a la tentación y pasé página. Por lo que parecía, había dejado de escribir durante muchas semanas...

Aquí estoy, en un pequeño pueblo de la Provenza. Por culpa de la falta de sueño he cerrado los ojos dos segundos y justo ha tenido que cruzarse un jabalí en mi camino. He pensado que por fin terminaría todo, que acabaría fuera de la carretera y sería el final del ciclo infernal. Pero no. Arriba no me quieren. Afortunadamente para él, el animal ha muerto en el acto, no ha sido necesario rematarlo. Me ha dado envidia. Pero toda esa sangre, esa carne, esas vísceras destrozadas por mi parachoques y quemadas por el radiador me han revuelto el estómago. He vomitado todo lo que he podido en el arcén. Me ha recogido un hombretón, simpático y generoso. He intentado por todos los medios que se fuera, que me dejase en paz. Imposible. No he podido librarme de él. Y no será por las veces que he intentado hacerle comprender que prefería que se marchase. Se ha hecho el loco, me ha tomado bien el pelo y ha conseguido lo que se proponía. Ahora estoy en un hostal rural que regenta una amiga suya. No me ha dejado mucha elección, de hecho. Ella me ha recibido amablemente y yo me he comportado como un imbécil. ¿Cuánto tiempo me quedaré aquí? Estoy tan cansado, ya no puedo más. Y no voy a dormir.

Tenía que cerrar aquel cuaderno a toda costa. Si seguía leyendo, tocaría el tema de la Bastida, de su estancia en mi casa, de su relación con Mathieu. ¿Tenía verdaderas ganas de saber más de lo que ya sabía?

Pasé a recoger a Cathie por la tienda, aparqué en la plaza Gambetta y fuimos a comer al Terrail. Me costaba dejar de pensar en lo que había leído, en mis descubrimientos, tenía la cabeza en otra parte. Llegando a la terraza, vi el corpachón de Mathieu en el umbral del restaurante.

—¡Anda, mira quién está ahí!

En cuanto vio a su marido, el rostro de Cathie se iluminó con una sonrisa y lo llamó con su voz más dulce. Él respondió balanceando sus gigantescas manazas en el aire. Había tanta complicidad entre ellos, tanto amor, eran tan reconfortantes... Un amor como el suyo me recordaba al de mis padres.

—¿Con quién está? —preguntó ella, volviéndose hacia mí.

Eché un nuevo vistazo y me quedé de piedra.

—Ah..., es... Élias.

—¡Genial! Aún no lo había visto.

Mathieu se acercaba a nosotras con la sonrisa en los labios, arrastrando a Élias consigo.

—¡Hola, Mathieu! —exclamé.

Besó a su mujer y después me dio tres besos. Me crucé con la mirada cansada de Élias, que me saludó con un movimiento de cabeza. Me ruboricé. Volví a pensar en sus lágrimas de la noche anterior, en sus ganas de acabar con todo, en su vida de médico perdida y en mi fisgoneo.

—Hola —susurré.

—¿Nos presentas? —pidió Cathie.

Mathieu necesitó unos segundos para comprender y, bruscamente, agarró a Élias del brazo y tiró de él hacia nosotras.

—¡Ah! Mi mujer, Cathie.

Ella agarró al nuevo amigo de su marido por los hombros y le plantó los tres besos de rigor.

—Encantada de conocerle, llevo tiempo oyendo hablar de usted.

Completamente desarmado por la actitud cálida y acogedora de mi mejor amiga, estaba claro que no sabía cómo reaccionar.

—Encantado —dijo al fin.

—Llegáis cuando ya nos íbamos —informó Mathieu, decepcionado—. Qué fastidio, habríamos podido comer los cuatro.

—¡Ya habrá otra ocasión! —exclamó Cathie, entusiasmada.

Más allá de mis descubrimientos sobre él, no me hacía especial ilusión. Todo era demasiado extraño, era la primera vez que un cliente se codeaba con mis amigos. Normalmente pertenecían a dos mundos distintos: por un lado, nosotros; por el otro, los turistas. Aunque, pensándolo bien, este no estaba precisamente de vacaciones.

—¡Nosotros nos vamos! —dijo Mathieu, dando una palmada.

Élias ya se alejaba con la cabeza gacha.

—Adiós —dijo a Cathie por pura cortesía.

Mi mirada se cruzó brevemente con la suya, que me pareció suplicante.

—Hasta la noche —le dije sin ni siquiera darme cuenta.

Se marchó. Dejé que mis amigos hablaran a solas unos segundos y fui a instalarme en nuestra mesa. Me senté frente al Mont Ventoux. Mathieu y Cathie se besaron como si siguieran siendo dos adolescentes y ella vino hacia mí, radiante.

—¡Qué triste parece! —me dijo cuando se sentó.

—¡Así que tú también te has dado cuenta!

—¡Confía en mi maridito para alegrarlo un poco!

—¿Él te ha contado algo?

—Escucha, aparte de decirme que trabaja como un animal sin rechistar, algo que le encanta a Mathieu, como podrás imaginarte...

—Me alegro.

—... está esperando a ver cómo termina la semana, pretende pedirle que se quede, al menos hasta finales de junio.

—¿De veras?

—Sí, no encuentra a nadie temporal, como era de prever. Si ese Élias se va, tendrán un buen marrón.

Me vinieron a la mente la impresión de que podía largarse de un momento a otro que me había causado su habitación y la costumbre que tenía aquel tipo de desaparecer al cabo de unos días. Tendría que haber compartido mi preocupación con Cathie, explicarle lo que había descubierto, pero no me sentía con derecho a revelar los secretos de Élias, ni siquiera a contarle que era médico. Además, a decir verdad, no estaba demasiado orgullosa de haber cotilleado sus cosas.

Acabábamos de terminar nuestra ensalada y esperábamos los cafés cuando Cathie rompió nuestro pacto y abordó el tema que yo deseaba evitar a cualquier precio.

—¿Alguna noticia de Aymeric?

Bajé la cabeza.

—Nada. Ni siquiera sé si me echa de menos.

Mi voz se quebró, las lágrimas brotaron en mis ojos.

—No sé qué decirte, Hortense. No puedes continuar viviendo así, te va a destruir...

Asentí tímidamente.

—También hablé con Bertille.

—¿Hay novedades por ese lado?

—Me avergüenzo de ello, pero los he dejado plantados todo el verano, no me sentía con fuerzas. Me voy a quedar aquí hasta que empiece el curso.

—¿Es cierto eso?

—Sí —le respondí sonriendo.

—Suena súper egoísta, pero estoy contentísima. Y si eso te ayuda a reponerte...

—Ya veremos.

Al final del día, recibí la llamada de Aymeric que ya ni esperaba. Me invadió una salva de cólera y rabia. Estaba muy enfadada con él. ¿Por qué, exactamente? Era difícil elegir. No tendría que haber contestado, pero era débil.

—Hortense...

—Hola...

—Qué bien sienta escuchar tu voz... Pensé que nunca conseguiría escaparme.

—¿Dónde estás?

¿Por qué había hecho esa pregunta? No quería montarme más películas.

—En la costa atlántica. Ya ves, estoy en la playa. ¿Y tú? ¿Va bien el negocio en la Bastida?

—Sí, bastante bien. Siempre tengo algo de gente.

Él estaba pensando muy bien sus palabras, yo lo notaba.

—Me alegro... ¿Y el tobillo?

—Solo tirando...

Silencio.

—Te echo de menos, Hortense.

Suspiró profundamente.

—Yo también.

—Ya sé que pensarás lo contrario, pero te juro que, si no he dado señales de vida antes, es porque estoy atrapado, nunca me quedo solo o apenas un par de segundos. Te siento lejos... Tengo muchas ganas de verte.

Mi corazón empezó a latir con fuerza. Sus palabras continuaban emocionándome. La idiota que era se agarraba a ellas para encontrarse mejor. Necesitaba creer en su amor. Seguir creyendo en nosotros. Decidí no contarle que no iba a estar en París en verano, no quería una nueva pelea.

—¿No quieres alguna escapada a París antes de terminar tu baja?

—No, tengo clientes —en realidad, habría podido pasar sin problema veinticuatro horas en París, sabía perfectamente que Cathie me haría ese favor si se lo pedía, si fuese por mi bien. Pero ¿lo era realmente? No estaba segura—. Pero si quieres bajar tú a verme...

Un nuevo silencio. ¿Era capaz de hacer un gesto para salvarnos? ¿Para conservarme?

—Uff, eso va a ser difícil.

Ahí tenía la respuesta, y dolía terriblemente.

—Me lo imaginaba, ya sabes... Una pena.

Oí cómo lo llamaban a voces. Gritó un «¡estoy aquí, ya voy!».

—Perdón, tengo que irme. Escucha, Hortense, yo... No sé si podré arreglármelas. No te prometo nada —otra vez lo llamaban a gritos. Esta vez, era la voz de una chiquilla que llamaba a su padre—. Joder —dijo entre dientes.

—Adiós, Aymeric.

Colgué. Me habría gustado estar sorda, no haber escuchado nunca aquella voz cantarina, imperiosa que reclamaba a su papá. Entonces era verdad, se había arriesgado para llamarme, pero ¿con qué resultado? Tanto para él como para mí. Aquella intrusión violenta en su vida de familia me daba ganas de vomitar. Bullía por dentro, tenía la sensación de estar a punto de estallar. Corrí hacia el estudio sin hacer caso a las quejas de mi tobillo. Entré como una exhalación y puse a todo volumen la primera *playlist* que encontré. Tiré mis zapatos en una esquina y me quité el jersey. Me asfixiaba. Y las lágrimas se mezclaron con una risa amarga cuando reconocí las primeras notas angustiosas de *Ocean* de Kid Wise. Necesitaba soltar lastre, deshacerme de toda aquella culpabilidad, de aquel asco de mí misma y de mi amor por él. Planté mi cuerpo tenso y agarrotado ante el polvoriento espejo. Me agarré a la barra con todas mis fuerzas hasta que los nudillos palidecieron. El agujero abierto en mi vientre era cada vez más profundo, el dolor me roía desde dentro, pero no podía hacer nada. Bailar —mi única válvula de escape— todavía me estaba prohibido. No volvería a poner en peligro mi rehabilitación por culpa de Aymeric, para combatir el daño que me hacía. Me derrumbé en el suelo sin soltar la barra.

Perdí la noción del tiempo, la canción siguió sonando en bucle mientras yo permanecía postrada con el cuerpo contraído. Cayó la noche. Unos golpes resonaron en la cristalera y me sobresalté. Aquello era realmente inoportuno. Al descubrir a Élias, volví a poner los pies en la tierra y dejé mis problemas a un lado. ¿Se habría dado cuenta de que había estado hurgando en sus cosas? Me levanté a duras penas, soltando una mueca de dolor al dar el primer paso, y bajé el volumen de la música, que seguía al máximo.

—¿Puedo ayudarle en algo? —le pregunté a la defensiva.

Avancé hacia él cojeando ligeramente. No solo estaba pagando mi rabiosa carrera, quizás también me tocaría pagar mi curiosidad más que fuera de lugar. Él no tenía aire hostil, aquello me tranquilizó.

—Quería preguntarle...

Se quedó mirando mi tobillo y frunció el ceño, confirmando lo imprudente que había sido. Todavía conservaba sus reflejos de médico.

—¿Sí? —insistí para desviar su atención.

Dirigió sus ojos inyectados en sangre a los míos.

—¿Le ha contado usted a su amiga, la mujer de Mathieu, lo que sabe?

No estoy segura de haber entendido bien.

—¿El hecho de que sea médico? —asintió con la cabeza, inquieto—. No.

—Si pudiese conservar el secreto...

—¿Por qué? —no pude evitar contestar—. Mathieu estaría contento de tener a un médico en su equipo, en caso de accidente.

—¡Ya no soy médico! —exclamó alzando el tono.

—¿Acaso no es algo que se es de por vida?

Su mirada se volvió negra.

—No insista, ¡ya no ejerzo!

—Explíqueme eso...

La dureza de su rostro me hizo recular. Él franqueó la distancia que nos separaba en unos pasos, con el cuerpo en tensión, dispuesto al ataque.

—¡Mi vida no le concierne!

Estaba fuera de sí y, sin embargo, parecía totalmente perdido, aterrado por su reacción agresiva.

—Perdóneme, Élias, yo no quería... Estaba fuera de lugar.

No comprendía por qué, pero no quería hacerle daño. Había en él un lado hipersensible que me conmovía cada vez más. Empezaba a valorar la intensidad de su sufrimiento. Levantó las manos y las acercó a mis hombros mientras yo temblaba nerviosamente de la cabeza a los pies. Él dibujó un gesto tranquilizador, como si estuviese a punto de tocarme, pero cambió de opinión, la culpabilidad lo obligó a dar marcha atrás.

—No quiero hacerle daño ni que me tenga miedo.

—Lo sé —susurré.

—De todas formas, no me quedaré aquí mucho tiempo.

—¿No seguirá echándole una mano a Mathieu?

—Encontrará a alguien. Y es mejor que me vaya...

Pude captar su mirada atormentada. Sabía que estaba llena de prejuicios, pero de pronto creí comprender una de las razones de su precipitada marcha. E intenté el todo por el todo por Mathieu.

—No me entienda mal —le dije con precaución—. No crea que se trata de curiosidad malsana —se puso de nuevo a la defensiva—. Si es el precio de la habitación lo que le obliga a marcharse, puedo hacerle un descuento.

—¿Por qué razón? ¡No estoy pidiendo limosna!

De nuevo se tensó, con la respiración entrecortada. Debía proceder suavemente y con pedagogía. Llevaba dentro una especie de violencia contenida.

—No tiene nada que ver con ningún tipo de generosidad con respecto a usted. Mathieu y Cathie son mis mejores amigos, como mi familia. Les debo mucho. Mathieu le necesita, y no solo durante uno o dos días; quédese para el resto de la temporada si se lo pide. Y si el dinero le plantea problemas, yo pongo mi parte —la tensión de su cuerpo se relajó ligeramente. Tenía que seguir argumentando—: Usted no es un turista, no tengo razón alguna para imponerle los precios de la temporada alta.

—No soporto estar en deuda con nadie.

—Tranquilo, no lo hago por usted, lo hago por mi amigo —su mirada huía de la mía—. Quédese.

Inspiró profundamente.

—Muy bien, me quedaré un poco más, pero no prometo nada dentro de un tiempo.

Y se marchó, sin añadir una sola palabra. Una lágrima corrió por mi mejilla.

Los días siguientes tuve la impresión de que me rehuía. Desaparecía por la mañana tras haber apurado su café y no volvía hasta por la noche, siempre muy tarde. Yo incluso me preguntaba si no esperaría a que las luces de la Bastida estuviesen apagadas para regresar. ¿Dónde pasaría el rato? Si no me equivocaba, no conocía a nadie por aquí, aparte de Mathieu, Cathie y yo. Si hubiese pasado la tarde en casa de mis amigos, me habría enterado. Cada noche, a pesar de toda la discreción que ponía, lo oía salir al jardín. Por mucho que yo tuviese otros problemas de los que preocuparme, no me gustaba ese ambiente, que empezaba a enrarecerse. No quería que me tuviera miedo ni tener que desconfiar de él. Así pues, una mañana me rendí y penetré de nuevo en su habitación. El cuaderno estaba en el mismo lugar que la primera vez y el cuarto en el mismo estado. Transmitía la misma derrota, la misma desolación, la misma tristeza. Encontré la página donde había dejado mi lectura y volví a sumergirme en sus escritos:

Por primera vez desde que dejé todo y me volví anónimo, alguien sabe quién soy. Pensé que me desmayaba cuando me entregó mi caduceo. ¿Cómo había podido perderlo delante de ella? Estoy realmente para el arrastre. Cada vez duermo menos. Voy a terminar por tener un accidente con la sierra mecánica si sigo así. Debería marcharme de aquí, pero no tengo ganas de dejar tirado a ese tipo, Mathieu, es una buena persona, muy generoso, hacía mucho tiempo que no conocía a un hombre como él. Es la clase de tío que de inmediato inspira confianza, uno tiene ganas de ser su amigo. No hace preguntas. Me acepta como soy, con mis silencios. Yo trabajo, él está contento, habla de sí mismo, de su vida en familia, me hace soñar, aunque eso no es para mí. Hoy he conocido a su mujer, me ha saltado al cuello como si fuésemos amigos de toda la vida, estaba con Hortense, esos tres parecen inseparables. Siempre atentos los unos con los otros. Mathieu parece muy preocupado por Hortense; no me pregunta por ella, pero presiento que anda con la mosca detrás de la oreja. Podría ser su hermano y, sea lo que sea, parece adoptar el papel de hermano mayor protector. Tengo que marcharme, alejarme de esa gente con cuya amabilidad me entran casi ganas de creer todavía en el género humano. Aunque no quiero hundirlos en la mierda. Pero bueno, de algún modo me siento aliviado de que alguien lo sepa, incluso si he llorado por ello como nunca. Estoy seguro de que Hortense me ha visto.

Levanté la vista de aquellas líneas por un momento, presintiendo que iba a hablar de mí. Habiendo llegado hasta ese punto, poco importaba seguir hasta el final.

212

Lo sabe, me ha preguntado. Normal. En su lugar, yo habría hecho lo mismo. Lucha contra su curiosidad. Pero no tengo la impresión de que me vea de forma distinta. Simplemente está dispuesta a todo para que me quede a ayudar a su amigo, hasta a perdonarme el precio de la habitación. ¡Cuando pienso en la suma de dinero que estoy haciéndole perder! Qué le vamos a hacer, acepto su generosidad, no me voy a hacer el duro. Así como ella siente curiosidad por mí, debo reconocer que yo también me hago preguntas sobre ella. ¿Cómo ha aterrizado en esta casona? ¿Qué puede hacer aquí una mujer sola? Parece preocupada, y triste en algunos momentos. No puedo evitar observarla de lejos; a menudo tiene la mirada en otra parte, perdida. Seguramente nunca sabré por qué. Tengo que permanecer alejado de ella, y de sus amigos, a toda costa.

Cerré el cuaderno, más convencida que nunca de que Élias podía desaparecer en cualquier momento.

*

Esa noche, después de la cena, me instalé en el jardín. La temperatura era suave y tenía ganas de aprovechar que las veladas se iban alargando. Me deleitaba con cada bocanada del aire de aquí. La lavanda florecía y su perfume llegaba hasta mí en apacibles oleadas. El cielo tenía su tinte suave y caluroso del atardecer, la luminosidad resultaba aún más delicada. Me hundí en el sillón y saboreé la vista con una copa de vino en la mano. ¿Cómo podía pasar sin esto tanto tiempo al año? La respuesta era evidente. Incluso en vacaciones pasaba la mayor parte del tiempo en París, por no separarme de Aymeric demasiado tiempo. Su presencia en mi vida había condicionado todo definitivamente. «Oh, no, no te vayas, ¡te voy a echar de menos!», me decía cuando yo sugería la posibilidad de bajar una semana. Y yo cedía, sin duda con demasiada facilidad. Siempre me había gustado que tuviese ese poder sobre mí, ese dominio. Me reconfortaba la idea de no estar sola, de existir para él. Los hechos hablaban por sí solos: más bien estaba a su servicio. A él no le molestaba marcharse cuando le venía en gana, poco importaba que nos separáramos una temporada larga. Al final, desde que había decidido venir a pasar tiempo a la Bastida, había estado actuando contra sus deseos, y actuar así era desconcertante. Un poco como si me hubiese quedado sin referencias. Desde que su hija había interrumpido nuestra conversación no había dado señales de vida. Una vez más, esperaba pacientemente —como de costumbre—, cada vez más triste y fatalista.

Para no hundirme en la depresión, me concentré en las cuentas, tratando de hacer proyecciones sobre los ingresos que obtendría con las habitaciones. Algo me distrajo de mis cálculos, el coche de Élias acababa de detenerse. Echó un vistazo al jardín y me vio. Para mi gran sorpresa, avanzó hacia mí. No sabía a qué atenerme, nuestra última entrevista no había sido precisamente un éxito.

—Buenas noches —le dije, sonriente.

—Buenas noches, Hortense.

Debía hacer frente a la situación. No íbamos a continuar poniéndonos caras de pocos amigos. Y además debía olvidarme de lo que había leído.

—¡Siéntese! Hay sitio.

Dudó unos segundos antes de acercarse.

—Gracias —murmuró.

Se instaló en un sillón y permaneció en silencio, aparentemente absorto en las vistas.

—¿Quiere beber algo? —ni siquiera esperé su respuesta—. No se mueva, voy.

Fui corriendo —es una forma de hablar—, porque no quería perder la ocasión de tener aunque fuese una conversación cortés. En menos de tres minutos, estaba de vuelta con la botella que había abierto un rato antes. Le tendí una copa.

—Gracias.

Balanceó el vino en el fondo, lo olió y lo probó.

—¿Le gusta trabajar con Mathieu?

—Me viene bien. Al menos, cuando uno está podando, no piensa en nada aparte de en tratar de no hacerse daño.

Se tocó maquinalmente la mano izquierda, cubierta por un enorme hematoma ligeramente sanguinolento.

—Ha tenido que ser una distracción —le sugerí.

—Efectivamente.

Me lanzó una mirada suplicante y sonreí dulcemente para tranquilizarlo. No, aquello no iba a ser la Inquisición. Yo había entendido el mensaje. Y mi lado fisgón me decía que acabaría quizás por saber más si continuaba leyendo su diario. No me quitaba los ojos de encima, con una mezcla de empatía y dolor.

—Eh..., me gustaría disculparme por la otra noche. Me comporté muy mal con usted... Cuando pienso lo que grité..., no me lo puedo creer.

Estaba convencida de que aquella agresividad no iba con él.

—No pasa nada, todos tenemos días malos. Ya está olvidado. No hablemos más de ello, ¿de acuerdo?

Asintió, de nuevo con su expresión de intensa gratitud en la cara. ¿Quién había podido hacerle tanto daño?

—Pero como no quiero abusar de su hospitalidad...

Levanté la mano para hacerle callar.

—¡Ah, no! —le reñí—. No empiece otra vez. ¡Asunto cerrado!

Esbozó una media sonrisa.

—Solo busco una forma de compensarla.

—No es necesario, ya se lo he dicho.

—Dígame, no sé... ¿Podría hacer algunos trabajos mientras estoy aquí?

Además de raro, ¡era realmente testarudo!

—Ni hablar, seguro que se está matando a trabajar con Mathieu, ¡no voy a hacer que continúe aquí justo después!

—Pero es que yo quiero... —me respondió con aire decidido, y casi contento.

—De todas formas, no puedo hacer obras en temporada alta, no quiero molestar a mis clientes.

—Piense un poco, ¿de verdad no hay nada que yo pueda hacer? —no parecía conseguir librarme de su insistencia y bebí un trago de vino. Por supuesto, estaba pensando en el estudio de baile—. ¿Tiene usted algo en mente? Lo leo en su cara.

Refunfuñé, casi riéndome. Primero, testarudo; ahora, observador y perspicaz.

—El anexo donde estuvo la otra tarde.

Frunció el ceño, con pinta de no saber a qué me refería.

—Ya sabe, cuando... cuando... llegamos a un acuerdo para la habitación.

Su boca se torció, dibujando una ligera sonrisa, apenas perceptible.

—Es curioso que lo considere un acuerdo..., pero le confieso que no presté mucha atención al lugar. Me lo enseña y le digo si soy capaz de ocuparme, ¿le parece?

—De acuerdo.

Se levantó, abandonando la copa que casi no había tocado, y me miró, interrogante. Yo no moví ni un dedo.

—Detrás de usted.

—Sí, claro, voy.

Era extraño, nunca habría podido imaginar que nadie aparte de papá pudiese reformar esa estancia tan querida en mi corazón. No había tenido tiempo de sopesar los pros y los contras, todo iba demasiado deprisa. Sin embargo, no era cuestión de ser quisquillosa, me estaba ofreciendo su ayuda y no podía rechazarla. Al mismo tiempo, no me sentía autorizada a estar pendiente de él para verificarlo todo, para vigilar, para escrutar, como habría hecho con un profesional.

Élias caminaba a unos metros de mí, con las manos en los bolsillos.

—¿A qué dedica este anexo? —me preguntó en el momento en que abría la puerta acristalada.

—Es un estudio de danza.

Encendí las luces y lo miré de frente. Avanzó unos pasos, observó las paredes, el espejo, la barra, que tocó, y después me miró fijamente. Por primera vez, pareció curioso.

—¿Es usted bailarina?

—Sí, bueno..., profesora de danza.

—¿Aquí?

—No.

—Y en este momento no lo utiliza por culpa de su tobillo.

«Por desgracia, no», sentí ganas de gritar.

—Lleva cuatro años sin mantenimiento —precisé.

—¿Y qué quiere reformar exactamente?

—Eh..., creo que necesita una mano de pintura, este último invierno ha habido humedad, hay algunas grietas repartidas por las paredes.

Asintió con la cabeza y echó un vistazo al techo.

—Y las vigas, ¿hay que pintarlas?

Papá quería hacerlo, pero me parecía demasiado peligroso que a su edad se subiese a un andamio tan alto.

—No lo sé.

—Usted dirá.

—Entonces, ¿quiere hacerlo de verdad?

—Creo que podré arreglármelas —su rostro adoptó una expresión muy dulce, que contrastaba con todo lo que había podido mostrar hasta entonces—. Por favor, déjeme echar una mano.

Le sonreí, conmovida por su amabilidad.

—Gracias.

Volvió hacia la puerta.

—Buenas noches.

—Buenas noches.

Ya estaba dispuesto a desaparecer.

—¡Élias!

Dio media vuelta.

—Mi padre se encargó de todo esto... y si nadie lo ha tocado, es porque mi madre y él murieron hace...

—... cuatro años. No se preocupe, tendré cuidado.

A pesar de su aspecto desapegado y lejano, escuchaba todo, registraba todo. ¿Era prudente dejarlo hacer? No tenía ni idea, pero, al menos, aquella corta velada había roto el hielo entre nosotros.

Al día siguiente, en cuanto la Bastida se vació, subí corriendo a su habitación, ansiosa por saber qué había escrito sobre la víspera. Contuve una risa al leer su primera frase:

¡En bonito lío me acabo de meter! Y, sin embargo, estoy contento de servirle para algo. Cuando ya me había cazado el leñador, ahora me atrapa la hostelera. Surgió así, yo me encontraba solo mientras ella había ido a buscar su vino. Tuve la impresión de que había salido disparada, debería cuidar su tobillo... ¡Joder! ¡No puedo evitarlo! Durante su ausencia, eché un vistazo a los papeles sobre la mesa, necesita dinero para mantener la casa, el sitio donde debió de conocer sus días más felices, pero todo se está cayendo a pedazos desde la muerte de sus padres. Eso me dio la idea de hacer alguna reforma a cambio de la habitación casi gratuita... Siempre igual...

10

—Voy en coche de camino al trabajo y quería hablar contigo sin falta.

Tuve que esperar al lunes por la mañana para que Aymeric se dignase a dar señales de vida. Sabía que acabaría manifestándose, pero a pesar de ello me sorprendió descubrir su nombre en la pantalla. ¿Sorpresa, temor o quizás rencor? Ni idea. No pude evitar tenerlo en ascuas. Llamó cinco veces seguidas antes de que respondiese. Mi debilidad había ganado esa batalla contra mí misma.

—Quería disculparme por lo del otro día, ¿sabes? Cuando... cuando mi hija me llamaba... Lo siento.

—Qué quieres que te diga.

Se produjo un silencio infinito.

—¿Qué nos está pasando? —acabó por soltar con tono contrariado.

—Dímelo tú.

—¿Estás segura de lo que haces? ¿No quieres volver a París aunque solo sea por unos días?

—No, y además, para qué... ¿Qué tendríamos, una noche? Necesito más, Aymeric...

—Lo entiendo... Yo también, ya sabes.

Se hizo el silencio de nuevo, luego sonó un pitido.

—¿Qué pasa ahora? —exclamé enojada.

—Tengo otra llamada en espera, tengo que contestar, es mi...

—¡Vale, de acuerdo!

—Besos...

Colgué sin escuchar el final. ¿Para qué me serviría oír una vez más sus ridículas excusas? Para nada, solo para hacerme daño. Era inútil.

Unos días más tarde, volvía de una cena en casa de Cathie y Mathieu, que me había permitido dejar un poco a un lado el nuevo largo silencio de Aymeric y, sobre todo, la reprimenda de Auguste. Me había tragado por teléfono un rapapolvo que recordaría durante mucho tiempo. Mi desaparición total lo había puesto fuera de sus casillas. Me acusaba —con toda la razón— de pasarme mi convalecencia por el forro, de ser una irresponsable y de correr unos riesgos excesivos para mi recuperación. Cuando me amenazó con venir a buscarme para llevarme de vuelta a París «agarrada por el pescuezo» e internarme en la clínica del sabio loco, jugué la carta del fisio y propuse que le llamara él mismo para obtener un informe detallado de mi recuperación. Se calmó ligeramente y terminó por aceptar mis promesas de reposo.

De vuelta a la Bastida me derrumbé sobre el volante, y habría podido quedarme mucho más tiempo meditando sobre el deplorable estado de mi vida sentimental y sobre la amenaza de que Auguste apareciera si no veía luz en el jardín. Al llegar a la terraza, encontré a Élias sentado en el sofá, con un cigarrillo en los labios. A pesar de mi curiosidad, había conseguido no volver a entrar en su habitación. No tenía ninguna gana de hablar, así que me conformé con un pequeño saludo con la mano, al que respondió, y entré.

Demasiado nerviosa y con todos los sentidos alerta, no era capaz de conciliar el sueño. Sobre la una de la mañana, oí que Élias se iba a la cama. Estaba acostumbrada a sus idas y venidas nocturnas, ya no me molestaban, habían pasado a formar parte de los relajantes ruidos de la noche. El chirrido de unos neumáticos sobre la grava rompió la calma. Suspiré, exasperada. ¿A quién tendría que aguantar ahora? Lo único seguro era que, a aquellas horas, no podía ser Auguste. No tenía miedo, nunca había tenido miedo estando sola en la Bastida, y menos con dos habitaciones ocupadas. La puerta de un coche se cerró a lo lejos. No tenía elección, abandoné a mi pesar mi edredón para encaminarme de nuevo a una noche en vela.

Encendí la luz de fuera y salí al alero. Lo que vi en la terraza me dejó petrificada: Aymeric. Avanzaba hacia mí hecho un pincel, con una sonrisa triunfante en los labios. Mi corazón latía a toda velocidad. Me invadió un cierto halo de tristeza que me impedía reaccionar; unos meses antes habría gritado de alegría, saltado hacia él, llorado de felicidad, pero en ese instante era incapaz de moverme, lo miraba igual que si me hubiera encontrado de frente a un extraño. Su visita sorpresa me aturdía y me daba miedo. Aceleró el paso y, en cuanto estuvo a mi altura, su sonrisa al límite de la arrogancia se borró progresivamente.

—¿No te alegras de verme?

¿Cómo podía no sentirme feliz ahora que lo tenía delante? Siempre había esperado que me diese una sorpresa como aquella.

—¡Por supuesto que sí! Es que no me lo puedo creer, eso es todo.

Entonces mi cuerpo, ajeno a mi voluntad, actuó antes de que mi conciencia me dictase qué hacer. Me eché en sus brazos y lo abracé con todas mis fuerzas. Como de costumbre, aspiré su aroma, que me pareció distinto, me pegué a él para saborear el placer de sentirlo de nuevo contra mí. Sus manos en mi espalda se me antojaron menos codiciosas que antes. Nuestros labios se encontraron instintivamente. ¿Por qué ese beso sabía tanto a tristeza? Me solté y él separó delicadamente un mechón de pelo de mi frente.

—Te he echado de menos —me dijo.

Su tono me pareció poco convincente y respondí con la sensación de estar mintiendo.

—Yo también.

—He tenido suerte, tengo una reunión de trabajo en Aix mañana a las doce.

—Solo has venido a pasar la noche...

—No, también me quedo contigo mañana por la noche —yo, que quería que hiciese un esfuerzo, tendría que haberme emocionado hasta casi llorar. Me besó en los labios—. Necesitamos tiempo juntos, lo dijiste tú, y tienes razón —le regalé una pequeña sonrisa y añadió—: Voy a buscar mis cosas, ahora vuelvo.

Cuando estuve segura de que no podía escucharme, suspiré preocupada. Se apoderó de mí una angustia cuya naturaleza me era difícil definir. ¿Esto era solo un reencuentro? Me asaltaban a ráfagas imágenes de nuestra última velada juntos, en la que nos habíamos hecho tanto daño. Volvió con la chaqueta del traje en una funda y una pequeña bolsa de viaje. Sin decir palabra, me siguió al interior de la casa. Al entrar, sus ojos se fijaron en los folletos turísticos, las llaves de las habitaciones y los tarros de miel y confitura de Cathie. Mi pequeño negocio debía de parecerle completamente ajeno a sus preocupaciones. No me quitó ojo de encima mientras cerraba la puerta, apagaba las luces y tomaba el camino a mi habitación.

—Te he despertado —me dijo al ver mi cama deshecha.

—No te preocupes... Solo que me va a costar levantarme mañana, tengo gente, debo madrugar.

Me acarició la mejilla y me apretó contra su cuerpo, agarrándome por la cintura. Esta vez me besó con fogosidad, aunque no pude evitar pensar que estaba haciendo un esfuerzo. Quizás porque yo misma me forzaba un poco, incapaz de tomar la más mínima iniciativa. Me tumbó sobre la cama, notando sin duda mi falta de entusiasmo, y me levantó la camiseta para acariciarme los senos. Tendría que haberme vuelto loca por el deseo que me inundaba cada vez que me ponía la mano encima.

—Tengo ganas de ti, Hortense. Echaba de menos tu cuerpo.

Mientras hacíamos el amor, tuve la impresión de permanecer fuera de mí misma. Era cierto que mis sentidos reaccionaban, que sentía placer, o al menos era lo que me parecía, pero actuaba como una autómata; mis gestos, mis caricias eran los mismos que unas semanas antes, con la diferencia de que faltaba voracidad. En cuanto a él, su rostro, normalmente tenso por el deseo, no me transmitía aquella noche la misma impresión, tenía más bien la sensación de que estaba interpretando el papel de amante preocupado por quedar bien y llevarme al orgasmo, pero sin estar conmigo, sin compartir nada. Como si fuera una obligación hacer el amor después de tanto tiempo separados. Una forma de consuelo.

Después de este tibio reencuentro se pegó a mi espalda y envolvió mi vientre con su brazo. Suspiró hondo. Un suspiro triste. ¿Había sentido lo mismo que yo? ¿Aquella distancia incomprensible entre nosotros? Yo tenía razón desde el principio, necesitábamos pasar tiempo juntos y no solo una noche... Bueno, quizás.

—Que duermas bien —susurró.

Me acurruqué con más fuerza entre sus brazos, sentía la necesidad del calor de su abrazo, de agarrarme a él, a nuestros recuerdos. Su respiración se fue calmando poco a poco y acabó por dormirse. Yo solo conseguí dormitar algún cuarto de hora suelto. Cada tanto me despertaba sobresaltada y, cada tanto, al sentir el brazo de Aymeric sobre mí, pensaba que él no debía estar allí.

Sonó el despertador. Aymeric ni se inmutó cuando salí de la cama sin hacer ruido. Corrí a encerrarme en el cuarto de baño sin atreverme a mirarlo. ¿Qué habría visto? A Aymeric durmiendo en mi casa, una imagen demasiado poco frecuente que ahora me perturbaba. Me duché con agua muy caliente para intentar entrar en calor, para borrar la sensación de estar helada por dentro. Después fui a recibir el pan y los cruasanes recientes y conseguí con esfuerzo dedicarle una sonrisa al repartidor. Con un nudo en el estómago me puse con mis tareas matinales: colocar los tres cubiertos para el desayuno y poner en marcha la primera cafetera. Después esperé, estoica, temiendo el momento en que se levantaría Aymeric.

—Buenos días, Hortense.

Me sobresalté al reconocer la voz de Élias.

—Buenos días, Élias... ¿Ha dormido bien?

Y lo comprendí de inmediato. Casi no dormía. El día anterior acababa de subir a acostarse cuando llegó Aymeric. ¿Habría bajado durante la noche? ¿Qué habría oído? En mi interior se instaló una profunda incomodidad. Estaba allí, vivía en el corazón de mi intimidad. Pero no podía reprocharle nada, yo que tenía la desfachatez de leer su diario.

—He oído un coche esta noche...

—Una visita sorpresa.

Asintió con la cabeza. Sí, lo sabía.

—¿Quiere tomar su café fuera? —le pregunté con sequedad para cambiar de tema.

—Deje que me ocupe solo por hoy.

Dicho y hecho, cogió una taza del aparador, se sirvió directamente y desapareció.

Estaba atendiendo a los otros clientes, que me tenían atrapada explicándome su programa del día. Eran adorables, pero yo no tenía la cabeza para sus trivialidades.

—Buenos días a todos.

Aymeric acababa de hacer su entrada, dispuesto para ir a trabajar, vestido con su impecable camisa, que llevaba remangada. Me guiñó un ojo y desapareció.

—Les dejo desayunar tranquilamente —dije a mis huéspedes.

Respiré profundamente antes de abrir la puerta de la cocina. Se había servido una taza de café y mordisqueaba un cruasán.

—Pareces agotada —me dijo entre dos bocados.

Conseguí sonreírle.

—He dormido poco.

Su atención se desvió a mis piernas.

—¿Ya no llevas la férula?

Ni siquiera se lo había dicho. Hasta entonces se había preocupado tan poco que el tema del tobillo se había vuelto tabú.

—No.

Me acerqué a él para llenar mi taza, lo rocé sin siquiera mirarlo y después me apoyé en la encimera, frente a él. Escondí la nariz en mi café.

—Hortense, ¿qué te pasa?

Sentí un nudo en la garganta, las palabras se acumulaban en mi boca, palabras que no quería pronunciar. Levanté mi rostro hacia él; por su forma de tamborilear con el pie en el suelo comprendí hasta qué punto estaba tenso. Inquieto, impaciente.

—No lo sé.

Abandonó su taza en la pila y se acercó a mí. Encerró mi cara entre sus manos. Imposible escapar.

—Nos recuperaremos, te lo prometo —murmuró.

Y me besó apasionadamente, queriendo hacerme suya, dejarme de nuevo marcada. Mi debilidad pudo conmigo, me dejé llevar por su beso, incluso sabiendo que no resolvería nada. Cuando abandonó mi boca, apoyó su frente contra la mía con los ojos cerrados.

—Haré todo lo posible para abreviar mi cita y volver pronto.

Salió de la cocina como a regañadientes. Me llevó unos segundos recuperar la compostura antes de volver al comedor. Mis huéspedes daban cuenta del desayuno con buen humor.

—¿Va todo bien?

—¡Sí! Hortense, su marido es un encanto.

Aquel comentario inocente hizo que mis piernas empezasen a temblar.

—Gracias —dije, huyendo fuera.

Di algunos pasos por el jardín, tirando violentamente de mi pelo hacia atrás como si eso fuese a despertarme de aquella pesadilla, pesadilla en la que ni siquiera podía gritar. Y me di de bruces con Élias.

—¿No ha ido a trabajar todavía? —no pude evitar preguntarle con un tono de reproche en mi voz.

—Mathieu me ha dicho que hoy vaya más tarde.

Tenía la taza en la mano, dispuesto a llevarla a la cocina, lo detuve:

—Deje, yo me enc...

Me interrumpí al ver que Aymeric venía a buscarme. Ya estaba cerca de nosotros, con la chaqueta colgada a la espalda, el teléfono móvil y las llaves del coche en la mano. Su impecable atuendo de dinámico directivo cuarentón, que me encantaba y divertía en París, parecía fuera de lugar aquí, sobre todo comparado con Élias, con su expresión de derrota, sus vaqueros asquerosos, su viejo jersey con capucha y sus deportivas gastadas. Aymeric se volvió hacia él y se presentó, tendiéndole la mano.

—Aymeric, encantado.

Educado en cualquier circunstancia, señor de las apariencias, cualquiera que fuese la tensión entre todos nosotros.

—Élias —se limitó a responder este.

Yo sentía que lo estaba juzgando. Tras un rápido pero no por ello menos minucioso examen, dejó de prestarle atención y se dirigió a mí.

—Les dejo, buenos días.

—Gracias, Élias, buenos días.

Se alejó rápidamente, no sin antes echarle un vistazo a Aymeric, que lo miró durante un instante.

—¿Quién es? —me preguntó.

—Un cliente, está trabajando para Mathieu.

Me acarició la mejilla con una expresión de agobio que me alteró y me sentó mal.

—Tengo que irme ya, así podré volver antes y tendremos un poco más de tiempo.

Asentí con la cabeza a modo de respuesta.

—Hasta luego.

Se inclinó hacia mí y me besó ligeramente en los labios. Me fue imposible evitar que mi brazo se agarrase fugazmente a su chaqueta. Me soltó y se alejó. La puerta de su coche se cerró y arrancó de inmediato.

Escondí mi rostro entre las manos, me habría gustado ir a refugiarme en mi cuarto y meterme debajo del edredón, con las persianas bajadas, para que me dejasen en paz.

Pasé las horas siguientes atontada, maldiciendo mi tobillo, que todavía me impedía exteriorizar mis conflictos interiores bailando, me moría de ganas de poner la música a todo volumen hasta romperme los tímpanos y bailar, bailar, bailar hasta la extenuación, ahogarme en mi propio sudor. Como no podía, me dediqué a limpiar las habitaciones, las hice de arriba abajo y cambié todas las sábanas, incluso las de Élias. Permanecí más tiempo en la suya, quería saber qué había oído y lo que pensaba. Era superior a mis fuerzas.

No quería escribir hoy; de hecho, hace varios días que no abro este cuaderno. Me asusta mucho lo que anoto dentro. Me hace darme cuenta de las cosas y me trae recuerdos que querría olvidar. No me gusta sentirme bien aquí. No me gusta dejar huella, coger costumbres, es peligroso para mí. Sin embargo, aquí estoy escribiendo. Pensé que esta noche iba a dormirme, ya estaba listo para conciliar el sueño cuando oí un coche aparcar. Sentí miedo por Hortense, así que me levanté y, sin encender la luz, abrí la ventana y puse la oreja. Tengo una vista magnífica a la terraza. Un tipo salió del coche, un guaperas elegante, clase superior. Se huele el cuero desde aquí. El tío llegaba presumiendo de carro. No pega mucho con el paisaje, demasiado estirado para la vida en el campo. Al momento noté que Hortense estaba tensa, estoy seguro de que temblaba. El tipo llegó con una sonrisa engreída, la fichó de una forma que me molestó, como si fuera un objeto. Un poco más y corro las cortinas cuando los he visto besarse, tenía la desagradable impresión de ser un mirón de segunda. Pero me quedé porque empezaron a hablar y me dejé llevar por la curiosidad malsana. Con unas cuantas frases lo comprendí y, además, ya he conocido a hombres como él. Mi hermano, el primero. Ese tío engaña a su mujer con la bella bailarina. Si me lo cruzo mañana por la mañana, estoy completamente seguro de que podré ver una alianza, bien gorda, bien visible y de oro, en su dedo anular. Pobre tipo. ¡Qué cabrón! Entre el coche y sus pintas, me puedo hacer una idea al momento. Seguramente quiere hacer creer que es infeliz en su casa. Debe de tener una bonita familia, impecable, de cuento. Pero el señor también quiere una amante, ¡queda mejor, en teoría! Ah, qué macho se sentirá con la idea de acostarse con una bailarina, así podrá chulear, sentirse más fuerte que los demás. Estoy seguro de que se ríe de ella. Pobre Hortense... ¿Cuánto tiempo llevará esperando que abandone a su mujer? No lo hará nunca... Debe de estar sufriendo. Y tengo que decir que me sorprende, es cierto que tiene un lado frágil, pero a pesar de todo parece fuerte. Al mismo tiempo, puede ser por eso por lo que es frágil. Además, no la conozco. A fin de cuentas, ¿quién es ella?

Cerré violentamente el cuaderno. Deberían haberme entrado ganas de ponerlo de patitas en la calle por haber escrito esas cosas tan horribles sobre Aymeric. Pero era lo bastante lúcida para reconocer que decía algunas verdades, tanto sobre él como sobre mí. Al fin y al cabo, ¿quién era yo? ¿Qué quería? ¿Dónde había pasado estos últimos años? Estaba con Aymeric, era la que él quería que fuese. Me había perdido en mi amor por un hombre del que no podía esperar nada hasta que se demostrase lo contrario. Me había ido construyendo a su capricho, según sus gustos, para agradarlo, porque él colmaba el vacío de mi vida, o, en todo caso, el que sentía hasta entonces. En realidad, mi empeño por conservarlo por todos los medios solo había conseguido aislarme más. Había ahogado la pena por la pérdida de mis padres entregándole la parte alegre, seductora y ligera de mi personalidad, sin darme cuenta siquiera de que asfixiaba el resto. De forma inconsciente, a su lado había puesto mi vida entre paréntesis, una vida que se había detenido el día de la muerte de mis padres. Gracias a él me sentía viva de nuevo, pero sin afrontar la realidad, sin hacer balance, evitando cuidadosamente hacer frente a mis problemas por mí misma. Y había dejado pasar los años hasta encontrarme en el punto de partida.

Aymeric llegó a las seis de la tarde con cara de arrepentimiento.

—Siento haber tardado más de lo previsto.

—Has venido por trabajo, es normal que te dediques a él.

—Déjalo, Hortense, sabes muy bien que no estoy aquí por eso.

—No estarías aquí si no hubieses tenido esa cita. No intentes aparentar lo contrario.

—¿Puedo abrazarte? —como única respuesta, me acurruqué contra él—. ¿Qué te parece si cenamos fuera esta noche? ¿O esperas más clientes?

Me solté de sus brazos, conmovida por sus tentativas de arreglar lo nuestro. Quería hacer como en París, cenar en un restaurante para distraer mi atención. No sabía hacer otra cosa.

—No, tengo los mismos huéspedes que ayer. Podemos salir si quieres.

Me di perfecta cuenta de que mi reacción lo decepcionaba, pero era incapaz de simular entusiasmo. Me tendió la mano.

—Voy a ducharme, ¿vienes?

—No, acabo de cambiarme.

—Como quieras.

Desapareció en el interior. Esperé unos minutos para estar segura de que estaba bajo el agua y después entré también en mi habitación. Me puse rápidamente un vestidito, simple, discreto. Quería estar guapa para él una vez más, pero me negaba a transformarme en la mujer fatal que buscaba en mí. Además, no quise correr ningún riesgo con el tobillo y me calcé unas sandalias. Me contenté con un maquillaje ligero y pude abandonar el cuarto antes siquiera de que hubiese salido del baño. Mientras lo esperaba, me instalé en la terraza. Cuando apareció, recorrió mi silueta con la mirada y sonrió dulcemente.

—Tengo que hacer una llamada y nos vamos después, ¿te parece?

Por su expresión, supe quién era el destinatario, o más bien *la* destinataria de la llamada. Me contuve para ocultar mi exasperación, cuando menos podría haber encontrado la manera de llamar desde el coche antes de recogerme. No hacía ningún esfuerzo.

—Ve —abrió la boca, dispuesto a hablar, pero lo detuve—: Cállate.

Agachó la cabeza, como pillado in fraganti, y se fue al jardín, lo más lejos posible. Daba vueltas y vueltas con el teléfono pegado a la oreja, pero no estaba nervioso, su paso era ligero, ágil, su cuerpo estaba relajado. Di algunos pasos para verlo mejor. Mi corazón se encogió. Tuve la impresión de que el mistral dejaba de soplar, de que las cigarras se callaban para que pudiese escuchar mejor la entonación de su voz, alegre, dulce, delicada. Sonreía. Se echó a reír y yo me llevé la mano a la boca. Aymeric era feliz, se sentía sencillamente feliz de estar hablando con su mujer, de pasar tiempo con ella. Quizás hablaban de sus hijas, o de la última escapada de fin de semana entre amigos o puede que del programa para la siguiente. Quizás le contaba cómo había ido su reunión, compartiendo con ella su entusiasmo. Nunca había visto así el rostro de Aymeric, tan relajado, tan divertido. No se mostraba autoritario, ni caprichoso, ni impaciente. Parecía en paz consigo mismo, sereno. La culpabilidad, que no había asomado desde hacía mucho tiempo, brotó en mi interior. Volvía en el momento justo. ¿Qué estaba haciendo allí conmigo? No era su sitio. No podía interpretar aquella felicidad fingida sin creer en ella. Nunca había dejado de amar a su mujer, la amaba y tenía que haber estado junto a ella. Tenía que haber viajado ida y vuelta en un tren de alta velocidad para dormir en sus brazos esta noche y no en los de una amante con la que intentaba volver a pegar los fragmentos rotos. Lo vi colgar, miró sus pies, inspiró profundamente y se pasó la mano por el pelo. No intenté esconderme ni hacerle creer que no lo había observado mientras recibía noticias de su familia. ¿Para qué? Yo estaba en mi casa. Cuando vino hacia mí, me dedicó una ligera sonrisa.

—¿Estás lista? ¿Podemos irnos?

—Te estaba esperando.

Nos dirigimos al patio caminando hombro con hombro, sin decir palabra. A la entrada de la propiedad reconocí el coche de la pareja charlatana y aceleré el paso.

—Date prisa —ordené a Aymeric.

—¿Por qué?

—Si nos atrapan, ¡nos pasamos aquí la noche!

Lo tomé de la mano y lo arrastré acelerando el paso hacia su coche. Gracias a que arrancó rápidamente, pudimos escapar de mis clientes, a los que saludé con la mano mientras exclamaba un «uf». Nos echamos a reír cuando traspasamos el portón de la Bastida. Mi risa se volvió amarga y terminó convirtiéndose en un sollozo. No conseguí ahogarlo y Aymeric puso una mano sobre mi muslo.

—Hortense, dime qué te pasa...

—Esta mañana pensaron que eras mi marido —exclamé con voz entrecortada.

Frenó en seco mientras seguía reteniéndome con el brazo. Después se agarró con fuerza al volante y lo golpeó.

—Perdón —exclamó.

—No te quedes en medio de la carretera, es peligroso.

Volví el rostro y miré el paisaje sin verlo. Arrancó otra vez e hicimos el resto del trayecto en silencio. Encontró fácilmente sitio para aparcar en el pueblo. Al salir del coche, vino hacia mí y me cogió de la mano; la estrechó con fuerza, como para evitar que escapara, pero yo me cruzaba con gente que conocía, así que tenía que soltarme para que yo pudiese saludar. Besé a la cajera del súper —habíamos ido juntas al instituto— y me hizo prometer que tomaría algo con ella, después fue el turno de un restaurador y de la dependienta de una tienda de ropa. Aymeric permanecía aparte, viendo cómo me reía y hablaba con personas que él nunca conocería. Yo me daba cuenta de que se estaba haciendo preguntas. Como si me transformara en una desconocida para él, sin dejar de ser yo misma. Aquella impresión se acentuó cuando, después de todos los besos y apretones de manos, me llevó hasta la terraza cubierta de un restaurante que se había vuelto carísimo por culpa de una estrella en la guía Michelín. Por supuesto, el marco —una callecita empinada entre edificios históricos— era hermoso, la carta era suntuosa y no tenía dudas sobre la calidad de los platos, pero no tenía ganas de estar allí, no quería que tratase de impresionarme, quería ser una más entre la gente de allí. Yo no era una turista, pero Aymeric se empeñaba en verme como tal. No intercambiamos una sola palabra antes de que nos tomasen nota. Una botella de vino apareció en nuestra mesa como por arte de magia, nuestras copas se llenaron y ambos bebimos unos sorbos sin haber brindado. No íbamos a dedicar un brindis a la melancolía. Mis ojos mariposeaban de un lado a otro para evitar posarse sobre él.

—¿Dónde estás? Pareces muy lejana —terminó por decir.

—Si acaso lo supiese... Necesito encontrarme a mí misma.

—Yo sí sé quién eres...

Hablábamos en bajo, como si nuestras voces tuvieran que mitigar la importancia de nuestras palabras.

—He comprendido muchas cosas en estos últimos días. Tú no me ves tal y como soy...

—¿Por qué dices eso?

—Es bastante triste darse cuenta, pero en más de tres años no has conseguido conocerme realmente.

Puso cara de pánico.

—¡Qué cosas dices! ¿Cómo podría amarte si no te conociese?

—No quiero acusarte de nada, no hay duda de que yo tengo parte de culpa... He mantenido un mito contigo, ocultándote mis momentos de tristeza, mis cansancios, mis momentos de hartazgo, hasta... mis sueños. Estos últimos años he luchado cada día para conservarte, para seguir seduciéndote, para no convertirme en una rutina. He hecho el papel de bailarina. Y, al final, eso se ha vuelto contra nosotros...

—No hables así...

Tenía que confesarle lo que me ardía en el corazón desde mi caída.

—No me has apoyado como esperaba... Me he sentido muy sola, Aymeric. Estabas desconcertado, es cierto, no tenías esa imagen de mí... Has descubierto que era algo más que una profe de baile siempre en forma. Si me hubieses amado como imaginaba, habrías hecho todo lo posible por ayudarme, tendrías que haber notado que te necesitaba desesperadamente. Pero no has hecho ningún esfuerzo. Peor aún, todo se ha complicado entre nosotros...

No dejábamos de cruzar nuestras miradas; en la mía sentía cómo brotaban las lágrimas porque todo se me revelaba con un aspecto nuevo. La suya estaba atravesada por la duda, la tristeza. El camarero rompió el silencio, llegaban nuestros platos; nos los presentó con detalle, sin que yo comprendiese una maldita palabra de su pomposo discurso. Me dolía, me dolía por nosotros, por él, por nuestra historia. Como un acto reflejo y por educación, cogí el tenedor, y Aymeric hizo lo mismo. Me obligué a tragar algunos bocados, en vano. Acabé por rendirme y solté los cubiertos. Aymeric apartó su plato con un gesto brusco.

—Siento no haber estado a la altura... Pero ¿pronto dejaremos esto atrás?

—Puede que sí o puede que no... Debo decidir qué quiero hacer con mi vida.

Palideció y su mirada se llenó de inquietud.

—¿Qué dices?

—No he hecho nada, no he construido nada, no he hecho más que esperarte desde hace más de tres años.

—Perdón...

—No tengo familia, no tengo hijos, nunca los tendré.

—Pero...

—Este verano cumpliré los cuarenta, he perdido la oportunidad... Lo sabes tan bien como yo. Estoy cansada.

—Pero ¿y nosotros?

—Nosotros...

—Te quiero, Hortense. ¿Lo sabes?

Yo no estaba poniendo en duda sus sentimientos, me quería a su manera, pero me declaraba su amor como un acto reflejo. *Te quiero, te quedas...*

—Sí, pero... Abre los ojos, Aymeric. Sé honesto contigo mismo. Tienes que pensar...

—¿En qué?

Lo cogí de las manos, también él necesitaba enfrentarse a la realidad.

—¿Existe todavía un lugar para mí en tu vida?

Evitó mi mirada.

—¿Cómo puedes preguntarme eso?

Me respondía eso por costumbre, porque siempre tenía que dar batalla, porque no sabía renunciar a nada.

—Quiero que sepas una cosa.

—Dime.

—Voy a intentar tomar decisiones sin pensar en ti, para mí, para mi futuro...

—Entiendo...

—No me lo reproches como me reprochaste haberme venido al sur y haber abierto el hostal sin pedir tu opinión.

Se levantó y se fue a pagar. Minutos más tarde me tendió la mano y le di la mía. Me ayudó a levantarme y me pasó el brazo por los hombros, estrechándome contra él. Me acurruqué con más fuerza y me agarré a su cintura.

—Perdóname por el daño que te he hecho últimamente. Creo que estoy tan perdido como tú...

Ya estaba, había terminado por soltar sus preguntas, sus dudas.

—Mírame, Hortense —obedecí—. No puedo imaginar que salgas de mi vida... ¿Todavía me quieres?

—Por supuesto que te quiero... Te querré toda la vida, pero desgraciadamente no siempre es suficiente con eso.

Su mandíbula se crispó.

—Nos recuperaremos —me dijo con una voz casi inaudible.

Se lo repetía una y otra vez para convencerse y convencerme también a mí. Ni siquiera estaba segura de que se escuchase, de que comprendiese sus propias palabras. Aquella frase sonaba en bucle, como una nota en un disco rayado. Me abrazó con más fuerza y con una cara de dolor que hizo brotar mis lágrimas.

Cuando volvimos, la Bastida parecía dormida, Élias incluido. En cuanto salimos del coche, nos cogimos de nuevo de la mano.

—¿Cuándo te vas mañana?

—A primera hora.

Hizo la maleta en cuanto llegó a la habitación. Yo me encerré en el cuarto de baño. Después de desmaquillarme y cepillarme los dientes, me tomé unos segundos para mirarme en el espejo; tenía la sensación de haber envejecido, incluso de haber madurado durante la velada. Estaba exhausta y, sin embargo, no tenía ganas de dormir. Me desvestí y me puse bragas y camiseta. No haría el amor por obligación. Confiaba en que la barrera de la ropa nos ayudara. Aymeric esperaba su turno para entrar. Apagué las luces y me introduje en la cama, él no tardó en hacer lo mismo y me agarró por la cintura para atraerme hacia él. Sollocé y me giré en sus brazos, pegándome a él con todas mis fuerzas. Pasamos la noche el uno contra el otro, yo llorando la mayor parte del tiempo, él con su rostro deshecho, sus manos tensas pegadas a mi piel, como si intentase retenerme más y más, mantenerme prisionera. Nos dimos algunos besos, nada más.

Cuando sonó su despertador suspiré de alivio, aquellas horas tristes llegaban a su fin. Me levanté la primera y me volví hacia él, todavía sentado en el borde de la cama, con la cabeza entre sus manos, visiblemente agobiado.

—¿Quieres un café antes de marcharte? —susurré.

—No sé...

—Voy a hacer, yo lo necesito.

Salí al jardín después de poner en marcha la cafetera. Eran las seis de la mañana, hacía fresco, pero el cielo estaba despejado, iba a ser un día magnífico, soleado. Caminé instintivamente hasta el olivo de mis padres y apoyé la palma de la mano en el tronco. Era fuerte, cálido: vivía. Enjugué una lágrima de mi mejilla y volví a casa a rastras. Escuché el cierre de un maletero. Aymeric estaba listo para marcharse. No tomaría café.

—Conduce con cuidado.

Vino hacia mí y tomó mi cara entre sus manos, mirándome a los ojos.

—¿Cuándo es el espectáculo de fin de curso de la academia?

—El 29 de junio.

—¿Vas a ir?

—Sí, ¿por qué?

—Me las arreglaré para estar.

—Ya veremos...

Acusó el golpe, su mandíbula se crispó. Me besó mientras me abrazaba con fuerza. Después me dejó marchar y subió a su coche. Di unos pasos atrás, encendió el motor. Permaneció unos segundos con la frente apoyada en el volante antes de incorporarse y ponerse en marcha. Seguí su coche con la mirada hasta que desapareció. Aturdida, entré en la casa para servirme una taza de café y luego me senté en la terraza. Los cojines estaban húmedos por el rocío, me hice una bola, ligeramente animada por la luz del amanecer, y di un trago de líquido ardiente. Estaba perdida, era incapaz de asociar la realidad a lo que acababa de pasar con Aymeric en menos de veinticuatro horas. Una ventana se abrió y me sacó de mis pensamientos. Levanté los ojos hacia la fachada, era Élias.

¡Bingo! Una alianza más grande que un tanque. Y ella, tan triste. Hoy parecía una vela apagada. No tiene nada que ver con la que conozco desde que llegué. Ya he visto varias mujeres como ella, que se dejan engañar por un imbécil y siempre acaban mal. Es algo terrible amar siendo consciente de que se desperdicia la vida. Ayer fui

un poco brusco con ese tipo. No parece una mala persona y se ve que la aprecia. Pero debería guardarse su egoísmo y dejarla tranquila. Aunque no la conozco, merece algo mejor que esa mierda.

Y a propósito de mierda, voy a echar un vistazo a la mía. He sacado mi teléfono del coche... Debo armarme de valor para encenderlo... Hace casi dos meses que no le he dado señales de vida a mi hermano. Me pregunto si le voy a decir que estoy haciendo una parada aquí. Eso podría calmarlo un poco..., pero no debo creerme demasiado lo que me cuente.

A la una de la tarde, tras pasar por la habitación de Élias, comí sin apetito en la terraza. Me di el lujo de servirme una copa de rosado. Me concentré en el silencio, solo interrumpido por el canto de las cigarras. Un ligero viento soplaba en las ramas de los árboles y en las sábanas blancas que se secaban algo más lejos. Daba el sol, calentaba ligeramente, me cargaba de energía. No sabía a qué tendría que enfrentarme el día de mañana, pero sentía que me había quitado un peso de encima, como si hubiese hecho una cura de veinticuatro horas para purificarme, para limpiar una herida que llevaba infectada demasiado tiempo. Me había desintoxicado de una soledad enferma. Con Aymeric estaba con él y a la vez sola, era destructivo para mí. En adelante, estaría sola sin él. Sola del todo. Por mi bien. Me movía entre la niebla, sin saber adónde me dirigía. Empezaba una caída libre sin nadie a quien agarrarme. Debía comenzar mi aprendizaje: vivir sin él, sin su presencia, ni siquiera lejana, en mi vida. Lo único cierto era que se había acabado lo de esperarlo. Sus dudas me habían librado de toda esperanza, si es que todavía tenía, y la realidad era que no. Debía enfrentarme a mí misma; podía reprocharle fácilmente su forma de amarme, aunque, si él no me había amado por completo tal y como era, también era por mi culpa.

Pero tenía que ordenar mi vida, reflexionar sobre mi forma de amarlo y sobre las razones por las que lo amaba. Llegó caído del cielo en el peor momento de mi vida, cuando me había quedado a merced de mí misma sin nadie que velase por mí. ¿Acaso lo amaba únicamente para tener la impresión de existir para alguien? ¿Porque me permitía creer en una vaga idea del amor? ¿Por facilidad? Empezaba a comprender que llevaba tres años luchando por unas quimeras en las que yo misma no creía, solo para protegerme de la realidad, de la vida real.

Por la tarde me entraron ganas de ver a Cathie. Aparqué delante de su tienda, salí del coche y me acerqué tranquilamente. Mi amiga me vio, frunció el ceño y me lanzó una sonrisa de sospecha. Deambulé por su pequeño local mientras la escuchaba; respondía con paciencia y amabilidad a unos clientes, les explicaba cuántas colmenas tenía, las trashumancias nocturnas, la recolección, les daba a probar sus diferentes variedades, siempre con la dulzura que la caracterizaba. Sacaron su chequera. Compartir generosamente su pasión daba sus frutos y me sentía feliz por ella. Cuando nos quedamos solas, desapareció en la pequeña trastienda y volvió con dos cajas de plástico que colocó en la acera a modo de taburetes. Dio una palmada a una de ellas para que me sentase. Obedecí. Mientras esperaba que se uniera a mí, observé los coches que llegaban de la cañada e iban a atravesar Bonnieux. Aquella mezcla bastante divertida me arrancó una sonrisa; pasaba desde el coche de lujo de un turista algo decepcionado tras la carretera llena de curvas y agobiado ante la idea de atravesar un pueblo de calles estrechas hasta el viejo cacharro conducido por un abuelete que no vería más allá de treinta centímetros, pero que conocía de memoria su territorio. ¿Y quién tocaba el claxon en esta situación? ¡El turista, por supuesto! Y el viejecito balanceaba la cabeza, con aspecto de decir «anda que no te queda para salir de este barullo, pollo». Cathie se sentó en la caja de al lado y me ofreció una taza humeante.

—Bebe, te sentará bien.

Le hice caso sin protestar. Me supo como si tragara miel fundida.

—¿Y esto qué es?

—Es un té a la miel.

—¡Miel al té, más bien!

Me reí de buena gana. Para Cathie, la miel era buena para todo, habría sido capaz de hacer con ella una cataplasma para mi tobillo. A pesar de todo, bebí a sorbos, concentrada en un punto imaginario. Sentí un pequeño codo afilado hundirse en mis costillas.

—¿Me lo cuentas? ¿Ha pasado algo?

—Aymeric me ha hecho una visita sorpresa...

Su rostro se descompuso. Intentó recomponerse, sin éxito. Se sentía igual de confusa.

—Ah..., y ¿qué tal? ¿Te alegras de haberlo visto? ¿Te ha dicho algo importante?

Me armé de valor.

—Me parece que estamos separándonos...

Mi corazón se detuvo un instante, aquello había salido sin pensar. Con más facilidad de la que habría imaginado. Pronunciar la palabra *separación,* darle una existencia, una consistencia, una realidad. Decirla en voz alta ponía de manifiesto una decisión que había tomado la víspera sin pensarlo, sin intentar comprenderlo o analizarlo. Cathie suspiró. ¿De alivio?, me pregunté.

—Desde que llegaste sentí que estabas lista para poner en marcha la maquinaria. Solo necesitabas dar el gran paso.

Hundí la cara en su hombro, secando una lágrima que caía por mi mejilla.

11

Hoy un compañero ha tenido un accidente, se ha hecho un buen corte en la mano. Le dolía horrores. Mathieu estaba con el otro equipo. El que tiene el título de primeros auxilios es una fuerza de la naturaleza para levantar troncos, pero cuando se ofreció para hacerse cargo del botiquín no debió de pensar que podría haber sangre. Me ha recordado al día en el que llegué a una de las granjas que tenía que visitar para una consulta ginecológica a término y el futuro padre se desmayó cuando le anuncié que había que ponerse manos a la obra. En fin, he visto a nuestro aprendiz de socorrista pelearse con las compresas y el Betadine, caía más al suelo en medio del hollín y el polvo que sobre la mano del herido. Llevo meses sin realizar el más mínimo cuidado médico, bueno, seguro que no es gran cosa, pero he tenido que hacer un esfuerzo para acercarme. No quería que aquello se infectase y se agravase. Mis compañeros leñadores no podían creérselo cuando propuse ayudar. Mis manos temblaban al principio, pero al final conseguí calmarme. Lo desinfecté, le puse un apósito y le hice tragar una dosis de analgésicos de caballo. Sin embargo, me fue imposible convencerlo de que tenía que ir a que le cosiesen la herida. Recuperó el color y aquello me puso incluso contento. Me preguntaron dónde había aprendido a hacer eso y cambié de tema, pero el socorrista titulado me cargó con el muerto.

Cuando terminó la jornada insistieron en invitarme a una copa, he subido escalones en su estima. En todos los *sitios es igual, se empieza con desconfianza, luego las puertas se abren un poco y basta con un incidente, un accidente, una pequeña intervención o una consulta médica inesperada para convertirse en alguien, alguien de bien, alguien importante. En el mejor de los casos, se vuelve uno un héroe. Yo ya me había convertido en uno en aquel rincón que había elegido para instalarme. Y, sin embargo, no era lo que buscaba cuando decidí especializarme en medicina rural; quería prestar servicio, estar al servicio de los demás en un marco de vida dura, auténtica.*

Pero esa plaza de héroe, cuando te la dan, cuando te colocan en ella aunque no quieras, se acaba aceptando, abrazando ese estatus con la convicción de haber encontrado una vocación. Me gustaba conocer a todo el mundo, entrar discretamente en sus vidas, compartir sus alegrías, sus penas, convertirme en un referente para los jóvenes que no sabían dónde estaba su lugar en ese mundo rural que odian y al mismo tiempo adoran, ocupar el lugar de los hijos que se han marchado a la ciudad para los mayores, encontrarme jugando a veterinarios en plena noche, ser el confidente de la mujer de agricultor agotada y que luego me envíe con la misión de intentar hacer hablar al marido parco en palabras aplastado por las deudas y las dificultades.

Habían pasado dos semanas desde que mi vida diera un giro, desde que había pasado algunas páginas, con mayor o menor facilidad. Las del diario de Élias las pasaba con avidez, cada mañana, penetrando en su habitación, curiosa por saber si había escrito algo más la víspera. Desde que había curado aquella herida, que sin duda había activado sus recuerdos, se dedicaba a contar su vida de médico rural. Pasaba el tiempo haciendo malabarismos entre su consulta y las salidas a domicilio. Ahora entendía mejor el estado de su coche. Esos párrafos revelaban su abnegación: su vida entera, todo su tiempo, estaba consagrado a sus pacientes. Era de una humildad asombrosa, sabía que era un héroe para todas esas personas, pero para él eran ellos los héroes de su vida cotidiana, Élias solo estaba allí para curar las *pupas* del cuerpo y del alma como podía, lo mejor que podía. Leía el cuaderno de su vida como si devorara una buena novela, olvidando incluso que el narrador vivía en mi casa. Lo veía tan poco. Su diario era una pausa, un ritual al que me había acostumbrado y al que ya no podía renunciar.

Durante esas dos semanas, Aymeric me llamó varias veces, de improviso. Cuando veía su nombre aparecer en la pantalla, sentía un nudo en la garganta. Qué irónica nuestra situación. Seguía convencida de que nos estábamos separando sin que, sin embargo, nos hubiésemos dado un verdadero adiós. Paradójicamente, nos resultaba más fácil hablar, con una libertad que nos había faltado en los últimos tiempos. Me preguntaba sobre mi tobillo, sobre la marcha de la Bastida. Me llamaba por la tarde, desde su coche, al salir del trabajo. Yo no me sentía en lo más profundo de un hoyo, como cabía imaginar, como lo había estado durante nuestra anterior ruptura, en la que el mundo se había derrumbado a mi alrededor. Ahora, no. De hecho, él tampoco. Sabía en lo más hondo de mí que también había comprendido lo que estaba pasando entre nosotros. Y no reaccionaba ni con exceso ni con cólera, como había hecho dos años antes. No, encajaba el golpe. Lo encajábamos los dos. Puede que durante esos tres años nos hubiéramos ayudado a madurar, a crecer. Nuestra relación nos ofrecía la ilusión de permanecer anclados en una juventud sobrepasada y despreocupada. Habíamos huido, tanto él como yo, de nuestras responsabilidades.

Igual que nos habíamos enganchado de manera pasional, fulgurante, sin reflexión, de la misma forma ahora nos tomábamos tiempo, nos acostumbrábamos paso a paso a estar el uno sin el otro. Una aclimatación lenta para evitar el dolor. Por primera vez estábamos actuando según las reglas... con sinceridad.

En cuanto a mi futuro profesional, seguía concediéndome tiempo antes de enfrentarme a él. De todas formas, mientras no estuviera apta para volver, no servía de nada pensar en lo que estaba por venir. Las ganas de bailar me devoraban, una abstinencia imposible de atenuar de ninguna manera. Aprendía a ser paciente. Mi fisio estaba en contacto con el sabio loco desde que había hablado con Auguste por teléfono y le había pasado su informe; en cuanto a mi mentor, no había vuelto a la carga para obligarme a volver a París. Intercambié algunos mensajes con Bertille, que me informó de la buena marcha de la academia, de su futuro y de mis alumnas. Fiona se las arreglaba maravillosamente bien. Aquellas noticias las recibía con desapego, me sentía contenta por ellos, era cierto, pero me resultaba lejano, completamente desfasado. En cierto modo, como si escuchase noticias del proyecto de otro, sin que me importaran en realidad.

El sábado por la mañana, cuando mis huéspedes se habían marchado ya de paseo para todo el día —incluido Élias, algunas cosas no cambiaban—, salí a hacer la compra. Como el súper de Bonnieux no tenía gran cosa, fui hasta Coustellet. Aquella intrusión en la *pequeña* sociedad de consumo me dejó agotada. ¡Y pensar que solo se trataba de un supermercado de pueblo! Pero había demasiada gente para mi gusto; demasiados coches de turistas, demasiado ruido. Llegué a preguntarme si no estaría volviéndome una ermitaña. ¿Me habría contagiado Mathieu? Al volver a montarme en mi Panda sin aire acondicionado, creí que me asfixiaba. A las doce y media ya había más de 27 grados. Para ser primeros de junio, ya valía. Conduje hasta la Bastida con las ventanillas completamente bajadas para intentar —en vano— refrescar la atmósfera sofocante del habitáculo. Llegué sudando a mares. Sin embargo, me quedé helada, sorprendida al ver el coche de Élias. Era la primera vez que se quedaba en la Bastida durante el día. Adiós a mi rato de lectura. Salí del horno y abrí el maletero para recuperar mis provisiones. Según avanzaba hacia la casa di un rodeo, atraída por un jaleo de muebles que se movían en el estudio de baile. Me quedé atónita en la entrada. Allí estaba Élias, con el torso desnudo. Silbando mientras terminaba de cubrir el suelo para protegerlo. Vi todo el mobiliario en una esquina, así como la escalera de papá, que había debido de encontrar en el garaje. Empezaba la obra. Los últimos acontecimientos me habían hecho olvidar nuestro trato. Sentí una pequeña alegría.

—Oh... —se sobresaltó y se levantó de un brinco—. Perdón, le he asustado, pero yo...

—No, no hay problema.

—No sabía que había empezado.

—¿Le molesta?

—En absoluto, pero ¿ha comprado el material? —le pregunté señalando los botes de pintura.

—Sí, he estado en Apt esta mañana.

—Tendría que habérmelo dicho, lo habría hecho yo y, sobre todo, lo habría pagado.

—No iba a molestarla por tan poco, y menos teniendo gente en el desayuno.

—Gracias, pero...

—Ya concretaremos más tarde los detalles, Hortense.

No tenía nada más que decir.

—Veo que está todo controlado... Ánimo.

—Me las arreglaré.

Di media vuelta y entré en la casa, donde pude por fin dejar las bolsas. Me hacía feliz que hubiese empezado, no iba a fingir lo contrario. También estaba contenta de que se sintiese a gusto cuando, hasta entonces, se había comportado de manera huidiza. Pero notar por primera vez que estaba vivo, presente y bien instalado en mi casa me desestabilizaba. No estaba segura de que fuera un hombre de palabra, pero se había comprometido conmigo y no se marcharía hasta que hubiese terminado.

A las ocho de la tarde, Élias no había aparecido todavía. Llevaba horas encerrado en el estudio de baile. Cada vez me sentía más culpable. ¡No iría a pasarse allí toda la jornada! Fui a ver qué andaba tramando. Al acercarme, reconocí el ruido de una lijadora. Aquello parecía un horno, una espesa capa de fino polvo blanco flotaba en el aire, que era casi irrespirable. Si continuaba allí más tiempo, iba a palmarla. Estaba de espaldas a mí. Esperé a que se diera la vuelta y me viera: subido a lo alto de la escalera, se ocupaba de la parte más elevada de una pared y tenía miedo de darle un susto. Me conmovió que hubiese tenido el detalle de proteger el espejo y la barra. Mi nariz y mi garganta empezaron a picarme y, por mucho que intenté evitarlo, estornudé ruidosamente. Con los ojos llenos de lágrimas, le vi echar un vistazo por encima de su hombro. Llevaba una máscara de papel en la cara, que se retiró para descender de su atalaya.

—¿Viene a ver cómo avanzo? —me preguntó arqueando una ceja.

Me sentí mal.

—No..., eh... Claro que no, yo...

Qué idiota... Sentí que me ponía blanca. Entonces pasó algo increíble. Tras unos segundos de silencio, empezó a sonreír francamente. Su rostro se abrió, revelando un hombre distinto, cordial, alegre. Su mirada también había cambiado, era brillante, luminosa, se percibía cierta dulzura teñida de una ligera ironía. Su inesperada metamorfosis me obligó a sonreír a mí también.

—¿Me toma el pelo? —de la sonrisa pasó a la risa. Una risa auténtica, sincera, comunicativa—. Discúlpeme, Hortense. Pero me ha dado la impresión de que estaba anunciándole el fin del mundo.

Comencé a reír también. Dio algunos pasos hacia mí y preguntó:

—¿Puedo hacer algo por usted?

—¡Sí!

—Dígame —me respondió, visiblemente intrigado.

—Deje de trabajar, por favor. Ya es tarde, no ha tomado el aire en todo el día y, si continúa, tendré la impresión de estar explotándole. ¡Aproveche un poco el fin de semana! ¡Si, al menos, hubiese hecho una pausa para darse un baño!

—Visto el estado en que me encuentro, me habría sentido mal por ensuciar la piscina.

Efectivamente, estaba cubierto de mugre.

—Hay una ducha fuera.

—¡Tiene respuesta para todo! —le dediqué una pequeña sonrisa, orgullosa de mí misma. Se alejó para ponerse una camiseta—. Quizás más tarde, tengo que darme prisa si no quiero perder el camión de la *pizza*.

—Si le apetece una *pizza,* he hecho la compra hoy y tengo en el frigo.

Mi propuesta lo cogió desprevenido. Ya podía asombrarse; yo misma acababa de sorprenderme invitándolo a cenar.

—¿Quiere usted comprobar si sé nadar?

Divertida, levanté los ojos al cielo y di media vuelta.

—Haga lo que quiera, yo voy a encender el horno.

Cinco minutos más tarde, cuando ya estaba en la cocina, llegó a mis oídos el ruido de un chapuzón. Sonreí y saqué un segundo cubierto. Me quedé dentro hasta que terminé de prepararla, para dejarlo tranquilo. Aproveché para poner las mesas del desayuno del día siguiente. Todas las habitaciones estaban ocupadas, así que tendría que servir a ocho personas. Acababa de sacar la *pizza* del horno cuando golpearon la puerta con los nudillos.

—¿Puedo echar una mano?

—¿Qué tal? —pregunté, echándole un vistazo.

Élias se había vestido, pero aún tenía el pelo húmedo. Nunca lo había visto tan relajado, algo que él me confirmó.

—Qué bien sienta, gracias por haber insistido. ¿Llevo yo la bandeja?

Sin esperar respuesta, se hizo con ella y me dejó pasar delante. Con la tabla de cortar en la mano, lo guie hasta el jardín. No tenía intención de cenar en la mesa del salón, habría sido un poco estirado, demasiado convencional. Íbamos a compartir una *pizza* sin ceremonias y me parecía que la mesa baja se prestaba mejor a ello.

—Gracias por esta velada.

—Deje de darme las gracias, lleva todo el día currando.

—¡De acuerdo!

Comimos en silencio. Me llené pronto, pero él estaba muerto de hambre y terminó su plato. Atrapó la botella de vino.

—¿Un poco más? —me preguntó.

Tuve la impresión de que se liberaba de un peso, de un exceso de control, de contención.

—Por supuesto, muchas gracias.

Dicho y hecho, nos sirvió dos buenas copas y, con la suya en la mano, se arrellanó en el sofá. Observó con atención el macizo del Luberon y lanzó un largo suspiro, como si estuviese lejos.

—Es la primera vez que me paro tanto tiempo en un sitio —suspiró, para mi gran asombro.

Se incorporó rápidamente, como extrañado por su confesión. Había bajado la guardia un instante y, al parecer, se arrepentía. A pesar de ello, tenté a la suerte.

—¿Cuánto tiempo lleva en la carretera?

Sacó de un bolsillo un paquete de cigarrillos y me preguntó si me molestaba con la mirada. Le insinué que no. Encendió uno; su mano temblaba, yo había ido demasiado lejos. Qué lástima.

—¿Y usted? ¿Hace mucho que alquila las habitaciones?

A pesar de mi decepción, sonreí; era una buena salida, así que le tracé a grandes rasgos la historia de la casa y de mis padres.

—Tiene usted valor al ocuparse de esto sola.

Me encogí de hombros.

—No tiene nada que ver con el valor, me gusta esta casa. Tengo mucha suerte de tenerla. Pocas personas pueden decir lo mismo. Y Cathie y Mathieu me ayudan mucho.

—Sí, pero, si he entendido bien, ¿no vive aquí todo el año?

—No —se estremeció—. Vivo en París. ¿Le parece extraño?

—No lo sé... Me cuesta imaginarla en otra parte. ¿Pasará aquí todo el verano, entonces?

—Sí..., como usted, ¡si Mathieu sigue necesitándole!

Se frotó los ojos, aparentemente vencido por el cansancio, se levantó y empezó a recoger.

—Déjelo, ya lo hago yo —intenté detenerlo.

—No, de todas formas me voy a acostar. Es lo menos que puedo hacer, usted ha puesto la cena. Aproveche el final de la velada —en menos tiempo del que se tarda en decirlo, se hizo cargo de la bandeja, dejándome la copa—. Buenas noches —me dijo antes de dirigirse a la casa.

Desapareció de golpe, sin más excusa que aquellas ganas súbitas de acostarse. Yo esperaba que, por una vez, conciliase el sueño. Minutos más tarde, vi encenderse la luz de su cuarto y abrió la ventana. Me quedé esperando más de veinte minutos... ¿Esperando qué, de hecho? ¿Estaba escribiendo? Se apagó la luz y se hizo el silencio.

Por mucho que siguiera encerrado en sí mismo, tenía la sensación de haber ganado una batalla esa noche. Conseguir de él una sonrisa y una risa en el intervalo de pocos segundos había sido casi milagroso. Era agradable. Me acosté poco tiempo después. Estaba a gusto y no tardé en quedarme dormida. Por desgracia, una vez más, me despertó en medio de la noche el crujido de la escalera bajo los pasos de Élias. Lo oí salir al jardín, no había podido descansar. Sentí lástima por él.

Los días siguientes nos instalamos en una especie de rutina. Cada mañana, Élias y yo compartíamos el desayuno en la terraza; él, solo un café. Cada mañana me mordía la lengua para no preguntarle por las razones de su insomnio, porque todas las noches lo oía salir en cuanto daban las dos. Llegaba a entreabrir los ojos en el momento en que volvía a su habitación, antes de las primeras luces del alba, pero la mayoría de las veces a esas horas estaba durmiendo como un lirón. Por la mañana charlábamos de cualquier cosa, del tiempo y de la lluvia, él hablaba del trabajo de desbroce de Mathieu y yo le contaba anécdotas de ciertos clientes, arrancándole una sonrisa y alguna carcajada. Nunca me daba pista alguna sobre él, sobre su vida, sus orígenes. El ritual se terminaba invariablemente cuando se levantaba, se marchaba a la cocina a enjuagar su taza, volvía a la terraza, me deseaba una feliz jornada y desaparecía. Les cogí gusto a esos despertares, a empezar el día en su compañía.

Aquella extraña vida en común me resultaba agradable, hasta el punto de que empezaba a temer el momento en el que me anunciara su marcha. Ese día acabaría por llegar, sin duda.

Por la noche, cuando volvía tras cenar en algún sitio, venía a preguntarme si había pasado un buen día, se encerraba en el estudio de baile y permanecía allí hasta el momento en que yo apagaba las luces para ir a acostarme. Cerraba los ojos, serena, tranquilizada por su presencia. Quizás porque tenía una forma muy particular de ser atento.

Una vez que se habían marchado los huéspedes, subía a la habitación de Élias y me sentaba frente a su mesa a proseguir mi lectura. Se iba soltando cada día un poco más. Apreciaba mi presencia, pero permanecía en guardia, atormentado por lo que había vivido y de lo que seguía sin hablar.

Esta noche he cenado con Hortense. Y he bajado la guardia, me sentía bien, me han entrado ganas de relajarme, de contarle cosas. Pero es inútil y soy completamente incapaz, prefiero desahogarme en este cuaderno. No voy a mentir, es agradable pasar tiempo con ella; es guapa y dulce, y tiene una mirada rota que me estremece. La muerte de sus padres la ha marcado a fuego sin duda. Siempre parece estar huyendo de algo. ¡Mira quién lo dice! Pienso que habría sido más fácil soportar estos últimos meses si hubiese existido una mujer como ella en mi vida, quizás habría conseguido aguantar. Pero ninguna de las mujeres que conocí durante mis años en activo soportó la vida que llevaba. Puedo entenderlo. ¿Quién querría a su lado a un hombre que va y viene, que consagra todo su tiempo a los demás y cuyas tardes empiezan a veces después de las nueve de la noche? Y, además, ¿quién soportaría hacer ese papel, el de la mujer del médico? Recuerdo todavía los consejos de aquel que me hizo tener vocación y ganas de llevar esta vida. Me dijo: el día que tengas una mujer, mantenla alejada de tus pacientes; querrán conocerla, pero la controlarán. Protégela de los chismorreos... A menor escala, tuve mi aviso particular. La única vez que me acerqué a una soltera en el pueblo, todas las miradas se volvieron hacia nosotros, hacia mí. Las abuelitas pedían cita con el único fin de enterarse de si las cosas avanzaban con ella. Era insoportable sentirse espiado, incluso si partía siempre de una buena inten-

ción. Aparte, jugaban a celestinas, las consultas a domicilio se transformaban en emboscadas, el azar quería que la sobrinita estuviese ocupándose de la tía abuela enferma. Me convertí en campeón del mundo en rechazar insinuaciones. Y las mujeres que pude conocer cuando viajaba o me iba de fin de semana, en cuanto se enteraban de dónde vivía, qué raro, perdían el interés. Terminé por acostumbrarme, incluso si soñaba con otra cosa...

Estaba enojada. Por la tarde recibí una llamada del fisio, que se veía obligado a anular mi sesión del día siguiente; debía esperar una semana. Desde ese momento me dividí entre la rabia de no tener autorización para bailar y el miedo a obtenerla. De pronto no podía estar quieta, iba del salón al jardín y del jardín al salón. Pasadas las nueve de la noche, sin saber qué más hacer, decidí limpiar la piscina. Fui trotando hasta el garaje a coger los salabres y volví junto al borde refunfuñando. Estaba maldiciendo las acículas de los pinos que flotaban en el agua cuando, para mi gran sorpresa, apareció Élias.

—Buenas noches, Hortense.

—Buenas noches —le respondí, con los ojos fijos en el fondo.

—¿La molesto?

Levanté el rostro y le ofrecí una pobre sonrisa que seguramente se parecería más a una mueca.

—No, en absoluto.

Frunció el ceño y se acercó.

—¿Puedo hacer algo por usted? No parece que le vaya muy bien.

—¿Tanto se nota? —parecía inquieto—. No se preocupe —barrí el aire con la mano, para que no le diera más vueltas—. ¿Ha pasado un buen día?

Asintió, sonriendo amablemente. Su mirada era dulce y atenta.

—Nada le obliga a explicarme qué la tiene triste o preocupada. Pero estoy seguro de que rascar el fondo de la piscina no es la solución.

—Tiene razón... —tiré la herramienta y me volví hacia él—: ¿Se tomaría una copa conmigo?

Mi espontaneidad me sorprendió, pero esperaba que aceptase; sin saber muy bien por qué, de hecho. En fin, sí... Tenía ganas de estar con él.

—Si quiere...

—No quiero forzarle.

—Será un placer —me aseguró con una sonrisa—. Vaya a sentarse, enseguida estoy con usted. ¿Me permite que me ocupe del vino?

Asentí con la cabeza. Mientras se dirigía a la cocina, me senté en el sofá del jardín. Minutos más tarde apareció, me ofreció una copa y se sentó a mi lado. Bebí un trago de vino y suspiré, vencida por el hartazgo.

—¿Mejor?

—No..., pero pronto estaré bien.

Bebió un poco de la suya. Después se me quedó mirando.

—¿Qué le pasa?

Me quité las sandalias y me volví hacia él levantando mis rodillas contra mi regazo. Su mirada recorrió mis piernas.

—Estoy dispuesta a responder a su pregunta con la condición de que responda a una de las mías...

Con la sonrisa en los labios, no se alteró:

—La creía menos dura para los negocios... ¿Qué quiere saber?

—¿Cuánto tiempo lleva vagando por las carreteras?

—Pues bien... En noviembre hará un año.

—¿Y por qué esa vida?

—Habíamos dicho *una* pregunta, Hortense, no dos —protestó gentilmente.

Sonreí a pesar de mi frustración.

—Es difícil llegar a conocerle...

—Sin embargo, confía usted en mí o, al menos, lo bastante como para dejarme vivir en su casa.

—Es cierto.

—¡Me gustaría preguntarle por qué, pero no quiero gastar mi pregunta!

Me reí, él también.

—Venga, para que no diga que no soy generosa, le voy a hacer un dos por uno.

Se acomodó más en el sofá y me miró fijamente.

—Soy todo oídos.

—¿Me permite que haga un paralelismo con su antigua profesión?

Puso una cara más seria, se incorporó ligeramente, concentrado en lo que venía a continuación, y, con un gesto de cabeza, me pidió que continuara.

—Hay médicos con los que se está a gusto y otros que no. Con usted pasa lo mismo, siento que sería un médico en el que confiaría para curarme. Consulté a uno hace casi dos meses, a un viejo ortopedista que parecía un sabio loco y, sin embargo, le dejé hacer, confié en él, lo escuché aunque estuviese mandando a paseo toda mi vida. Y así fue, me trastocó la vida entera, aunque bueno, el responsable fue más bien el esguince que me hice. Me di cuenta de que la relación que mantenía desde hacía tres años con un hombre casado no iba a ninguna parte y solo conseguía dejar mi vida a un lado, y a la vez parecer una idiota para el resto del mundo. Ya no me siento identificada con la academia de baile que dirijo con mis socios, incluso los he dejado plantados para el final de curso de lo inútil que me siento. Me muero de ganas por bailar, pero estoy aterrada. ¿Por qué?, me dirá. El jueves que viene voy a ver al fisio y existen muchas probabilidades de que por fin me dé luz verde. Y tengo miedo, porque el día que empiece a bailar de nuevo tendré que enfrentarme a mí misma.

Aquella perorata me dejó sin aliento. Bebí un poco y eché un vistazo a Élias, que no dejaba de mirarme.

—Ha sido usted realmente generosa en su respuesta.

De pronto me invadió la incomodidad, acababa de contar toda mi vida, sin pudor, sin contenerme. Cualquiera diría que no tenía filtro delante de él. Pero, para ser honesta, hablar con él me hacía mucho bien y restaba culpabilidad a mi intrusión diaria en su habitación. A pesar de mi vergüenza, me sentía feliz de que supiese algo más.

—Es cierto, no sé en qué estaba pensando...

—Ni se le ocurra disculparse, pero... no podría rivalizar con usted.

—No le pido tanto. ¿De verdad no quiere contar nada?

Su mirada se oscureció ligeramente.

—Créame, no hay nada interesante. Quedaría decepcionada.

—Estoy segura de lo contrario... No pierdo la esperanza de que un día me cuente algo más sobre usted —me concedí unos segundos para observarlo, no abrió la boca—. De hecho, me he equivocado, usted no sería mi médico, sería más bien mi psiquiatra, siempre consigue que diga lo que no quiero —concluí con una gran sonrisa.

Se rio un poco y bebió otro trago.

—Hortense, ¿puedo hacerle una última pregunta?

—Adelante, ¡ya que estamos!

—¿Quiere usted que retrase las obras para que tenga una buena excusa para no bailar?

Me dio un ataque de risa como no lo había tenido desde hacía mucho tiempo.

—No crea que pienso que es mala idea, pero, ¿sabe?, mi padre espiritual sería capaz de obligarme a bailar en el jardín si se enterase de que me han dado permiso.

—Si fuese su médico, se lo prohibiría, no le dejaría correr el riesgo de torcerse de nuevo el tobillo con una raíz.

—¡Entonces, le haré caso! No lo retrase porque, en el fondo, bailar es todo lo que quiero, pero tampoco vaya más deprisa, que ya está haciendo bastante, ¿de acuerdo?

—Como quiera.

La intensidad de su mirada me turbó, tuve que luchar contra mí misma para sustraerme. Me levanté y él hizo lo mismo.

—Voy a ir a acostarme.

—Duerma bien y estoy seguro de que todo irá mejor.

—Ya le diré. Buenas noches, Élias.

A medio camino de la casa, no pude evitar echar un vistazo a mi espalda: Élias se frotaba nerviosamente la nuca, pero debió de sentir que mis ojos se posaban sobre él y volvió la cabeza; nuestras miradas se cruzaron y me sonrió. Lo saludé tímidamente con la mano y desaparecí en el interior. Para mi gran asombro, me metí bajo el edredón sosegada y cerré los ojos, dispuesta a dormir con una sonrisa en los labios.

Al despertar, mi primer pensamiento fue para Élias, cosa que me perturbó. Sin embargo, continué pensando en él bajo la ducha. Me alegraba la idea de verlo para desayunar. Aquella tontería adoptó otra dimensión. ¿Qué había ganado en su compañía? Mucho más que con Aymeric, a fin de cuentas. Recordé esos últimos días, esas últimas semanas y fui consciente de la intimidad y cercanía que compartíamos. Todas las cosas, esos pequeños momentos que había soñado junto a Aymeric, sabiendo que nunca los tendría, los estaba viviendo con Élias. ¿Qué había más íntimo que ese momento tras el despertar, que compartir esos amaneceres?

Por lo que me decepcionó no encontrarlo en la cocina esa mañana comprendí que esos instantes me gustaban más de lo razonable. Recibí el pedido de la panadería sin que Élias apareciese. Me contuve para no preguntarle al repartidor si había un todoterreno azul oscuro en el patio. Encendí la cafetera, cada vez más nerviosa, sobresaltándome con el menor ruido y decepcionada cada vez que no se trataba de sus pasos en la escalera. Con mi café ya servido, pensé que me asfixiaba esperando entre las cuatro paredes de la cocina. Salí, necesitaba aire y luz.

Me disponía a ir a comprobar si su coche seguía allí cuando distinguí una silueta sobre el sofá, al fondo del jardín. Me acerqué de puntillas y descubrí a Élias dormido, hecho un ovillo. ¿Cuánto tiempo llevaba allí? ¡No habría pasado la noche al raso! Me senté cerca de él, inquieta y curiosa. Se agitó un poco, su cuerpo se relajó ligeramente, intentó darse la vuelta, pero no tenía sitio suficiente. Sus ojos empezaron a parpadear, debería haberme marchado, haberlo dejado solo, pero fui incapaz. Tuve ganas de tocarlo, de acariciarle la cara para que despertara suavemente. Abrió los ojos, somnoliento. Parecía completamente perdido. Desorientado, necesitó algunos instantes para darse cuenta de dónde estaba. Inspiró profundamente, una respiración larga, trabajosa, que venía de lejos. Al incorporarse, puso cuidado en no golpearme con las piernas.

—Tenga —le dije, ofreciéndole mi taza—. Está caliente.

La cogió.

—Gracias y perdone, no debería haberme quedado dormido aquí.

—No se disculpe. ¿Ha conseguido dormir un poco, al menos?

Bebió un trago.

—Cerré los ojos al amanecer.

Se quedó mirando fijamente el café, con el rostro crispado.

—¿Qué le impide dormir?

Se levantó, dio unos pasos, se estiró, oí cómo sus huesos crujían. Me miró de soslayo.

—Fantasmas que me impiden vivir...

—¿Y quiénes son esos fantasmas?

—Ahora no, por favor...

—De acuerdo, pero dígame solamente si puedo ayudarle a espantarlos.

Me sonrió con tristeza, con la misma expresión de gratitud dolorosa que había adoptado a su llegada, cuando le había prestado mi coche o no le había cobrado los desayunos. Sin volverse, suspiró:

—Ya ha empezado a hacerlo.

Me quedé de piedra, incapaz de responder.

Menos de media hora más tarde, se marchó a trabajar. Me dedicó una sonrisa apenada sin decir palabra y se volatilizó. Mientras servía a mis otros huéspedes, mi único pensamiento era precipitarme sobre su cuaderno. La sombra en los ojos de Élias me hacía temer lo peor.

Al entrar por fin en su habitación, me quedé paralizada: su cuaderno no estaba sobre la mesa. Lo busqué por todos lados, aterrada, frustrada. Lo encontré sobre su cama. Me senté al lado, hecha un mar de dudas. ¿Qué iba a descubrir? ¿Quiénes eran esos fantasmas que había mencionado dos horas antes? ¡Debía saberlo! Me apoyé en el cabecero de la cama, extendí las piernas, respiré profundo y retomé la lectura donde la había dejado. Había debido de pasar una buena parte de la noche escribiendo.

Estoy seguro de que su visita al fisio irá bien. Si fuese su médico, le diría que bailase, corriese, saltase, está claro que se ha curado. No es consciente de la ligereza y la luz que transmite en cada uno de sus movimientos incluso sin bailar. Se vuelve hipnótica. Estoy seguro de que, cuando se decida, su sonrisa será más amplia. Hortense es una mujer que uno tiene ganas de ver feliz. Recuerdo lo que me dijo, acerté de pleno. No he perdido toda mi perspicacia. Efectivamente, está con un hombre casado y es consciente de que está malgastando su vida. Eso me pone de los nervios. Me pregunto qué hará después, cuando tenga que volver a ponerse en marcha, recuperar su verdadero trabajo... Debo tener cuidado. Y acabar con los desayunos a solas.

¿Significaba algo para él? ¿Me estaba cogiendo apego? Mi respiración se aceleró, sentí un nudo en el vientre...

Hacía tiempo que no me sentía tan feliz con alguien. Me siento mejor con ella, me calma. No debería jugar a ese juego. Me arriesgo a pagarlo caro, una vez más. Ella espera respuestas a sus preguntas, quiere conocerme, pero no tengo ganas de decepcionarla. Me toma por un hombre en el que se puede confiar. Creía serlo, quizás siga siéndolo todavía, pero los mensajes con insultos que a veces siguen inundando mi buzón de voz me recuerdan lo contrario.

¿Por qué lo insultaban? ¿Qué podían echarle en cara que fuese tan grave? Una negligencia profesional... Pero, desgraciadamente, hasta los médicos podían equivocarse. Su caligrafía cambió bruscamente y se volvió más nerviosa. Algunos pasajes estaban tachados.

¡Joder! ¡Me he quedado dormido! ¡Y esas putas pesadillas han vuelto! ¿Por qué me sentí cansado y perezoso aquella noche? ¿Por qué no escuché aquella vocecita que me decía que fuera, a pesar de la hora? Me comporté de forma tan ligera, tan inconstante. Aún me recuerdo respondiendo a la llamada en el coche. Me costaba mantener los ojos abiertos, me había pasado el día yendo de un sitio a otro desde por la mañana. Y me llamaban por una fiebre. Conocía al chiquillo desde que había nacido, tenía una buena constitución, no era un niño frágil. Eran más de las diez de la noche, habría tenido que recorrer cuarenta kilómetros en medio de la nada, lloviendo a mares. Tenía muchas probabilidades de acabar en la cuneta y despertarme en el hospital, donde ya no podría ocuparme de nadie. Le hice un montón de preguntas a la madre —los conocía bien, hasta había pasado veladas

en su casa, riendo y charlando. Nos considerábamos amigos—— y lo diagnostiqué a distancia: le estaba saliendo un diente. Pareció que se quedaba tranquila y, más aún, cuando le prometí pasarme a las siete del día siguiente. Al entrar en casa ni siquiera tuve fuerzas para meterme en la cama, me tumbé en el sofá cuidando solo de poner el despertador. A las siete en punto me detuve frente a su casa. Apenas tuve tiempo de salir del coche. Todavía oigo los gritos de dolor de la madre, los llevo grabados a fuego, encerrados en mi alma. Todavía siento los golpes que recibí en la cara; el padre no se contuvo, golpeó, golpeó y volvió a golpear. No se lo reprocho, tenía razón... Me considera, y me considerará siempre, responsable de la muerte de su hijo. Ella me abofeteó, me arañó, me gritó hasta destrozarme los tímpanos. Una vez falté a mi juramento, la vez que no debía.

¡Qué horror! Tenía los ojos llenos de lágrimas. No sabía por quién me sentía tan mal. ¿Por esos padres que habían perdido a su hijo? Habían vivido lo peor, imagino que necesitaban encontrar un responsable a cualquier precio. Imposible ponerme en su lugar. Pero sufría por Élias. En lo más profundo de mí estaba convencida de que debía de ser un buen médico, siempre presente, siempre disponible, con una sensatez a toda prueba.

Aquella acusación debió de resultarle insoportable. Y lo era.

Su forma de ser y sus palabras me lo demostraban. Era incapaz de perdonarse esa falta. ¿Podría todavía ejercer? Cuando me dijo que era médico, añadió un *antes*. ¿Lo habrían inhabilitado? ¿O se había retirado él mismo? ¿Qué había pasado en las semanas posteriores a la muerte de aquel niño? Me habría gustado tanto que me hablase de ello para consolarse, la soledad lo roía por dentro y tenía que liberarse de ese peso, de todo lo que lo carcomía. Se estaba privando de vivir, no era justo. ¿Debía ser sincera con él? Confesarle que leía su diario cada día para intentar conocerlo, desentrañar su misterio. Pero eso sería arriesgarse a que huyese de inmediato. Le estaba mintiendo, justo cuando más aprecio le estaba cogiendo. Su presencia era importante para mí, no tenía ganas de que se fuese. Y no solo porque quisiera ayudarlo.

Espero que estés bien. Besos. A.
El mensaje de Aymeric que descubrí tras salir de la habitación de Élias me dejó de piedra. Me pasé el día dándole vueltas, incapaz de concentrarme en nada. Me contuve para no llamar a Mathieu a preguntar si todo iba bien con Élias, si se encontraba bien. No lo hice por respeto a su secreto. En cambio, recibí una llamada. Bertille. Brusca vuelta a la realidad.

—¡Hola, Hortense! ¿Cómo estás?

—Bien, ¿y tú? ¿La academia? ¿Y las chicas?

—Precisamente, como no teníamos noticias tuyas, he pensado que debía recordarte que el espectáculo es la semana que viene. No lo habrás olvidado, ¿verdad?

Entre Aymeric, la Bastida y Élias se me había borrado por completo de la cabeza. Afortunadamente, hacía semanas que no aceptaba reservas.

—¡Por supuesto que no!

—¿Aprovecharás para quedarte unos días en París?

—Eh..., no más de veinticuatro horas.

—Bueno..., es mejor que nada. Al menos, vienes.

—No me lo perdería por nada del mundo. Te lo prometo.

Sin embargo, no podía estar más lejos de decir la verdad.

—¿Has vuelto a bailar?

—Todavía no, quizás me den luz verde la semana que viene.

—¡Genial! Así tendrás una buena noticia que darnos. En fin, me imagino que eso no cambia nada en cuanto a los cursos de julio.

—No, es mejor ser prudentes.

—Me lo imaginaba. Bueno, tengo que dejarte.

—De acuerdo, un beso.

—Para ti también.

Colgué, perpleja. Volver a París. Asistir al espectáculo y comprobar por mí misma los cambios en la academia. Volver a ver a Aymeric. ¿No me había dicho que iría? Me cansaba y me agobiaba por adelantado. Me sentía bien en la Bastida, no tenía ninguna gana de romper el encanto de mi estancia aquí, la protección que me ofrecía esta casa.

Sin contar con que tendría que avisar a Élias de mi ausencia. Alejarme de él, cuando parecía estarlo pasando tan mal, me angustiaba. Tenía miedo por él.

12

Élias me evitó todo el fin de semana. Parecía haber abandonado las obras en el estudio de baile y se había convertido de nuevo en un fantasma, ni siquiera tomaba el café conmigo por la mañana. Lo echaba de menos. Me preocupaba. A pesar de su desaparición, no tenté al diablo y no traspasé el umbral de su cuarto. No quería acosarlo ni ir detrás de él, pero no podía dejar de avisarle de que me iba a ausentar. Así que el domingo por la noche decidí no acostarme hasta que estuviera de vuelta. Para estar segura de que no esperase a verme desaparecer en el interior antes de asomar la nariz, esperé en la sala de estar, donde las luces permanecían siempre encendidas para los huéspedes. Sentí llegar su coche y después oí el sonido de su voz en la terraza. ¿Con quién podría estar hablando? Cuando por fin entró en la casa, llevaba un teléfono en la mano; sin duda, era la primera vez que lo veía con uno. Aquello rozaba el absurdo.

—Buenas noches, Élias —susurré.

Dio un paso atrás al descubrirme.

—Hortense, pensaba que estaría acostada.

Tenía razón: huía de mí.

—¿Me está evitando?

Bajó los hombros, como si se rindiera.

—No —me respondió con tristeza—. Este fin de semana necesitaba tomar el aire.

—No se preocupe, no le estoy espiando.

Esbozó una sonrisa tímida.

—Lo sé...

—¿Se encuentra bien? —le pregunté.

—¿Me estaba esperando?

—Sí. Quería avisarle de que voy a estar fuera el fin de semana. Me voy el viernes por la mañana y vuelvo el sábado por la tarde.

—Ah..., ¿quiere que me vaya?

—¡No! —exclamé—. ¡En absoluto!

Se rio ligeramente y adoptó una expresión burlona.

—Entonces, ¿piensa que necesito una niñera?

Oírlo bromear me alivió y me arrancó una sonrisa.

—Creo que ya es usted bastante mayorcito...

—Eso parece.

—Le confío la casa. Estará solo, no habrá otros clientes.

Frunció el ceño, asombrado.

—¿Está segura?

—Ya se lo he dicho, confío en usted. Y Mathieu es todo un perro guardián.

Se rio.

—Ya me ha dado a entender que, si le toco un solo pelo o una sola cucharilla, me perseguirá hasta el mismo infierno.

—Espero que no le haya amenazado.

Qué idiota, pensé, aunque me sentía profundamente conmovida por el hecho de que Mathieu me protegiese de ese modo.

—Yo haría lo mismo en su lugar, así que no se preocupe. Gracias por dejar que me quede —atravesó la estancia tratando de no acercarse a mí—. Buenas noches —me dijo desde el primer tramo de escalera.

—Gracias —murmuré, tomando también el camino de mi habitación.

Desapareció en el piso de arriba. Seguía escribiendo que debía permanecer alejado de nosotros, de mí.

Quizás pensaba que me estaba cogiendo demasiado cariño y que había llegado el momento de preparar la partida.

Aquella noche dormí mal y, sin embargo, no lo oí salir. El ruido de sus pasos, su presencia despierta en la casa y en el jardín ya formaban parte de mi vigilia y mi sueño. Al levantarme, me sentía triste. Pero me entró una bocanada de alegría al descubrir a Élias en la cocina preparando café. Me pregunté qué había pasado: parecía bastante fresco. ¿Habría dormido, él? ¿Qué descubriría si leía su diario? Me sonrió con franqueza.

—Buenos días, Hortense, ¿qué tal esta mañana?

—Bien, ¿y usted?

—Tirando a bien.

Me parecía estar soñando. Su respuesta positiva me dejaba estupefacta. Iba a pedirle que me contase más cosas cuando nos interrumpió un discreto toque de claxon del panadero. Tuve que recordarle que no necesitaba que repartiera el fin de semana siguiente y me entretuve más de lo normal junto a su camioneta. Al regresar a la cocina, Élias estaba enjuagando su taza.

—¿Ya se va?

—Hoy empezamos pronto, hay mucho trabajo...

—Ah...

¡Menuda conversación, Hortense!

Se me quedó mirando unos segundos y después me sonrió.

—Hasta esta noche.

—Sí...

Esperé hasta media tarde antes de traspasar el umbral de su habitación. Necesité varios segundos para recuperar el aliento una vez dentro del cuarto. Por primera vez encontré la cama deshecha, había dormido en ella y el cuaderno estaba sobre la mesita de noche. Lo cogí y me senté en el borde del colchón, nerviosa.

¡Joder! ¡Qué gran error acabo de cometer llamando a mi hermano! Ha conseguido soltarme un poco la lengua, ¡se le da bien, al cabrón! Intuyó que había una grieta, la grieta que no consigo tapar. Se abre cada vez más, y eso que he tratado de cerrarla vagando de acá para allá todo el fin de semana. Acabo de darme cuenta de que mi técnica no funciona para nada... ¿Le he dado el nombre del pueblo donde me encuentro? Ni lo sé. Pero si se me ha escapado, es capaz de golpear todas las puertas, de hacer miles de llamadas, de darle mi número de teléfono a cualquiera. ¿He pronunciado el nombre de la Bastida y de Hortense? No quiero mezclarla en esta historia. Y me da mucho miedo tener esperanzas. Todo se ha vuelto muy borroso desde el momento en que me ha dicho que iba a averiguar si necesitaban un médico por la zona donde estoy.

La impresión fue tan grande que el cuaderno se me cayó de las manos. ¿Cabía la posibilidad de que se quedase con nosotros?

Él es intocable, con su clínica privada repleta de seguros para proteger sus manitas de oro. No puede comprender lo que he sufrido durante meses. El descenso a los infiernos, el aislamiento progresivo, la violencia, la agre-

sividad, los insultos, la condena pública. Todo sucedió tan deprisa tras el entierro del pequeño... Quise acudir por respeto, como habría hecho con cualquiera de mis pacientes. En los pueblos se hace así. Me echaron a patadas. Me hicieron falta varios días para darme cuenta de que mi teléfono sonaba menos, o nada de nada. Sabía que se puede enloquecer de dolor, pero no hasta ese punto. Pusieron a todo el mundo en mi contra, todo era culpa mía. No era una persona, y menos un médico, de confianza. Todas mis actuaciones y mis gestos terminaban por desacreditarme. Empezaron a circular rumores cada vez más absurdos. ¡Como si me tomasen todos por el mesías! Me dolió tanto ver cómo todos me retiraban la mirada, cómo alguno se cambiaba de acera cuando se cruzaba conmigo. Lo peor, yo creo, fue cuando acudí a mi visita semanal a casa del señor y la señora H., y llamé a la puerta una y otra vez. Sabía que estaban allí. No me abrieron. No querían saber nada de mí. Cuando vino su vecino a buscarlos en coche, salieron de su casa sin volverse hacia mí, mirándose los pies, pero su chófer sí se cuidó de gritar que los llevaba a su nuevo médico, a cincuenta kilómetros de allí. ¿Qué habrá pasado con esos ancianos tan encantadores? ¿Seguirán con vida? Me gustaría tanto saberlo...

Los padres del niño me denunciaron e intentaron retirarme la licencia para ejercer. Aquello fue el golpe de gracia; las semanas de proceso encerrado en mi casa, mientras el abogado de mi hermano se encargaba de mi caso. La violencia cesó durante un tiempo. Tendría que haberme marchado en ese momento, albergaba pocas dudas sobre mi inocencia, sobre el hecho de que el Consejo de Disciplina me daría la razón. La desgracia quiere que la muerte sea a veces inexplicable. Es espantoso, aquello se volvió en contra de ellos, mi defensa me dio ganas de vomitar, culpando a la dejadez de los padres, como si no estuviesen sufriendo suficiente con el duelo. Les echaron en cara que tendrían que haber llamado a urgencias, al SAMUR, a SOS Servicios Médicos o haber acudido al hospital... y no dejarlo todo en manos de un sobrecargado médico rural. Experimenté alivio e injusticia cuando fui declarado inocente, pero la tregua duró poco. La violencia se impuso de inmediato. Me convertí en el hombre a abatir. Después de ver cómo me destrozaban el coche a batazos y de que apedrearan mi casa, tomé la única decisión posible, por muy dolorosa que fuese. Todavía me veo sacando mis maletas y mis bolsos de casa, metiéndolos dentro del coche y cruzando los dedos para que aguantase hasta alejarme de aquel lugar. Eso me hizo pensar en la gente que debe dejar su hogar corriendo por culpa de un incendio; te gustaría llevar todo, pero no sabes qué elegir. Recuerdo esa sensación de ir a contrarreloj mientras iba eligiendo entre mis cosas. Me da la impresión de que me olvidé lo esencial de mi vida allí y, sin embargo, no sé ni lo que tengo. Lo único que sé, en resumen, es que no me queda nada aparte de mí mismo. Así que mi hermano puede decir todo lo que quiera, me niego a arriesgarme a repetir el mismo error. Incluso si las esperanzas aumentan, no consigo llegar a ningún lado... No, imposible... ¡No sueñes, Élias!

Me siento tan cansado, me gustaría que todo acabase, que hubiese una pausa en mi cabeza. Estoy vacío. Si me metiese en la cama de verdad por una vez...

He dormido, he dormido cinco horas seguidas... Llevaba meses sin dormir tanto de un tirón, vale la pena escribirlo, para recordar que es posible durante mi próximo insomnio...

Mientras leía me había tumbado en la cama, la almohada todavía olía a él y yo mantenía el cuaderno cerrado contra mí para protegerlo, conmovida por su valor. El sufrimiento de su expulsión, aquel terrible proceso, todo lo que había atravesado solo, sin ayuda, sin pedir nada, sin acusar, casi sin cólera, imponía respeto. Ahora comprendía mejor su deseo de permanecer a distancia, de no encariñarse con las personas que iba conociendo. Lo comprendía, pero no lo aceptaba. Merecía mucho más, me parecía que escondía un tesoro de generosidad, de humor y de ternura.

La semana transcurrió sin tiempo para pensar en nada. Élias y yo recuperamos nuestra pequeña rutina, café por la mañana y noticias por la noche. En cuanto a mi ritual secreto, me esforcé en vano, porque no escribió una sola línea. El jueves por la mañana me desperté tensa. En veinticuatro horas me marchaba a París y esa tarde tenía cita con el fisio. Recuperé la sonrisa al encontrarme con Élias, cafetera en mano. Parecía contento.

—¡Hoy es el gran día, Hortense!

—¿Se acuerda?

Levantó la vista al cielo, decepcionado y divertido:

—¡Por supuesto! No se preocupe. El tobillo está muy bien, no necesito un reconocimiento para saberlo. Me fijo todos los días y, francamente, aunque no sea un especialista en lesiones deportivas, estoy seguro de que hace tiempo que podría haber vuelto al trabajo.

Me sentí bastante desconcertada, ¿volvía a ejercer?

—¿Habrá siempre un médico dormido dentro de usted?

Se encogió de hombros, algo triste.

—No creo, pero bueno... Alguien me dijo que no se dejaba nunca de serlo... —le sonreí, conmovida porque recordase mis palabras. Llenó las tazas y me pasó la mía—. ¿A qué hora se va mañana?

Sentí un nudo en el estómago.

—A las nueve y media si no quiero perder el tren. De hecho, tengo que darle las llaves y mi número por si me necesita. ¡Nunca se sabe!

Fui hasta la entrada y, a trompicones, puse patas arriba el mostrador buscando una copia.

—¿Es a París adonde viaja? —me preguntó, acercándose.

—Sí.

Le entregué un trozo de papel con mi número y un llavero. Los cogió y después me miró con cierta inquietud.

—Gracias. Este asunto parece preocuparla.

—Confieso que un poco. No tengo muchas ganas de marcharme.

—Entonces, ¿por qué va?

—Es el espectáculo de mi academia, debo estar presente por mis alumnas, es lo menos que puedo hacer.

—Pasará pronto. ¡Y volverá después! —le envié una sonrisa de gratitud; la forma en que me cuidaba me tranquilizaba y me revolvía por dentro más allá de lo razonable—. Tengo que marcharme.

—Buenos días.

—Hasta esta noche, estoy deseando que me cuente.

Intercambiamos una larga mirada que me produjo un mariposeo en el estómago. En cuanto desapareció, me entró un ataque de angustia. Instintivamente atravesé el jardín hasta llegar al banco de mis padres. Me senté, cerré los ojos y elevé mi rostro al cielo respirando a pleno pulmón, para embriagarme de los perfumes, de las esencias de la vegetación que me rodeaba. Me volvieron a la cabeza algunas de mis despedidas llorosas; cuanto más se acercaba la hora de mi tren con destino a París, más me encerraba en mi concha. Recordé el nudo en la garganta, las lágrimas en los ojos, los amuletos que metía en las maletas —un pedazo de tronco encontrado en el suelo, una cáscara de almendra vacía, un ramillete de lavanda o una ramita de lilas arrancada a espaldas de mamá—. Había olvidado hasta qué punto me rompía las entrañas abandonar la casa tras una temporada larga de vacaciones, incluso en la época en la que mi vida en París me entusiasmaba. Podía sentir todavía el brazo de mamá rodeándome el hombro, susurrándome dulcemente: «Volverás, siempre vuelves». Abrí los ojos de nuevo y miré el cielo azul:

—¿En qué estado volveré, mamá?

Estaba en la consulta del fisio, acababa de terminar los ejercicios y me estaba calzando las sandalias. Al levantarme, me di cuenta por su gesto y su ceño fruncido de que estaba reflexionando sobre algo.

—¿Algún problema?

—No, al contrario...

—Entonces, ¿por qué pone esa cara?

—Se ha recuperado realmente bien. He vuelto a hablar por teléfono con su ortopedista, es un poco raro, ¿no? Me ha preguntado si creía que había usted aprendido la lección...

¡Seguía como una cabra, el sabio loco!

—Efectivamente, ¿y bien?

—Vamos a hacer otras dos o tres sesiones, más por precaución que por necesidad. Pero creo que se va a poner contenta.

Me sonrió con franqueza y me esforcé por devolverle la sonrisa, sin atreverme a esperar la noticia que aguardaba por encima de todo.

—Soy toda oídos...

—Puede usted volver a bailar. Con cuidado, sin hacer locuras, retómelo a su ritmo, sin forzar.

—¿En serio? ¿Completamente en serio?

—¡Por supuesto! —salté a su cuello, repitiendo «gracias, gracias, gracias»—. ¡Menuda alegría!

—¡No se lo puede ni imaginar!

Le deseé una maravillosa velada y me marché dando saltitos con paso ligero. Apenas tocaba el suelo. Estaba loca de alegría, tenía ganas de gritarlo al mundo entero. De pronto, tenía la impresión de salir del túnel sombrío en el que me había encerrado. Por fin podría dar rienda suelta a todas las emociones que me consumían desde hacía semanas. Y, sobre todo, podría volver a encontrarme a mí misma plenamente y ser una otra vez con mi cuerpo. Sin prisa por regresar a la Bastida, decidí pasar dos minutos por la tienda de Cathie para anunciarle la gran noticia. Aparqué el coche de cualquier manera delante del escaparate y me contuve para no ejecutar una pirueta para darle la buena nueva. No era razonable, no había calentado. Y, además, no era allí donde lo quería hacer. Sin embargo, tenía ganas de bromear y me planté frente a ella, sin decir nada.

—¿Qué? ¿Sales del fisio? —permanecí impasible—. ¡¿Y bien?! —se impacientó.

La miré de abajo arriba, con una sonrisa sádica en mis labios.

—¿Preparada para sudar en el estudio de la Bastida?

—¡Pero bueno! ¡Genial!

Saltó a mi cuello y me abrazó con fuerza.

—¡Me estás asfixiando! —exclamé riendo.

Se separó de mí y me cogió la cara con las manos.

—Estoy loca de contenta, esto te va a venir genial. Estoy orgullosa de ti —nos interrumpió la llegada de clientes. Cathie suspiró ruidosamente—. ¡Ahora no tengo tiempo! ¡Pero quiero festejarlo contigo! ¿Vienes a cenar a casa?

Necesité dos segundos para responder.

—No, tengo que volver y preparar mis cosas, ¿recuerdas que me voy mañana por la mañana?

Mentira cochina; ya tenía la bolsa preparada, hasta había recibido un mensaje de Bertille anunciándome que después del espectáculo iríamos a celebrar el fin de curso en el restaurante de Stéphane. Mi tobillo y yo íbamos a volver al lugar del crimen. Era libre para cenar con mis amigos. Pero quería anunciarle la buena noticia a Élias.

—¡No! ¿No puedes darte prisa y venir a casa después?

—Escucha, ¡lo celebramos el sábado por la noche! Será lo mismo.

Me miró con suspicacia.

—¿Cómo te hace sentir lo de mañana?

—No quiero pensar en ello...

—¿Vas a ver a Aymeric?

—No lo sé..., quizás, quería venir conmigo al espectáculo, pero no creo que eso tenga sentido... Y, además, no he tenido noticias suyas.

Preocupada de repente, frunció el ceño.

—¿Tienes ganas de verlo?

Permanecí un momento en silencio. Ni siquiera me había planteado seriamente la cuestión.

—Ni idea... Bueno, ¡ve a ocuparte de tus clientes!

Salí y volví a subir al coche, feliz, aliviada y agitada.

No fue una sorpresa comprobar que Élias todavía no estaba allí cuando llegué a casa. Además, ¿qué esperaba? Nunca volvía a la Bastida antes de las nueve de la noche. Tendría que haber comido o, al menos, picado algo, pero tenía un nudo en el estómago, estaba nerviosa. Aunque no me encontraba mal. Solo quería una cosa: que llegase para anunciarle la noticia. Me senté en el sofá del jardín para esperarlo, intentando acallar la vocecita que me decía que no se trataba solo de eso. Se volvió cada vez más ruidosa cuando vi su coche aparecer en la entrada del camino. Así como mi corazón, que empezó a latir más deprisa, con más fuerza.

No me moví, paralizada por mi estado y la imposible evidencia que me azuzaba cada vez más.

Giré la cara para verlo llegar y, como cada noche, vino hacia mí. Cuando estuvo muy cerca, esbozó un gesto de «¿y bien?». Le respondí con una gran sonrisa, que me devolvió de inmediato. Su alegría y su felicidad me llegaron al alma. La tensión abandonó su cuerpo. ¿De veras le preocupaba lo que me pasara? Se sentó en el sillón frente a mí y me miró intensamente, sin decir nada. Sin decir palabra, dejé que me mirase y me decidí por fin a contemplar su cara, cuyos rasgos eran a la vez suaves y duros, igual que su expresión. Tenía mucho mejor aspecto que cuando había llegado, incluso considerando las ojeras que obviamente se le marcaban, fruto de la escasez de sueño. Su piel tenía un toque de sol y de mistral, un moreno de trabajo, un moreno duro, descuidado, pero hermoso. Las patas de gallo daban testimonio de sus sufrimientos y, seguramente, de algunas alegrías. Descubrí algunos puntos amarillos en sus iris marrones. Un pequeño bulto en su nariz me decía que se había roto, y me entraron ganas de saber si había sido un chiquillo revoltoso o un adolescente peleón, y noté un corte en su mentón; ni siquiera me había percatado de que se afeitaba perfectamente todos los días, y eso que había visto su maquinilla Bic. Sentí ganas de pasar el dedo por el arañazo. Me lo imaginé en vaqueros, delante del espejo del cuarto de baño afeitándose con gesto seguro; después se pondría su jersey sin nada debajo, como lo llevaba esta noche. De pronto, lo oí respirar profundo y volví a la realidad temblando ligeramente. Se pasó la mano por la frente como para recuperar la calma, me sonrió con melancolía y se me quedó mirando con curiosidad:

—¿Lista para volver al estudio de baile?

Su voz me resultó más cálida que la víspera, como si la escuchase por primera vez. A pesar de la profunda turbación y de todas las preguntas que tenía acumuladas, sonreí y lo miré con malicia.

—No le he pedido que se dé más prisa... Así tengo un poco más de tiempo.

Sacudió la cabeza como negándolo.

—Incluso aunque vaya más despacio, el domingo estará terminado, quizás antes.

Creí ver un brillo de orgullo en su mirada, como si se sintiese feliz de haberme dejado sin habla. Y no le faltaba razón, me quedé con la boca abierta.

—¿Cómo es posible?

—He estado sacando partido de mis insomnios.

—¡Está usted loco! ¡Le prohíbo hacer eso!

—¿Y por qué?

—Pues... porque... porque... ¡las noches son para dormir!

Mi estúpida respuesta me hizo reír, y a él también.

—En serio, si quiere, le enseño ahora en qué estado se encuentra. Quedan todavía algunos detalles..., pero creo que el resultado le va a gustar.

—No lo dudo.

Se levantó y me ofreció la mano.

—Entonces, ¿vamos? —murmuró.

—Sí.

Mi mano estaba a dos centímetros de la suya, podía sentir su calor, casi su rugosidad, su piel se había cubierto de callos tras unas semanas trabajando de leñador. Decidí tenderle la mía. Sonó mi teléfono. Me quedé quieta unos segundos sin dejar de mirarlo, sin mover la mano. Sabía quién era, lo presentía, él siempre había tenido un radar para detectar mis momentos más débiles, y la señal del radar indicaba peligro. Aquello me partió en dos, deseaba que mi móvil no sonase nunca. Los ojos de Élias se posaron brevemente sobre la pantalla. Dejó caer su mano junto al cuerpo, la mía volvió sobre el sofá. Sonrió vagamente.

—Otra vez será.

Se giró, encendió un cigarrillo y caminó con paso decidido hasta el estudio de baile. El teléfono quedó en silencio un par de segundos para después sonar de nuevo. Como una autómata, descolgué.

—Dime...

No dejaba de mirar a Élias; ya no caminaba encogido como cuando llegó, ahora se mantenía erguido, se había vuelto más fuerte, se estaba curando. ¿Era su presencia aquí lo que le ayudaba? ¿O el tiempo curaba sus heridas? ¿O esa brecha de la que hablaba en su diario? ¿Me atrevía a esperarlo? ¿Poner de principio a fin todas las palabras escritas sobre mí?

—Hortense..., ¿estás ahí?

—Sí, espera un segundo —corrí hacia Élias, llamándolo. Se volvió—. ¿Nos vemos mañana por la mañana?

Esbozó media sonrisa.

—No..., Mathieu me espera a las siete en una obra.

—Hasta el sábado, entonces.

—Cuídese en París.

—Se lo prometo —susurré y señalé con el dedo la mesa baja donde había abandonado el teléfono—. Tengo que ir.

Me dedicó una última sonrisa y se alejó. Retomé la conversación con Aymeric, ligeramente aturdida:

—Perdona.

—¿Te molesto o qué pasa? Pareces completamente ausente...

—No..., es que no esperaba que me llamases.

—Estoy conduciendo, hoy he tenido viaje de trabajo. ¿Cómo estás?

—Bien...

—¿Seguro?

—¡Ya te lo he dicho! —exclamé, molesta por su insistencia.

No quería hablar, no con él. Quería que Élias me hiciese reconciliarme con el estudio de baile, era con él con quien quería estar. ¿Cómo era posible?

—¿Me estás ocultando algo?

—No..., pero...

Y ahora le mentía. No, no podía darle la vuelta al contexto, y encontrarme así en la posición del cazador cazado. Tenía que desenredar mis sentimientos, pero me negaba, en el caso de que lo inimaginable sucediese, a tener la impresión de estar engañando a Aymeric. Yo no. No tenía ningún derecho. No por respetar una fidelidad hacia él, ya había pasado esa etapa hacía mucho. Sino para respetarme *a mí*. Nuestra relación ya no tenía nada de bonito, si es que alguna vez lo había tenido, así que no tenía intención alguna de ensuciar los sentimientos nacientes por otro hombre. Pero todo eso me lo guardaba, no podía confiárselo a Aymeric, él ya no formaba parte del juego, de mi juego.

—¿Qué?

—Creo que deberíamos llamarnos menos, bueno, que tendrías que llamarme menos... Necesito avanzar, Aymeric.

—Ya no quieres hablar conmigo... Ya hemos llegado a ese punto...

—No..., bueno, sí. Creo que también es necesario para ti.

Suspiró profundamente, lo noté vencido.

—Tienes razón... Pero todavía me cuesta imaginar que vayas a salir de mi vida.

—Todo saldrá bien.

—Resulta extraño...

—Estoy de acuerdo.

Desvié la mirada por instinto a la sala de baile.

—Te dejaré volver a tu nueva vida...

—Todavía no tengo una nueva vida, Aymeric. Estoy avanzando, eso es todo..., y...

Me detuve justo cuando me disponía a anunciarle que podía bailar de nuevo, pero me di cuenta de que no era a él a quién quería decírselo. Era a Élias. A Élias. No a Aymeric.

—¿Y qué?

—Nada. Buen viaje.

—¡Espera! Al menos, podremos vernos cuando vuelvas a París. Sé que estarás allí mañana.

—No sé si es buena idea...

—¡Por favor! ¡Nos lo debes!

Hasta el final, era él quien marcaba el ritmo. Tendría que ceder a un último capricho.

—Muy bien, pero me quedo todo el verano en el sur, no voy a hacer más que ir y volver.

—Oh... Me lo imaginaba. Nos vemos mañana, entonces. Te llamaré durante el día. Un beso, Hortense.

Colgó antes de que tuviese tiempo de responderle, y me vino bien. Después de unos minutos sin mover un músculo, me levanté del sofá y me dirigí a la sala de baile. Cuando llegué al patio, cambié de opinión. Algo me decía que no iba a resultar tan fácil. Habíamos perdido nuestro momento, Élias y yo, y habría sido incapaz de mirarlo a los ojos, cuando acababa de colgar a Aymeric y él era consciente de ello.

13

En el tren, no pasó mucho tiempo hasta que volví a sentir la angustia. Y eso que había dormido maravillosamente bien, al contrario que Élias, a quien había oído salir sobre las tres de la mañana. No había tenido tiempo de entrar en su cuarto antes de marcharme. Después de dejar mi Panda en el aparcamiento de la estación de alta velocidad de Aviñón, mis piernas empezaron a flaquear y empecé a encontrarme al borde de la náusea. Al cabo de una media hora de trayecto, mi vecino de asiento estaba visiblemente irritado por mis pataleos. Emigré al vagón restaurante y compré una botella de agua que bebí a sorbitos, para no hacerle daño a mi estómago. Permanecí de pie, apoyada en una minúscula barra al lado de la ventanilla.

A pesar de aquella postura tan incómoda, el tiempo pasaba demasiado deprisa. Era como si me hubiese vuelto insensible al dolor físico. Cuanta más intensidad perdía el sol según subíamos hacia el norte, mayor era mi impresión de que me derrumbaba. Hasta el punto de que no me habría extrañado que el tobillo hubiera empezado a dolerme de nuevo. Cuando el tren comenzó a atravesar los suburbios, creí desfallecer. Me hice la fuerte para no llamar a Cathie, habría dado todo por escuchar su dulce voz, que me hiciese intuir el canto de las cigarras. Al llegar a la estación de Lyon, dejé que saliesen delante todos los pasajeros; los revisores tuvieron que echarme. En el andén me quedé aturdida por el ruido, el gentío. Caminé a paso lento, en medio de parisinos apresurados, anónimos, que no tenían otra elección que marchar a toda velocidad, sin mirar a su alrededor, todo estaba cronometrado al minuto. Me recordé a mí misma, en otro momento, corriendo como ellos por el andén, así que me tomé mi tiempo para no dejarme llevar por aquella agitación. Me lancé al subsuelo de la estación sin acelerar el paso y llegué hasta el metro que me conduciría a casa.

Sonreí por primera vez en esa jornada al encontrarme al pie de los seis pisos que tenía que subir. Probé el tobillo subiendo la escalera de puntillas, a pequeños saltos. Mi forma física había vuelto.

Introduje la llave en la cerradura con gesto tembloroso. Necesité un instante para armarme de valor... y abrir la puerta de mi apartamento. El olor a cerrado me secó la garganta. Dejé la bolsa sobre la cama y abrí la ventana por completo, necesitaba respirar, tirar los muros abajo, sentirme al aire libre. Me apoyé en la barandilla de mi balconcito. La vista de los techos de París seguía siendo igual de hermosa, pero muy gris. Mis ojos se habían acostumbrado enseguida a los colores vivos de la Provenza. Volver a encontrar mis cosas, las de mi vida cotidiana, las de todos los días, no me procuraba tanta felicidad como aquello. En realidad, tenía más bien ganas de meter algunas en una maleta para llevármelas a la Bastida.

Pero mi prioridad era coger una bolsa de basura bajo la pila y entrar en el cuarto de baño. Abrí el armario de Aymeric y no pude evitar un suspiro de nostalgia; su gel de ducha, su perfume, un jersey y una camisa de repuesto. Fue más fuerte que yo y hundí mi cara en su ropa para encontrarme con su olor, pero solo sentí efluvios del pasado. A pesar del pinchazo de tristeza, lo tiré todo. Debía poner punto final a esta historia, lo que significaba desembarazarme de todo lo que me ligaba a él.

Después, saqué de debajo de la cama mi caja de los tesoros, como la llamaba, y miré cada foto de nosotros dos. Por mucho que sonriese, aparentemente feliz, no me reconocía, o más bien sabía que ya no era aquella mujer, que no había sido esa imagen en papel satinado más que para él. Las rompí una por una, metódicamente, sin dudar, estaba decidida.

Destruí cada recuerdo conservado hasta entonces con amor.

Acababa de terminar la gran limpieza cuando mi teléfono comenzó a sonar en el fondo de mi bolso. Pensé inmediatamente en Bertille o en Sandro. Me equivocaba por completo. ¡Definitivamente tenía un radar! Aymeric. No perdía tiempo para llamarme.

—Dime...

—¿Has llegado bien?

—Sí.

—¿Sigue en pie lo de vernos?

Levanté los ojos al cielo, sin saber ya qué decirle. ¿Era aquello necesario? Tenía mi respuesta y, sobre todo, no tenía elección; había que cortar definitivamente los puentes.

—Solo estoy en París veinticuatro horas. Me vuelvo mañana a mediodía y voy a pasar la velada con Bertille, Sandro y Stéphane. Lo único que puedo proponerte es tomar algo juntos antes del espectáculo, en el bar cerca del teatro donde tendrá lugar la representación. ¿Recuerdas dónde está?

—Sí, me las arreglaré.

—Si nos vemos a las seis de la tarde, eso nos deja casi una hora para hablar.

—Muy bien, un beso.

—Hasta luego.

Colgué sin más, temblaba de pies a cabeza.

De camino al teatro, llamé a Bertille:

—¡Hortense, estoy a la carrera!

—Me lo imagino, ¿quieres que vaya a echaros una mano?

—Creo que las mayores se alegrarían mucho si vinieras para ayudarlas a maquillarse. Pero como quieras, no te quiero forzar.

—Estaré en los camerinos a las siete.

—¡Perfecto, gracias! ¡Te tengo que dejar!

Su excitación, la efervescencia que escuchaba a su espalda, todo me parecía tan lejano que se me encogió el corazón. Como si estuviese de vuelta de esa vida, como si solo aspirase a la paz, a la tranquilidad. Me senté de inmediato en una mesa libre en la terraza —él no podría dejar de verme, y ni hablar de encerrarnos en cualquier reservado del fondo—. Me negaba a esconderme por Aymeric. Esa época había terminado. Además, hacía un día genial, no se podía negar, el cielo estaba despejado y la temperatura era buena. La prueba es que iba en tirantes.

Donde sentía frío era por dentro, gracias a la angustia. Angustia por las señales que mi corazón y mi cuerpo me enviarían al verlo. Angustia ante la idea de, quizás, tener que fingir. Durante las últimas semanas había dejado atrás la etapa más dura: había aprendido a vivir sin él.

Luego estaba Élias... Pensaba en él, por supuesto. ¿Y si todo se iba al garete al enfrentarme con el hombre que tanto había amado? Pedí una Perrier con limón —había que pedir algo— y comenzó la espera... Por suerte, no se hizo larga. Vi acercarse a lo lejos su elegante silueta en su eterna chaqueta entallada. Sentí una punzada en el corazón, pero no de tristeza, sino más bien de nostalgia. Me vio y su paso, menos crispado de lo que recordaba, se ralentizó. Nos observamos durante varios segundos sin decir nada. Tenía la cara más fina, pero seguía siendo igual de guapo, con su aspecto de yerno ideal, algo gruñón, que no desaparecería cuando envejeciese. Las mujeres continuarían volviéndose a su paso durante mucho tiempo, aunque aquella idea no me ponía celosa. Lo que me había seducido, encantado y consumido de amor y de deseo ya no me afectaba. Me examinó de arriba abajo como siempre había hecho, inclinando ligeramente la cara para disfrutar mejor de la vista de mis piernas cruzadas, de mi falda subiendo sobre mis muslos. Pero había un detalle que lo molestaba, su contrariedad era evidente.

—Quítate las gafas de sol, Hortense, por favor. Quiero ver tus ojos.

Sonreí por dentro, sintiéndome capaz de mirarlo sin turbación, simplemente nostálgica del pasado. Algo así como cuando uno piensa en el primer amor años más tarde: nos gustaría revivir algunos recuerdos sin consecuencias, solo porque eran bonitos, agradables. Me quité las gafas y le sonreí dulcemente. Me sondeó con la mirada unos segundos y, desilusionado, se derrumbó en su silla y pasó la mano por su pelo.

—Así que se acabó... —murmuró.

—¿Acaso esperabas lo contrario?

—No..., pero, entonces, esto... Es la última vez que nos vemos.

—Es muy posible, sí...

Cogió una de mis manos y la estrechó. Encontrarme con el tacto de su piel sobre la mía no desencadenó una ola de escalofríos. Nada que ver con las sensaciones que me atravesaban antes.

—Estábamos bien juntos —susurró—. No dudes ni por asomo de la importancia que has tenido para mí.

No podía cuestionar su sinceridad, no trataba de recuperarme con declaraciones falsas que se sintiera obligado a hacer.

—No te olvidaré nunca —respondí—. Quiero que seas feliz. Y tu felicidad está junto a tu mujer. La quieres, siempre la has querido; creo que lo he sabido siempre, y tú también, de hecho.

—Es cierto.

—Quiero que arregles todo lo que tengas que arreglar con ella. Conserva nuestros recuerdos lejos de ti, de vosotros dos, de tus hijas. Olvídame. Es inútil darle más vueltas a nuestra historia, aprovecha tu vida con tu familia. Tienes la suerte extraordinaria de tener una, así que, por favor, cuida de ella.

—Es lo que trato de hacer.

Estrechó mis manos con más fuerza, sus ojos se llenaron de lágrimas.

—Me alegro... ¿Sabes lo que me gustaría? —le dije, súbitamente abrumada por la emoción. Él negó con la cabeza—. Me gustaría que nos cruzásemos dentro de veinte o treinta años, me gustaría verte con menos pelo, canoso, del brazo de tu mujer, y que me la presentases, inventando uno de esos cuentos chinos que se te dan tan bien para justificar que me conoces —se rio con tristeza—. Y te vería feliz.

—¿Y tú? ¿Cómo estarías tú? —me preguntó con la voz rota.

—¿Yo? No tengo ni idea. Pero me las arreglaré...

En todo caso, era lo que quería creer. A Aymeric no le hacían falta ni esa puntualización ni mis dudas. Estaba a punto de decir algo, pero el timbre de mi teléfono lo interrumpió antes incluso de que abriese la boca. Me solté de sus manos.

—Disculpa, pueden ser Bertille o Sandro.

Saqué el móvil del bolso y fruncí el ceño.

—¿Qué pasa?

—Es la Bastida —descolgué—. Diga...

—Hola, Hortense, soy...

—Hola, Élias. ¿Hay algún problema?

—¡No! Nada de que preocuparse, todo va bien. Siento la molestia.

No, no me molestaba, me sentía feliz de escuchar su voz.

—En absoluto, dígame.

—He vuelto hace un rato y el teléfono no dejaba de sonar. Así que he contestado. Se trata de una gente que insiste en saber si tiene dos habitaciones disponibles para todo el fin de semana, además de la noche de lunes a martes. Tengo que volver a llamarles en cinco minutos para darles una respuesta.

—Hay que decirles que no, que no estoy.

—Puedo ocuparme de ello, si quiere.

—Élias, ni hablar del tema, ¡ya ha hecho suficiente!

—Hortense, no tengo más que hacer las camas, recibirlos y servirles el desayuno. Y vuelve usted mañana. Sería una verdadera pena perder esos clientes.

—Pero...

—Lo hago con gusto, lo prometo.

Sonreí y me acomodé en la silla, más relajada de repente, con muchísimas ganas de estar allí, en mi casa. ¿Con él? *En menos de veinticuatro horas.*

—De acuerdo.

Le expliqué dónde podía encontrar la ropa de cada habitación y me hizo dos o tres preguntas sobre cosas concretas, a las que respondí.

—Y no se preocupe —me precisó—. Ya he llamado a la panadería, era demasiado tarde para que nos sirvieran mañana, pero iré a buscar el pedido antes de que todo el mundo se despierte.

—¿Ha hecho eso? ¿No imaginaba que pudiese decir que no?

Nos echamos a reír al mismo tiempo.

—Hortense, tengo que dejarla, debo llamarlos.

—Gracias...

—Ya le contaré.

No tenía ganas de que colgase; tampoco él, aparentemente, porque tardó varios segundos en cortar. Me quedé mirando un rato el teléfono, con la cabeza en las nubes. Aymeric tosió para bajarme a la tierra.

—Perdona.

—No hay de qué. ¿Era el cliente con el que me crucé cuando fui?

Lo pensé un instante y lo recordé, aquello me parecía muy lejano.

—Sí, es cierto que lo has conocido. Pensaba que no te acordarías... Élias va a ocuparse de unos nuevos huéspedes esta noche.

Su mandíbula se tensó un breve instante, después me dedicó una sonrisa algo triste.

—Me alegro de que no estés completamente sola allí... —su mirada erró a lo lejos y se detuvo en el teatro—. ¿Vas a bailar esta noche?

—No.

—¿Por qué? ¿Te sigue doliendo?

—No, podría volver a bailar, pero no es mi sitio.

—¿De veras? ¿Por qué no me lo has dicho? —le hice comprender con una mirada fulminante que ya no tenía derecho a conocer todos los detalles de mi vida—. Tienes razón, lo entiendo...

—De hecho, tengo que irme, me esperan.

Saqué un billete de la cartera y lo deposité sobre la mesa. Me levanté, Aymeric hizo lo mismo y me dejó pasar delante. Dimos unos pasos sobre la acera el uno al lado del otro, sin decir palabra. Pero me detuve, no podía llegar más lejos, ya era hora de acortar nuestra separación. Me planté justo ante él.

—Es hora de decirse adiós, Aymeric.

Suspiró.

—Tengo una última cosa que decirte —me anunció.

—Te escucho.

Me miró a los ojos, muy serio.

—Espero que él te haga feliz.

Se me hizo un nudo en la garganta.

—Pero..., eh..., no hay nada todavía que...

Me sonrió con indulgencia.

—¿Puedo abrazarte por última vez?

No esperó a que le diera permiso y me estrechó contra él. Aquel abrazo solo contenía ternura y afecto.

—Gracias —susurré—. Sé feliz, por favor.

—Te lo prometo.

—Más te vale...

Y se acabó. Secó con su pulgar una lágrima en el rabillo de mi ojo.

—No llores más por mi culpa.

—Es la última vez. Cuídate y cuida de tu familia.

Me dirigí hacia el teatro sin volver la vista atrás.

Nada más traspasar el umbral de la entrada de artistas, me absorbió un torbellino ensordecedor. Todo el mundo corriendo, manchas de color por todas partes, tutús, zapatillas volando y sus propietarias —desde las más pequeñas hasta las adultas— persiguiéndolas. A lo lejos, en el escenario, se oían las pruebas de sonido, y reconocí la voz de Fiona entusiasmada con no sé qué, el bastón de Auguste martilleando el suelo y los gritos de Sandro cuando me vio. Corrió hacia mí, me levantó y me hizo girar por el aire.

—¡Solo faltabas tú!

—¡Bájame, Sandro! —le dije riendo.

Obedeció y me escrutó de pies a cabeza.

—Qué guapa estás, hay algo nuevo, no sé qué es..., ¡pero lo descubriré!

—Aparte de una mejor cara, más bien tengo menos cosas.

Lanzó una carcajada y me abrazó.

—Qué alegría verte. Las chicas te esperan en el camerino.

Y se marchó hacia el escenario. Yo me fui en dirección contraria. Como cada año, a una hora de levantar el telón reinaba el pánico general. Algunas lloraban, decían que no querían subir a escena, Bertille era sin duda la que necesitaba más tiempo, pero también la más solicitada por todas partes. En cuanto a las adolescentes mayores, o estaban muertas de miedo escénico, cerca de vomitar, o estaban como locas ante la idea de que sus novios viniesen a verlas. Al descubrirme, Bertille levantó la mirada al cielo de alivio, el cansancio le pesaba en los hombros. Debía y quería ayudarla. Podía hacer mi papel, volver a vestir el uniforme de profesora alegre, chispeante y llena de motivación. Di una palmada. Poco a poco, la intensidad de gritos y llantos fue disminuyendo para terminar por apagarse. Todas las cabezas se volvieron hacia mí. Después, como un enjambre de insectos, mis alumnas se lanzaron sobre mí, las pequeñas, las grandes, las jóvenes y las menos jóvenes. Recibí aquella cascada de afecto con alegría; mi placer y mi emoción eran sinceros. Conseguí, no sin esfuerzo, liberarme de mis pequeñas para llegar hasta Bertille. La besé calurosamente.

—Ve a descansar —le ordené—. Ya me encargo yo de ellas. Prepárate. He visto a Sandro, parece que por su parte está todo bien. ¿Y Fiona, está lista?

—¡Esa Fiona! Lleva lista desde las diez de la mañana. ¡Te juro que esta juventud es agotadora!

Nos echamos a reír. Se marchó y me puse manos a la obra.

A las ocho menos diez, el ruido tan característico del bastón de Auguste resonó en el pasillo que llevaba a los camerinos. Pedí calma a todo el mundo. Abrió la puerta e inspeccionó la estancia; su mirada quedó fija un breve instante sobre mí, antes de dirigirse a las alumnas:

—Señoritas, están ustedes magníficas. Diviértanse esta noche y hagan que sus profesores estén orgullosos. Les robaré a Hortense —fruncí el ceño, sorprendida—. Asistirás al espectáculo entre el público, conmigo, y no entre bambalinas.

Tenía razón; ese no era mi lugar, ya no eran mis alumnas, no iba a hacer de cuidadora. Me ofreció el brazo. Por el camino me crucé con Sandro, Bertille y Fiona, los besé para desearles buena suerte. Fiona me retuvo.

—Gracias por haber confiado en mí, Hortense, nunca he sido tan feliz de enseñar y de bailar.

—En cualquier caso, te lo mereces, puedes estar orgullosa.

Le di un último beso en la mejilla y corrí hacia Auguste, que me esperaba. Movió la cabeza al verme tan ágil sobre mis piernas.

—Mi pequeña Hortense, ¿qué voy a hacer contigo? —exclamó, atrapando mi mano.

El espectáculo fue un auténtico éxito, las alumnas competían en gracia y belleza. La academia había hecho las cosas a lo grande. Sandro, Bertille y Fiona estaban henchidos de orgullo, había complicidad entre ellos, y me alegraba. Sin sentir celos. En ningún momento me entraron ganas de subir al escenario junto a los tres. Aquella vida recordaba haberla vivido con alegría, entusiasmo, motivación, pero sin duda con falta de sinceridad hacia mí misma. Ahora sabía hasta qué punto ya no quería aquello, las tornas habían cambiado; la prestigiosa academia de baile de París había dejado de ser para mí, así como la vida ensordecedora y trepidante que la acompañaba.

Ya había sentido ese alejamiento meses después de la muerte de mis padres. Y Aymeric había entrado en mi vida, era esa mujer la que él veía y quería.

Ahora estaba lista. No podía creerlo. El examen al que me había obligado Auguste, por muy discreto que fuese, no era menos evidente. ¿Qué podía decir sobre mí? Cuando terminaron los aplausos, nos sentamos en nuestras butacas. Miré a los padres —pensando evidentemente en los míos—, a los abuelos, a las familias más grandes, orgullosas de sus hijas, y con razón. De lejos nos llegaban los bravos y los aplausos entre bambalinas, y los nervios de todos se iban relajando. Ya está, se acabó, un espectáculo más, un espectáculo triunfal, hermoso. Vía libre a la alegría y al jolgorio. Algunas niñas no pegarían ojo, reviviendo una y otra vez esas dos horas de felicidad llenas de adrenalina en escena. Me volví hacia Auguste, inmerso en sus pensamientos, con la mirada fija en el telón bajado. Ese anciano había tenido mil vidas de bailarín, con sus éxitos, sus obstáculos, sus decepciones, sus lesiones graves, y siempre había permanecido en pie. Sin duda, era el único que podía iluminarme.

—¿Qué piensas de los cambios que ha puesto en marcha Bertille? —me preguntó—. ¿Estás de acuerdo? Todavía no sé qué opinas. Sandro la sigue con los ojos cerrados, pero... ¿y tú?

Me retorcí las manos.

—Estará bien... —me obligué a decir.

Soltó una risa ligera y me volví hacia él. Me miraba fijamente con el rabillo del ojo, irónico.

—Tu entusiasmo da gusto, Hortense. Sé sincera conmigo y no te preocupes, no me han enviado de avanzadilla para sondearte. Es curiosidad. Os confié mi academia, sois mis tres preferidos, cada uno por razones diferentes, y me intriga ver cómo va a evolucionar. Tienes derecho a no estar de acuerdo...

Imposible desviar la atención o defenderme.

—Los entiendo, Auguste. Tienen ganas de crecer, es normal.

—¿Quieres seguir bailando?

Casi me caigo de la silla. ¿Cómo podía imaginar algo parecido?

—¡Sí! ¡Por supuesto que sí! Si supieses cómo lo he echado de menos... Tengo por fin el permiso del fisio, en cuanto terminen las obras de mi estudio en la Bastida empezaré mi entrenamiento.

Sonrió, aparentemente aliviado y feliz de proclamar mi amor por la danza.

—Por un momento tuve miedo de que ya no quisieses.

—No hay de qué preocuparse por ese lado, Auguste.

—Entonces, ¿qué es lo que te angustia?

—Me siento perdida... No sé si voy a encontrar sitio para mí.

—¿Y por qué no se lo dices?

—¿Qué derecho tengo a enfriar sus ilusiones? Sería completamente egoísta. Ya me acostumbraré... ¡Algún día tengo que crecer!

—Ya eres suficientemente mayor, Hortense... Sí, sé muy bien que te comparas con Bertille, con su marido y sus hijos... Te crees menos madura que ella, menos adulta... No te equivoques. Deja de pensar que eres una eterna adolescente, de los tres es Sandro el que interpreta ese papel. Quizás te da seguridad creerlo, pero es falso. Te hiciste mayor de forma violenta, radical e irreversible cuando murieron tus padres. No olvides que yo estaba allí.

¿Cómo había podido olvidar la ayuda de Auguste? Cada minuto, cada segundo después de recibir la llamada de Cathie, conté con su apoyo. Se trasladó conmigo a la Bastida, me acompañó en todos los trámites. Y durante los meses que siguieron, permaneció a mi lado, sosteniéndome la mano, acogiéndome a veces para dormir en el sofá de su salón, ayudándome en algunas de mis clases, cuando estaba a punto de derrumbarme.

—Acuérdate de lo que deseabas hacer cuando levantaras un poco la cabeza. Ya sentías cierto hartazgo..., en fin, no exactamente hartazgo, empezabas a dejar hablar a tus deseos..., que no tenían nada que ver con seguir los deseos de Bertille de hacer volar alto la academia, todavía faltaba mucho para eso. Te hiciste adulta en aquel momento, con capacidad para tomar tus propias decisiones... Y, sin embargo, creías que estabas perdida, buscabas falsas excusas para no hacerlo. Yo nunca te he visto tan determinada... Y de pronto dejé de oír hablar de ello, ahogaste u olvidaste tus deseos. Retomaste tu lugar, tu papel en el seno de vuestro trío en la academia, como si no hubiese pasado nada.

Volvíamos siempre al mismo punto. A aquel momento preciso. Aymeric había entrado en mi vida... Pensé que ese proyecto era completamente descabellado y lo opuesto a lo que él quería. Y que lo iba a perder si llegaba hasta el final.

—Si tienes un defecto, es el de esconder la cabeza como un avestruz... Pero tengo la impresión de que ese pequeño esguince te ha abierto los ojos.

—Efectivamente.

Me miró, satisfecho.

—Dirás que chocheo, pero acuérdate de tus proyectos de hace cuatro años... Siempre has sido un electrón libre, Hortense. Solo te pido que no hagas esperar demasiado a Bertille y a Sandro.

—Cuenta conmigo.

—Vamos, ve con ellos, deben de estar esperándote para la fiesta.

—¿Tú no vienes?

—Soy demasiado viejo para esas cosas.

Me levanté. Atravesamos el pasillo del patio de butacas del brazo intercambiando miradas brillantes. Antes de franquear la puerta, me permití apoyarme en su hombro; él acarició mi mejilla y yo le susurré: «Gracias, Auguste».

Tres cuartos de hora más tarde, entraba por la puerta del restaurante de Stéphane felicitando otra vez a Bertille, Sandro y Fiona por el espectáculo. Resultaba desconcertante volver allí, donde había empezado todo, donde había hecho algo más que rodar por unas escaleras. Stéphane surgió de su cocina para recibirnos, le dio a su mujer un beso en la boca y le dijo lo guapa que estaba. Después saludó a todos, de-jándome a mí para el final.

—¡Nunca creí volver a verte aquí! —exclamó, abriendo los brazos.

Lo abracé.

—Sabes perfectamente que me encanta cómo cocinas.

Sandro me atrapó por los hombros, dirigiéndose a él:

—No te preocupes. Si le entra una urgencia, ¡yo me encargo de escoltarla al servicio!

—He tomado precauciones antes de salir del teatro.

Todo el mundo se rio, yo la primera.

—¡Bueno! ¡Venid a sentaros! —nos ordenó nuestro chef oficial.

Minutos más tarde, hacía saltar el tapón del champán. Brindamos, los miré uno a uno, habíamos recorrido un largo camino juntos.

—Oye, Hortense —me preguntó Stéphane—. ¿Has venido sola? ¡Normalmente Aymeric se busca alguna excusa para asistir a la noche del espectáculo!

¡Tres años! Stéphane había necesitado tres años para hacerse a la idea del engaño de Aymeric. Y ahora ya era demasiado tarde. Para echarse a reír.

—Lo hemos dejado.

Sandro se atragantó con el champán. Bertille abrió completamente la boca. Fiona, que no estaba al corriente de todas las idas y venidas de la historia, no sabía dónde meterse. En cuanto a Stéphane...

—Después de la escalera mortal, ¡soy el rey de las meteduras de pata! ¡Podrías haberme avisado! —le reprochó a su mujer.

—No lo sabía —lo interrumpí, antes de guiñarle el ojo a Sandro: un secreto menos.

Se echó a reír. Miré a Bertille, que me sonrió dulcemente, sin pizca de fanfarronería, cuando tenía razón desde el principio.

—No necesitas explicarnos nada, ahora comprendo mejor ciertas cosas.

—Gracias.

Hubo un silencio incómodo. Pero me daba cuenta de que mi moral no estaba por los suelos después del anuncio, porque acababa de asumirlo. Ponía del todo punto final a mi historia con Aymeric. Y me sentía en paz. Me despojaba poco a poco de lo que me impedía ser feliz.

—Bueno... Vamos a cambiar de tema —exclamé entusiasmada—. ¿Y esos cursos de verano? ¡Supongo que estarán completos!

A partir de ahí me dejé llevar, un poco aturdida por la sucesión de copas, que Stéphane llenaba con mano algo más que generosa. Reímos, bromeamos, nos burlamos. Me explicaron el programa —francamente cargado— de los cursos, los distintos grupos de participantes que habían conseguido movilizar, los avances en la reforma de un antiguo estudio. Daba gusto ver su empeño y su motivación. Le estaban dando una segunda vida a la academia. Mi ausencia, unida a la presencia de Fiona, impulsaba una dinámica que quizás yo había estado obstaculizando inconscientemente.

Algo más tarde, a la hora del postre, cuando me asediaron a preguntas sobre la vida que había llevado esos dos meses en el sur, me puse de pronto más dicharachera, más contenta.

—¡Qué bien te sienta estar allí! —exclamó Bertille—. Creo que nunca te he visto tan feliz.

—Sí, es cierto. No me arrepiento de quedarme allí todo el verano. ¡Y debo decir que mi sustituta es perfecta!

—Gracias —respondió Fiona, enrojeciendo.

—No sé si tendré sitio libre en agosto, pero si lo tengo y pasáis por allí, ¡os regalo la estancia!

—¡Solo faltaría que nos hicieses pagar! —se quejó Sandro.

Nos entró un nuevo ataque de risa. Sentí una vibración en mi bolso. Mensaje de un número desconocido: *Todo el mundo se ha acostado... Espero que todo vaya bien por ahí. Élias.* Sonreí y le respondí sin pensar: *Gracias por la información. Todo bien, pero estoy deseando volver. Y usted, ¿qué tal?* Escuchaba las risas de mis amigos como entre la niebla. *En pocas horas, de vuelta en casa. Está vacía sin usted. Buenas noches. Hasta mañana.* Mi sonrisa se ensanchó aún más y le envié un último mensaje: *Gracias. E intente dormir un poco.* Esperé unos segundos hasta estar segura de que no me escribiría más y volví a meter el móvil en el bolso.

—¡Oye, Stéphane! ¡La última vez no tuve tiempo de probar ese ron con especias tuyo! ¿Esta noche podré?

—¡No tenías más que decirlo!

El restaurante fue vaciándose de toda su clientela y su personal. Tomamos un par de rondas más antes de levantarnos y pedí un taxi. Pesqué a Sandro y a Fiona mirándose de manera extraña: sorprendida, me volví hacia Bertille, que me lanzó una mirada cómplice y me hizo una señal para que me callara.

—¿Quieres que te deje en alguna parte? —propuso inocentemente Sandro a Fiona después de plegar la pata de su motocicleta.

Contuve la risa.

—¡Si no te molesta!

—¡No hay problema!

Evidentemente, ¡no le preguntaba dónde tenía que dejarla! ¡Para morirse de risa! Bertille me dio un codazo.

—¡Vamos! Mi taxi está a punto de llegar, es inútil que me esperéis.

—¿Estás segura? —se inquietó Sandro.

—¡Ya te lo he dicho! Además, me acompaña Bertille —me acerqué a los dos tortolitos y empecé por Fiona—. Hasta dentro de poco —le dije—. Gracias por todo lo que haces por la academia. No nos equivocamos contigo.

—Gracias, Hortense. Tengo tantas ganas de verla bailar, Sandro me ha hablado tanto de sus coreografías...

—Si no me tuteas enseguida, vas a tardar en verme bailar.

Si solo fuera eso... Me regaló la mejor de sus sonrisas y saltó a mi cuello. Cuando me liberó de su abrazo me acerqué a Sandro y lo abracé. Se dobló para ponerse a mi altura.

—Cuídate —susurró.

—Cuida de ella, por favor —se rio, pero después de soltarme me di cuenta de que tenía un aire de incomodidad que no le conocía—. Y de ti también —precisé.

Guiñó un ojo y le ofreció un casco a su Dulcinea, que se despidió con la mano. Montó tras él, se agarró a su cintura, intercambiaron una mirada y una sonrisa preciosas, y se marcharon.

—Qué monos son —le dije a Bertille.

—Tienes razón, no sé por qué se obstinan en no decir nada. Como si me tuviesen miedo. ¿Tan insoportable soy?

No pude evitar reír.

—No siempre es fácil tratar contigo.

Se rio también.

—De todas formas, ¡menudo asaltacunas! ¡Le saca quince años!

—¡Es cierto que yo siempre pensé que acabaría con una tigresa madurita!

—Bueno, chicas, os dejo, que tengo que acabar de recoger.

—¡Adiós, Stéphane! —le dije—. Gracias por esta velada, ha sido genial volver a tu restaurante.

—Al menos, ahora sé que no me guardas rencor.

—¡Idiota! Ven aquí —le di dos cariñosos besos y me dejó a solas con Bertille, que me observaba en silencio—. Venga —le dije—. ¿Qué te ronda la cabeza?

—¿Se acabó de verdad?

—Sí.

—Para ser sincera, no te creía capaz. Seguramente te importa un comino, pero me siento orgullosa de ti.

—Pues te equivocas, me importa y mucho.

En ese instante llegó mi taxi. La besé y ella me abrazó unos segundos.

—¿Nos vemos a principios de curso?

—Ni idea...

—Eso pensaba, no he abierto una cuarta clase.

—Creo que es lo más razonable.

No me entretuve más y me monté en el coche. Cerré la puerta y abrí la ventanilla para enviarle un beso a Bertille, que me devolvió un guiño. El taxista arrancó.

Al día siguiente, abrí los ojos a las siete, con la boca ligeramente pastosa y un poco de resaca. *Gracias, Stéphane.* Me di la vuelta sin salir del edredón y miré a través de la ventana: la víspera había llegado tan agotada al apartamento que ni siquiera había hecho el esfuerzo de cerrar las cortinas. Miré fijamente el cielo gris y pensé en la Bastida, en la luz de sus amaneceres. Y en Élias. Estaría preparando desayunos y seguramente se las arreglaba muy bien. Me daba pena no ver cómo lo hacía. Tuve ganas de llamarlo para saber cómo iba, pero me pareció más razonable esperar las pocas horas que me quedaban para estar allí. Salté de la cama y me metí bajo la ducha. Una vez vestida, me tragué un paracetamol, me serví una enorme taza de café y rescaté del fondo de un armario un paquete de galletas secas. Después saqué dos maletas, elegí entre mis cosas y las que más apreciaba las preparé para llevármelas a la Bastida. Otras terminarían en el cubo de basura del edificio y, las últimas, sobre la acera para quien las quisiera. Estaba dando los últimos toques a la gran limpieza que había empezado el día antes con las cosas de Aymeric. Me sentía feliz y aliviada por saber que estaba en paz, como yo misma.

A las once estaba lista para cerrar la puerta de mi apartamento. Le di un último repaso y me pareció sin alma, sin vida, ya no me reconocía allí. No me provocaba ninguna tristeza dejarlo... Muy al contrario, me sentía más ligera. Como si la energía volviese a apropiarse de mí.

Me marché sin mirar atrás.

14

El trayecto de vuelta se me hizo interminable. En cuanto el tren de alta velocidad atravesó la estación de Valence a 300 km/h, salté de mi asiento, recuperé mis maletas y fui a plantarme ante la puerta del vagón, dispuesta a abalanzarme sobre el andén. Me reí sola, como una niña, de mi excitación y mi impaciencia, completamente opuestas a mi estado de ánimo durante el trayecto de ida. Mi teléfono vibró en mi bolso, me lancé a por él.

—Oh... Cathie, eres tú...

—¡Vaya tono! Pareces decepcionada.

¿Por qué estaba decepcionada? ¿Qué me esperaba?

—Claro que no, ¿va todo bien?

—Sí, ¿y tú? ¿Estás en el tren?

—Acabamos de pasar Valence.

—¡Recuerda que celebramos tu vuelta a la danza esta noche! ¡Pasas la velada con nosotros en casa!

—Esto... ¿No preferís venir a la Bastida?

—¿Por qué?

—Tengo clientes.

—Pero creía que no ibas a aceptar reservas...

—Llegaron ayer de improviso, Élias se ha ocupado de ellos.

—¿Élias? Interesante... ¡Entonces, de acuerdo! Yo llevo la cena.

—¡No! No te preocupes, ya me ocuparé yo.

—¡Pero si ya está hecha!

—Gracias, Cathie, besos, hasta esta noche.

Salté del tren en cuanto se abrió la puerta. ¡Qué felicidad ese sol, ese mistral, ese aire seco! Me costó horrores meter las maletas en mi minúsculo coche. Hice todo el trayecto completamente encogida y a toda velocidad. Es un decir.

Según me acercaba por el camino de la Bastida, bajé la velocidad y recorrí los últimos metros lentamente. Cuando apagué el contacto, el radiador hizo un ruido terrible: le había exigido mucho al Panda. Bueno, se recuperaría. Me precipité fuera y respiré a pleno pulmón. Miré al cielo sin ponerme las gafas de sol, me encantaba que me bañara la luz. Aquel era mi sitio.

Mi decepción estuvo a la altura de mi alegría, segundos más tarde, cuando vi que el coche de Élias no estaba.

Tras vaciar el coche y dejar las maletas en mi habitación, me arriesgué a entrar en la suya: debía saber si había escrito algo. Y, efectivamente, había una anotación de la noche anterior.

La casa de Hortense está vacía sin ella y, como un idiota, se lo he dicho. Espero no haberme pasado. No pude evitar mandarle un mensaje. Me pregunto qué espera de su estancia en París. ¿Sigue con ese tipo? Seguramente. Me pongo enfermo solo de pensarlo. No voy a poder pegar ojo en toda la noche. Después de todo, no es asunto mío y su vida está allí. No es como si... Para.

Levanté la vista con una sonrisa risueña en los labios. Me hacía gracia. Si él supiese... Volví la página, había escrito de nuevo esa mañana. Caí rendida al pie de la cama en cuanto leí la primera frase:

«Se han marchado, puedes volver, te pedimos perdón por todo lo malo que te hemos hecho.» Nunca habría imaginado recibir esa llamada. Todos los habitantes del pueblo, todos los pacientes están arrepentidos, es lo que me han dicho. Reconocen que se dejaron arrastrar por el sufrimiento de los padres. El dolor los hizo enloquecer en aquel momento. Los comprendo, los disculpo, a pesar del daño que me hicieron. Me han dicho que prefirieron mudarse, marcharse lejos de aquel lugar donde han sufrido tanto. Parece ser que ahora me echa de menos todo el mundo, que ningún médico quiere venir a ocupar mi lugar. Mi consulta me espera, hasta he recibido una foto de la fachada renovada, el ayuntamiento está dispuesto a reformarla por completo. ¿Qué debo hacer ahora? Me están devolviendo mi vida. Debo decidir si regreso o no... Hoy por hoy, parece sencillo. Todo está más claro... El agujero negro en el que estoy metido llega a su fin. ¿Soy capaz de perdonar? Me da la impresión de que sí.

Cerré el cuaderno después de secarme una lágrima en el rabillo del ojo. Me sentía feliz por él, iba a poder dejar atrás sus fantasmas, se había hecho justicia. Lo merecía. Pero me aterraba la idea de que pudiese marcharse por lo importante que se había vuelto para mí. Abandoné silenciosamente la habitación con el corazón encogido. Para no darle más vueltas, no rumiar todo lo que había sucedido el día anterior en París ni pensar qué lugar tenía Élias en mi vida, decidí salir a correr. Aquello me hizo incluso reír; tenía más ganas que nunca de bailar y podía hacerlo, pero no me lo permitía: el estudio de baile era todavía el feudo de Élias y me gustaba que lo fuese.

En el instante en que dejaba atrás el camino de la Bastida, su coche apareció ante mí. Qué mala pata. Con una gran sonrisa en los labios, detuvo el motor y bajó la ventanilla:

—¿Acaba de llegar, y ya se va?

—Voy a correr.

Frunció el ceño, casi contrariado. Añadí:

—Un médico me ha prohibido bailar en el jardín, así que correré por un camino asfaltado en el bosque —soltó una risita—. ¿Va todo bien? —le pregunté.

—Sus huéspedes no han roto nada y, por lo que parece, han dormido bien.

—No estaba hablando de los clientes, sino de usted. ¿Qué tal está?

—Bien, bien.

Esquivó mi mirada.

—Hasta luego, sea prudente.

—Se lo prometo.

Arrancó. Yo me quedé parada. Por el retrovisor, me fijé en cómo aparcaba su coche delante de la Bastida, le vi abrir el maletero y sacar cosas que fui incapaz de reconocer desde tan lejos. Me habría podido quedar allí horas viendo cómo iba y venía, solo para disfrutar de la sensación de creer que estaba en su casa, para soñar que no se marcharía pronto. Me sentí tan aterrada por mis pensamientos que arranqué en tromba.

Veinte minutos más tarde, dejaba el coche en la entrada del bosque de cedros. Adoraba aquel lugar desde siempre. Reinaba una frescura revitalizante. Aproveché algunas barreras de troncos a la orilla del sendero para estirar las piernas. La de tiempo que llevaba esperando destensarlas, sentir cómo el músculo de la parte trasera del muslo se calentaba, igual que mis pantorrillas. Esas últimas semanas habían conseguido oxidarme un poco. Recuperé mis costumbres, me puse los auriculares y comenzó a sonar la música, con M83 acompañándome en mi vuelta al ejercicio. Me puse en movimiento al trote.

Rápidamente mis pensamientos fluyeron a la deriva. Volví a verme haciendo *footing* en París: indiferente al mundo, sin fijarme en nadie a mi alrededor, anónima, rumiando machaconamente mi historia y mis esperanzas con Aymeric. Creía ser feliz y, sin embargo, no lo era. Vivía de las ilusiones. Una felicidad ficticia.

Esta vez, cuando me adelantaron unos niños en bicicleta que me guiñaron un ojo orgullosos, les sonreí y levanté el pulgar. Enternecida, me quedaba mirando embobada a las parejas de mayor edad que paseaban de la mano —mis padres podrían haber sido esas personas—, y pensaba en la velada que me esperaba con Cathie y Mathieu. Intentaría no dejarme aturdir por las copas y no ponerme a bailar sin ton ni son para olvidar que me había equivocado de camino. Mi vida en París me parecía lejana, y eso que la había abandonado esa misma mañana.

París no era el problema, cualquier gran ciudad podría haber servido de escenario para mis errores. *Escenario* era la palabra perfecta, llevaba varios años interpretando un papel. Auguste había intentado hacérmelo entender y, por fin, corriendo entre árboles centenarios, comprendía el sentido de sus palabras. Sí, interpretaba un papel, el papel de la chica que se había recuperado del suicidio de sus padres sin terminar demasiado mal, el papel tópico de la bailarina amante de un hombre casado, el papel de la profe algo inmadura que se pliega ante sus socios, que no dice lo que quiere porque se le ha metido en la cabeza que uno hace su vida junto a sus compañeros.

Creía que debía esperar a poder bailar para encontrarme a mí misma. Y, en realidad, no. Lo hice cuando me lesioné. Cabía preguntarse si mi inconsciente no había sido el responsable de mi caída. Me había sentido tan mal durante aquella velada, tan fuera de lugar, tan poco yo misma. Desde mi esguince me había ido librando de todas las máscaras que tenía una sobre otra, de todos mis disfraces. París. La academia. Bertille y Sandro. Aymeric. Paré de correr. Había disminuido la velocidad sin querer y caminaba al paso. Nada ni nadie me impediría escucharme a partir de ahora.

Al volver a la Bastida me sentía ligera, cambiada y paradójicamente aliviada por lo que acababa de comprender y decidir. A pesar de todas las incógnitas, sabía qué dirección deseaba tomar y asumía que no iba a volver atrás. Había perdido cosas para las que ya era demasiado tarde, pero mi vida era recuperable. Dependía de mí convertirla en algo más bonito, más sincero. Allí estaba Élias. Sentí un nudo en el vientre, mis piernas empezaron a temblar, resonaba dentro de mí todo aquello que había aceptado escuchar desde hacía unos días, cuando lo sentía cerca de mí. Era tan extraño dejarse sorprender por la vida, dejarse llevar por el azar de los encuentros.

Presa de la emoción, me dirigí hacia la casa intentando no cruzarme con Élias por el momento. Me llamó cuando alcanzaba la entrada.

—¿Hortense?

Me volví. Estaba a unos metros de mí, vestido como solía para trabajar —torso desnudo, vaqueros y zapatillas gastadas— y el nudo en mi vientre se convirtió en calor.

—¿Va todo bien?

—Sí, sí —respondí, algo aturdida.

—Bueno, mejor así... Entonces, vuelvo a la tarea. Avanza a buen ritmo.

—Ah, genial, gracias —respondí, todavía un poco atontada.

De pronto, su mirada se volvió más seria, creí que iba a decir algo —¿anunciarme su marcha?—, pero al final no lo hizo y, después de un tiempo en suspenso, se alejó rápidamente. Lo atrapé corriendo, cuando ya casi había llegado al estudio.

—¡Élias!

Se volvió de golpe.

—¿Sí?

Recorrí el último metro que nos separaba.

—Cathie y Mathieu vienen a cenar esta noche. ¿Quiere unirse a nosotros?

No me arriesgaba mucho, Mathieu lo adoraba, a Cathie le gustaba todo el mundo y con ella, cuando había para tres, había para cuatro. En cuanto a mí, bueno, yo tenía ganas de tenerlo allí. Bajó los ojos, me sentó mal que dudara.

—Quizás tenía otros planes —susurré.

Una sonrisa pícara iluminó su rostro.

—Con la de gente que conozco por aquí... No quiero imponerme, tengo la impresión de estar invadiendo su espacio vital desde que llegué, y no debería...

Ya estaba cerrando puertas y yo no lo soportaba. Tenía tantas ganas de descubrir más de él y de aprovechar lo poco que conocía... Clavé mis ojos en los suyos y me jugué el todo por el todo.

—Y si le digo que me apetece que nos acompañe...

—Entonces le respondo que me apetece también.

—Problema resuelto, entonces —murmuré, sonriendo. Di unos pasos atrás sin dejar de mirarlo—. No trabaje mucho.

—Hasta luego...

Me alejé, contenta. Una vez en el interior de la casa me llevé la mano a la boca para contener el exceso de emociones. Mi corazón palpitaba. Porque me estaba recuperando, porque había podido mirar a Élias y fijarme en él, reencontrarlo, dejar que se acercara y, quizás por esa razón, era el primero en llegarme de un modo tan profundo.

Me encerré en la habitación de mis padres durante el resto de la tarde. Entre todas las revelaciones que había sentido, una de ellas me decía que debía hacer frente de una vez por todas a su ausencia. Era algo que ya había comenzado a hacer cuando llegué y me di cuenta de que tenía que dejar mi huella en la Bastida, de que no podía seguir siendo solo la casa de mis padres. Ocuparme de su cuarto era la forma de que se convirtiese en *mi* casa. Era cierto que era allí donde había crecido, pero debía transformarse en el lugar donde iba a vivir. Abrí la ventana y me senté en su cama, acaricié distraídamente la colcha, memorizando cada detalle, cada recuerdo, antes de deshacerlo todo, antes de librarme de esa última barrera que me impedía seguir adelante. Su cuarto se transformaría en mi despacho.

Perdí la noción del tiempo cuando abrí su armario y me puse a vaciarlo.

Al final de la tarde, sobre las siete, la voz de Élias resonó a lo lejos, estaba hablando con alguien; los huéspedes, sin duda. Dejé lo que tenía entre manos, me derrumbé sobre la cama y empecé a fantasear. A soñar como nunca lo había hecho con Aymeric. Sí, soñaba que Élias se quedaba, que vivía aquí, conmigo. Me reía de mí misma, volvía a ser una adolescente sentimentaloide. Me estaba buscando y me levanté de la cama, ligeramente aturdida. Llegué hasta la entrada, donde efectivamente se encontraba junto a los clientes que habían llegado el día antes. Me sonrió, mirándome fijamente a los ojos.

—Les dejo con Hortense. Buenas noches.

La pareja agradeció de manera efusiva su recibimiento, definitivamente sabía cómo conquistar a la gente con discreción y amabilidad, y después se volvió hacia mí. No sabía ni qué les estaba contando, pero parecía que les venía bien. Seguí a Élias con la mirada mientras subía a su habitación, rescaté del fondo de mi memoria el itinerario para llegar a un restaurante en Roussillon donde tenían reserva y también desaparecieron. Vista la hora, debía prepararme para la llegada de Cathie, Mathieu y Max, a los que casi había olvidado. Me encerré en el cuarto de baño y permanecí bajo la ducha —fresca— un buen rato. Elegí un vestido escotado que solo me ponía allí y me calcé las sandalias. No me sequé el pelo, solo me lo cepillé y dejé que se moldeara como quisiera, aunque sabía que terminaría revolucionado. Me contenté con un toque de lápiz de ojos y de máscara, no me maquillé más, quería permanecer natural, ser yo misma.

En ese instante me di cuenta de que solo pensaba en mí, que no era ni para gustar a Élias —de todas formas, no tenía ni la más mínima idea de lo que le gustaba—, ni para interpretar ningún papel. Se acabó tratar de ser seductora hasta el agotamiento. Solo sería yo. Era la única cosa que deseaba en mi vida a partir de ese instante: ser yo, dejar de actuar en función del resto. Salí de mi escondite y me dirigí hacia la cocina a preparar una bandeja para el aperitivo.

—¿Puedo ayudarla?

Di un respingo. Él también salía de la ducha, llevaba una camisa blanca sobre sus vaqueros, era la primera vez que lo veía vestido de esa forma, le sentaba bien.

—No tengo más que sacar cuatro vasos del aparador y una botella de la bodega. Es Cathie la que cocina esta noche.

Sonrió burlonamente mientras se acercaba a mí.

—Tiene usted mucho talento, invita a sus amigos a casa y son ellos los que hacen el trabajo sucio. ¡La felicito! ¡Yo nunca me habría atrevido!

Me eché a reír.

—Se equivoca, Cathie me invitó a ir a su casa y yo preferí que fuese aquí, así que aceptó bajo la condición de ocuparse de la comida.

—¿Y por qué rechazó su invitación?

—Tengo que vigilar unas obras y mi colección de cucharitas de postre —se rio a su vez. Dios mío, qué luminoso era cuando reía—. ¿Vamos fuera? —propuse.

Se encargó de abrir una botella mientras yo terminaba de preparar la bandeja con los vasos y las cosas de picar. Todo un caballero, me dejó pasar delante para ir hasta el cenador. Nos sentamos uno al lado del otro en el sofá y crucé las piernas bajo las nalgas. Me tendió mi vino. No hizo chocar las copas para brindar, sino que rozó delicadamente la suya contra la mía. Apenas se oyó un tintineo. Bebimos un trago los dos sin dejar de mirarnos. Completamente girado hacia mí, se hundió del todo en el sofá y apoyó su cara en la palma de su mano, no por cansancio, no, en realidad me daba la impresión de que estaba en paz.

—Y bien, ¿París?

Lo atento que me miraba me hizo reír.

—Acabé la limpieza que había empezado hacía unas semanas...

Suspiró dulcemente, como aliviado.

—¿Y sienta bien?

—Sí, pero... dígame, ¿es el médico el que pregunta? —dije, divertida.

Levantó la cabeza y su mano descendió sobre el respaldo del sofá, muy cerca de la mía. Me envolvió con la mirada, serio.

—No, no es él.

Mi corazón se encogió un instante. Entreabrió la boca, me sonrió con una dulzura sin igual. Y sentí sus dedos recorrer el anverso de mi mano. El tiempo quedó en suspenso y yo quedé suspendida en sus ojos, concentrada en su caricia, que provocaba escalofríos sobre mi piel, en todo mi cuerpo. Me invadió un deseo de una intensidad devastadora, un deseo embriagador, un deseo que daba la impresión de haber encontrado su lugar. No quería que aquello parara. Un instante como aquel solo se sueña con vivir una vez en la vida.

A lo lejos, escuchamos el ruido de un coche y de unos portazos, pero, en el fondo, yo no oía nada, el mundo era inexistente a nuestro alrededor. Élias no dejó de acariciarme, me miraba con más intensidad aún, como para protegernos, para encerrarnos en esa burbuja que acababa de crear para nosotros.

—¡Madrina!

El aire penetró de nuevo en nuestros pulmones doloridos, aunque habría preferido quedarme en aquella apnea. Tuve que ahogar una sonrisa, él también. Me acarició por última vez antes de soltarme, arranqué mis ojos de los suyos y me levanté. Pasé ante él y me agaché para recibir a Max.

—¡Ven aquí, tesoro mío!

Un abrazo con todas mis fuerzas a mi ahijado para tomar tierra de nuevo, regresar a la realidad.

—Voy a llevar esto a la cocina —canturreó Cathie.

Volví a abrir los ojos y liberé a Max de mi achuchón. Tuve la sensación de que perdía el equilibrio al erguirme. Mathieu, sin darse cuenta siquiera, evitó que tropezase al atraparme entre sus brazos para saludarme. Sus tres besos estallaron en mis tímpanos. Me soltó y dejó paso a Cathie, que me cogió por el hombro.

—¡Pero qué guapa estás esta noche! —exclamó—. ¡Hace una eternidad que no te veo con ese vestido!

Debió de notar mi cara risueña y mi cabeza en las nubes, porque frunció el ceño, intrigada.

—¡Hola! —voceó Mathieu.

Élias regresaba del borde de la piscina, cigarrillo entre los labios, frotándose la nuca. Me buscó con la mirada, me encontró y dejó que sus ojos dijeran miles de cosas antes de conceder su atención a Mathieu. Cathie me soltó también y se dirigió hacia él, sin dejar de mirarme de reojo. Le dio dos besos y contuve una carcajada. Élias y yo no habíamos traspasado nunca esa frontera. Le presentó a Max, Élias se puso a su altura, lo observó, le dijo algo que no oí y le alborotó el pelo.

—He invitado a Élias a cenar con nosotros —anuncié.

—¡Eso ni se pregunta! —exclamó Mathieu—. ¡Vamos a beber algo!

No sabía dónde tomar asiento frente a la mesa baja; tenía ganas de estar frente a él para mirarlo, a riesgo de permanecer distraída de todo lo demás, pero deseaba tenerlo a mi lado para sentirlo muy cerca, algo que tampoco me dejaría concentrarme en mis amigos. Cathie encontró una solución alternativa: la suerte decidiría por mí.

—¿Puedo ponerle a Max unos dibujos animados?

—¡Sí, claro! Déjame hacerlo a mí. ¡Ven! —le dije a este.

Minutos más tarde, lo senté ante *Fort Boyard* mientras me prometía que no le diría nada a su madre. Para eso están las madrinas. Me disponía a dejarlo cuando me di cuenta de que no estábamos solos. No necesitaba verlo, su presencia en la habitación bastaba. Me alejé de mi ahijado y me acerqué a Élias.

—Hemos olvidado los hielos —me informó.

—A Cathie le gusta el rosado con hielo.

—Eso parece.

Nos acercamos un poco más el uno al otro.

—¿Bien? —me preguntó, ligeramente preocupado.

—Sí...

De la preocupación pasó a la burla.

—Va a parecer una estupidez, pero ¿no ha llegado ya la hora de tutearse?

Me reí ligeramente, mirándolo a través de sus pestañas.

—No tengo por costumbre tutear a los clientes de la Bastida, pero... tú no eres uno de ellos exactamente.

—Ve con tus amigos, ahora voy.

Con la sonrisa en los labios, desapareció en la cocina. Llegué a la terraza con la impresión de estar flotando. Cathie me ofreció sentarme a su lado dando una palmadita en el asiento, en el lugar que ocupaba Élias antes de que llegaran.

—¿Te encuentras bien? —murmuró.

—Sí... Muy bien, diría yo.

Mi voz me sorprendió, sonaba tranquila, suave, casi lánguida. Élias volvía ya para unirse a nosotros. Bebimos y me encantó que lo hiciéramos mirándonos a los ojos, incluso aunque me costara mucho soltarme de los suyos.

—Y entonces, ¿qué tal el espectáculo?

—Muy bonito, muy conseguido.

—¿Te afectó no estar en él?

—Sí, pero no como te imaginas.

—¿Qué quieres decir?

—Estoy esperando a poder bailar de nuevo, así que te lo contaré pronto... Creo que te va a gustar.

No era el momento de hablar de mis proyectos. Mathieu le dio un codazo a Élias a la vez que nos interrumpía.

—Es profe de baile.

—Lo sé.

Vi a Cathie acechándome por el rabillo del ojo, con curiosidad creciente. La ignoré.

—Vas a tener que pisar el acelerador con el estudio de baile —lo pinchó Mathieu.

—¡Es cierto, eres tú el que hace la obra! —exclamó Cathie, intrigada.

—La he terminado esta tarde.

—Gracias —suspiré sin dejar de mirarlo.

—¡Qué eficacia! Pues bien, ¡hay que encontrar un modo de que te quedes hasta el final de la temporada! —le dijo Mathieu—. ¡Aquí siempre encontrarás trabajo!

Brusca vuelta a la realidad. Élias apretó el puño, me lanzó una mirada furtiva y esbozó una media sonrisa no desprovista de tristeza. Mi corazón se encogió. Solo estaba de paso... Ahora que había terminado, se había librado de uno de sus compromisos. Y podía volver a su casa. ¿Durante cuánto tiempo más lo necesitaría Mathieu?

—No tengo planes por ahora —le respondió Élias.

—Aparte de trabajar con mi marido, ¿te dedicas a algo más? —le preguntó Cathie.

Pregunta lógica, pero con el peligro de que se cerrase como una ostra.

—Voy tirando encadenando pequeños trabajos. Pero nunca me quedo mucho tiempo en un sitio concreto.

—¿Cómo? ¡Aquí se está muy bien! —le reprochó Mathieu, con un punto de orgullo que me hizo sonreír.

—¡Ya salió el chovinista! —se burló Cathie.

Todo el mundo se echó a reír.

—Entonces, Hortense —intervino Mathieu—. ¿Trabaja bien, por lo menos?

—No lo sé, no he ido a verlo.

—Ah, ¿no?

—Iré a comprobarlo mañana.

Élias me sonrió.

—Vale, mientras tanto, ¿me permites que vaya a echar un vistazo?

—Ve, ¡pero no nos cuentes nada!

—¡Esta noche estás muy rara! —Mathieu se puso en pie—. ¿Me lo enseñas? —le preguntó a Élias.

—Voy.

Los seguí con la mirada hasta que desaparecieron tras un costado de la casa. Lancé un profundo
suspiro.

—¿Puedo saber qué está pasando, Hortense?

Bajé la cabeza y bebí un trago de rosado.

—No lo sé, no puedo explicarlo.

No me atrevía a mirarla.

—¡Hola! Soy yo, Cathie, a mí me lo puedes contar todo.

Ahogué una risita antes de levantar la cabeza hacia ella, mi dulce y tierna Cathie.

—No lo entiendo, te lo prometo. Ha sido todo
tan rápido que ni siquiera me he dado cuenta, hace
muy poco tiempo estaba llorando por otro hombre...
y ahora...

Cogió mi cara entre sus manos.

—Tu duelo por la ausencia de Aymeric empezó
en el mismo instante en que lo hizo vuestra relación.
Lo que te voy a decir seguramente te suene muy fuerte, pero Aymeric y tú nunca fuisteis una pareja.

—Eso ya lo sé.

—Y curiosamente, ahora, en esta media hora, me
da la impresión de haber notado algo entre Élias y
tú... Sin embargo, tengo la sensación de que no ha
ocurrido nada todavía.

Me dedicó una sonrisa pícara, que le devolví.
Después suspiré profundamente.

—Pero ¿qué sentido tiene? Se va a marchar...

—No es eso lo que he oído, no hay nada seguro.
Parece más feliz que cuando llegó.

—Eso creo, sí...

—¿Sabes algo más de él?

Asentí.

—¿Y bien?

—No puedo contártelo...

No se me pasaba por la imaginación traicionarlo.

—¿Quieres que Mathieu lo haga picadillo para que se quede aquí el resto de su vida? Dímelo, será un placer para él encargarse.

Nos reímos las dos.

—Deja de decir tonterías y vamos a poner la mesa.

La cena transcurrió entre las risas, el buen humor, la espontaneidad y las miradas que intercambiamos Élias y yo. La armonía era perfecta; Mathieu y Cathie, sin saber nada de Élias y sin que *aparentemente* hubiese ningún lazo particular entre él y yo, lo habían adoptado. Era casi como un sueño. No sentía ningún tipo de incomodidad, ni malestar, ni mal rollo que pudiese entristecerme. Lo único que me hacía trizas el corazón era la idea de su marcha. A la hora del postre, tuve que dejar la mesa para recibir a mis huéspedes, que volvían del restaurante. Élias se unió a mí antes de llegar a su altura.

—Mathieu me ha enviado a buscar una botella de vino.

—¿Te ha mandado a ti? Normalmente sabe encargarse él solo.

Resultaba extraño tutearle y, sin embargo, se me hacía tan natural... En sus labios se dibujó una sonrisa ligeramente avergonzada.

—Lo cierto es que no le he dejado mucha elección...

Los segundos pasaban.

—Voy a ir.

—Creo que será lo mejor.

Me rozó para entrar en la casa, su mano pasó cerca de la mía de una forma que no tenía nada de fortuita. Por un instante me quedé de nuevo sin respiración.

Cuando Cathie y Mathieu se marcharon en dirección a su casa, Élias me dejó acompañarlos sola. Mathieu me lanzó un guiño que lo decía todo. Aunque pareciera un poco tosco, lo había pillado. Antes de subir al coche, Cathie me besó en la mejilla con cariño, sin decir nada más. No hacía falta. Cuando desaparecieron en la noche, a pesar de que mi corazón latía con fuerza, suspiré de placer. Fui a buscarlo al jardín. No lo encontré. Y entonces oí su respiración a mi espalda, muy cerca de mí. Sonreí.

—Pensé que habías ido a acostarte...

—¿Lo habrías preferido?

—No..., creía que ya lo sabías.

Me puso la mano en el brazo y ascendió delicadamente hasta mi hombro. Me volví hacia él. Tendría que haberle preguntado si pensaba huir pronto, haberle dicho que lo sabía todo, pero fui incapaz. No pensaba que fuera posible. Nunca habría imaginado que Aymeric formaría parte de mi pasado, nunca me habría sospechado capaz de hacer lo que me disponía a hacer. Solo tenía ojos para ese hombre secreto, dulce, conmovedor que tenía frente a mí. Mi universo se concentraba en él, en ese instante. Atrapé su puño cerrado entre mis manos. Se dejó hacer, acercándose aún más. Entrelazó nuestros dedos.

—Tengo miedo, Hortense. Miedo de lo que se nos viene encima.

—Yo también, pero creo que me da más miedo dejarlo pasar.

Rodeó mi cintura delicadamente con su brazo. Sería incapaz de definir quién, si él o yo, besó al otro primero. Simplemente nos besamos, juntos. Fue un beso febril, nos buscamos, torpemente, sin duda asustados y sumergidos en lo que nos estaba pasando. Sin embargo, tuve la sensación de que era lo más hermoso que había dado y recibido. Sin decir nada, pero cogiéndonos con fuerza de la mano, nos dirigimos hacia mi habitación. Él cerró suavemente la puerta y me sonrió. Yo reculé hacia mi cama, él me siguió; no dejaba de mirarlo, incluso en la penumbra. Hicimos el amor igual de febriles que en nuestro primer beso: torpe, delicado e intenso a la vez. Nos mirábamos a los ojos, con la respiración entrecortada, maravillados, conmovidos por las sensaciones, por el placer que nos ofrecíamos. Con él descubría otra forma de deseo, de gozo que iba más allá del sexo y del resultado. Élias y yo, por primera vez, en comunión total.

Permanecimos mucho tiempo abrazados, incapaces de separar nuestras pieles. Besaba mis mejillas, mis labios, mi nariz, mis hombros; yo acariciaba su espalda, su pelo, un nuevo arañazo en su mentón.

—Tengo la sensación de no haber experimentado nunca algo así —me confesó entre susurros—. Nunca había estado tan bien como ahora.

—No sé adónde nos conducirá esto, pero no quiero que te vayas. No hables más de tu marcha, como esta noche.

Arrugó los ojos, acababa de hacerle daño, pero no había podido evitarlo. Quería saber más y más de él.

—Por el momento, aquí estoy...

Pasamos la noche enlazados el uno con el otro, sin soltarnos. No se escapó como un ladrón, se quedó a vivir y saborear cada minuto conmigo. Seguía dormida, pero sentía su brazo sobre mi piel, mi vientre, mis caderas. Cuando su mano empezó a escabullirse, la atrapé.

—¿No sigues durmiendo? —murmuró.

—Sí, pero te vas...

—No, no me voy, pero creo que hay que ir a preparar el desayuno...

—¿Y si dejamos que se las arreglen solos? —se rio en mi cuello y yo apreté su brazo en torno a mí, me gustaba despertarme a su lado, sentirlo feliz y bien junto a mí. De pronto, se volvió en silencio—. ¿Qué pasa?

—El panadero —tenía razón, se escuchaba el ruido de un motor a lo lejos—. No te muevas, ya voy yo.

Salió de la cama, se puso rápidamente los vaqueros y se acercó a la puerta. Antes de abrir, se giró hacia mí.

—Es sencillo creer en nosotros...

Mi corazón se hinchó. Tenía razón.

—Sí...

Se fue. Escuché cómo abría la puerta de entrada, le daba los buenos días al repartidor, recibía el pan y la bollería como si lo hubiese hecho toda la vida, como si estuviese en su casa, como si nos encargásemos del hospedaje juntos, de la mano. Sin embargo, todo eso no era más que un sueño... ¿Tendría yo una facultad particular para imaginarme vidas que no existirían nunca en la realidad? ¿Para hacerme ilusiones inmediatamente, sin tener nada concreto a lo que agarrarme? Mi relación con Aymeric lo demostraba. La forma en que me dejaba llevar con Élias, cuando podía marcharse en cualquier momento, ¿era otra prueba?

Al llegar al comedor, descubrí a los huéspedes, ya vestidos para hacer senderismo, pidiéndole té o café. Había encontrado tiempo para subir a su habitación y ponerse una camiseta. Me saludaron y poco más. Élias me guiñó un ojo y enfilé en dirección a la cocina para preparar el café y poner agua a hervir. Minutos más tarde, mientras seguía soñando con ese posible imposible, las manos de Élias asaltaron mis caderas, se pegó a mi espalda y cerré los ojos, emocionada por la espontaneidad entre nosotros, por esa ausencia de incomodidad tras nuestra primera noche de amor.

—Cuanto antes les sirvamos, antes nos quedaremos tranquilos —me susurró al oído.

Lancé una risita y me volví hacia él para dejar un beso en sus labios.

—Me daré prisa en echarlos.

Se rio también.

—Es la primera vez que te veo engullir algo más que un café por la mañana —le hice notar al verle morder un cruasán fresco.

Nuestros senderistas se habían marchado por fin. Una vez solos, nos habíamos sentado fuera a desayunar. Como cada mañana.

—¡Me lo apuntas en la cuenta!

Le di una palmada en el hombro.

—¡Idiota!

Me acomodó entre sus brazos al fondo del sofá, acurruqué mi cara en su cuello y mi mano se agarró a su cintura. A lo lejos distinguí el olivo de mis padres; en ese instante los sentía más cercanos que nunca. Élias suspiró, a gusto, sin decir nada. Simplemente estábamos bien allí, juntos. La vida normal de dos enamorados —me di permiso para pensarlo— que compartían el desayuno un domingo por la mañana, después de una velada entre amigos y una noche de amor. Habíamos construido nuestra vida cotidiana antes de vivir plenamente el despertar de nuestros sentimientos. Algo así como si lo hiciésemos todo al revés. Volví a pensar en las palabras de Cathie, que había tenido la sensación de estar viendo a una pareja. Yo tenía la impresión de estar descubriendo, y en cierto modo de conocer ya, la vida junto a él. Hice que me abrazara más fuerte y lo rodeé con los brazos. Aspiró mi piel, mi pelo.

—Hueles bien —susurró.

Sonreí y levanté la cara hacia él. Pasó la mano sobre mi mejilla, despejó mi frente y me miró fijamente con dulzura. No pude aguantarle la mirada, demasiado emocionada por lo que sentía.

—¿Qué pasa? —dijo, inquieto.

—Nada..., solo que es increíble. No debería decirte esto, pero me siento tan bien contigo, Élias. Te voy a asustar...

—Si tú me vas a asustar, yo te voy a aterrorizar... Eres lo último que me esperaba... Tengo la impresión de renacer contigo, como si tu presencia en mi vida me ofreciese una segunda oportunidad.

—¿Por qué una segunda oportunidad? —no pude evitar preguntarle.

Inspiró profundamente.

—Antes de lanzarme a la carretera, como dices, tenía una vida que me gustaba, que me convenía... Hace algunas semanas, antes de llegar aquí, antes de conocerte, creía que terminaría así, errando de un sitio a otro, solo... Y ahora, ya ves —sus palabras me cortaron la respiración, debí de abrir los ojos como

332

platos—. ¡Creo que soy yo el que se lleva el premio al terror! —intentó bromear.

—Te equivocas, eso no me asusta...

Y lo besé para conservarlo cerca de mí, súbitamente aterrada ante la idea de que huyese.

15

Por la tarde, cuando la Bastida estaba todavía desierta, volvimos a nuestro cuarto. Desnuda, entre sus brazos, tenía la mirada inmersa en el jardín; la ventana estaba abierta de par en par, era como si hubiésemos hecho el amor en plena naturaleza. De pronto, me sentí despierta, llevada por un deseo irrefrenable. Estaba colmada de amor, de placer, de ternura, y aquello me latía fuerte dentro, en mi corazón, en mi cabeza. Había llegado la hora.

—Élias.

—¿Sí?

—¿Me llevas al estudio de baile?

—Cuando quieras...

—¡Ahora!

Levanté el rostro hacia él y lo besé. Después salí de la cama y me puse a revolver mi armario para rescatar un calzón corto y un top de baile. Mientras me vestía, oí el ruido de la ropa de Élias. Cuando terminamos de prepararnos, le pedí que esperase dos minutos y entré en el cuarto de baño a por una venda. De vuelta a la habitación, protegí el tobillo con precaución, ante su mirada concentrada y atenta.

—Es solo para que te quedes más tranquila —apuntó.

Me tendió la mano, la agarré sin decir palabra y nos dirigimos al estudio de baile. Mi corazón latía a toda velocidad; iba a volver a bailar, pero tenía miedo de que no fuera bien, de que la danza ya no formara parte de mí, de tanto que habían cambiado las cosas desde mis últimos pasos. Y pensaba en papá, en su espíritu, su amor paternal... ¿Habían desaparecido, ahora que alguien había ocupado su sitio para arreglar ese lugar? No me arrepentía de haberle confiado esa tarea a Élias, y menos aún en las últimas horas, días incluso. Me parecía un soplo de sabiduría pensar que, si al final debía marcharse, si no podíamos hacer un tramo del camino juntos, era de todas formas él quien debía hacer que aquel estudio renaciera. Absorta en mis pensamientos, se detuvo de repente a medio camino. Lo interrogué con la mirada, su rostro estaba tenso.

—Hortense, quiero que me digas si te parece bien o no; si quieres, puedo rehacer algunas cosas.

—No hay ninguna razón para que no me guste.

—Eso espero...

Estábamos a tres metros de la cristalera.

—¿Me tapas los ojos y me guías hasta el interior?

Sonrió, visiblemente divertido. Se colocó a mi espalda y posó delicadamente sus manos sobre mis párpados para impedirme ver. Me hizo avanzar paso a paso y me dejé hacer, invadida por un sentimiento de seguridad, de serenidad. Susurró a mi oído cuando pasamos el umbral para que levantase el pie. Estaba en el estudio de baile. Me hizo avanzar unos metros más, comprendí que me guiaba hasta el centro del parqué. Sentí un nudo en la garganta, me acordé de papá, de mamá. ¿Qué pensarían ellos? Temblaba como una hoja. Se notaba el olor de siempre, apenas teñido de efluvios de pintura fresca; no el aroma a polvo, sino el de la piedra venerable, que relaja, impregnado de notas de naturaleza. ¿Cómo lo había conseguido?

—He trabajado con las ventanas siempre abiertas —susurró.

Me agarré a sus brazos.

—Gracias.

Apartó las manos de mi cara, pero dejé los ojos cerrados y sentí que se alejaba de mí. Esperé unos segundos más, el tiempo justo para que mi cuerpo se relajase un poco. Mis párpados aletearon y me descubrí ante el gran espejo. Ya no me parecía a la que había visto cuando había regresado por primera vez con Cathie. Estaba más en forma, tenía mejor cara, mi mirada ya no era tímida, sino decidida. Comenzando por ese reflejo, redescubrí el pequeño paraíso regalo de papá. Había reparado los muros y recuperado su blancura y su luminosidad; el parqué brillaba, pero no era resbaladizo —se veía—, no tendría temor a caerme. Levanté la cabeza, las vigas estaban pintadas como lo habían estado en su origen. Y, sin embargo, nunca se lo había comentado, había tomado la decisión solo. Me volví y descubrí las fotos colgadas de las paredes. Me acerqué, ahogada por la emoción. Yo las había quitado todas y las había guardado en el fondo de un armario, en un ataque de cólera, tras la muerte de mis padres. Había fotos de Cathie y de mí ahí mismo o durante los espectáculos en nuestros años de instituto, las había de mis audiciones, de mis concursos, de mis pequeñas representaciones, otras también de mi año con Auguste, con Bertille y Sandro, de la inauguración de la academia y de los primeros cursos en la Bastida, cuando mis padres seguían con vida. Había una de papá con su clarinete, y de mamá mirándolo, admirada y enamorada.

Me volví hacia Élias, que me observaba desde el umbral de la cristalera, y lo interrogué con la mirada. Parecía incómodo.

—Tuve que vaciar el armario y, para revocar las paredes, quité los clavos... Después pensé que quizás tenías ganas de que los cuadros volviesen a su sitio...

Se calló al verme correr hacia él. Salté a su cuello y lo abracé con fuerza, con ganas de estrujarlo entre mis brazos, de sumergirme en él para no ser más que uno solo para siempre. La rapidez con la que conseguía estremecerme, trastocar toda mi vida, me parecía irreal.

—Gracias, no te imaginas lo que acabas de hacer... Le has devuelto el alma a este lugar. Ahora, todo brilla.

Me separé un poco de él y atrapé su cara entre mis manos. Mis ojos estaban llenos de lágrimas y debía luchar contra lo que me pedía el corazón.

—Élias, hay cosas que me gustaría decirte, pero todavía es demasiado pronto, es demasiado fuerte. Sin embargo, te lo juro, están ahí...

—No digas nada. Guárdalas todavía para ti... No estoy listo para escucharlas.

Una duda atravesó su mirada, tenía miedo, yo tenía miedo... Lo besé, pero rompió rápidamente nuestro beso.

—Ahora te voy a dejar sola.

Llevaba razón, no podía mezclarlo todo, tenía una tarea que terminar.

—Sí..., será mejor. Un día bailaré para ti, pero no ahora.

—No hay ninguna prisa y creo que necesitas bailar para ti misma y para nadie más, poco importa quién.

¿Cómo podía conocerme tan bien?

—Gracias.

Dio unos pasos atrás, con la sonrisa en los labios. Se alegraba por mí y no esperaba nada a cambio, bastaba con mi felicidad para alegrarlo.

—Hasta luego...

Desapareció y por fin me quedé a solas frente a mí misma. Iba a volver a la danza, volver a mi lugar, a mi arte, sin tener que mostrárselo a nadie por el momento. A pesar de lo impaciente que estaba por soltar mi cuerpo, mis emociones, me aguanté y empecé con un calentamiento riguroso, estricto, metódico y progresivo. Tras media hora larga de ejercicios, pude incluso terminar con un *split.* Me gustaba ese calor que irradiaba el interior de mis muslos, ese dolor me resultaba beneficioso, placentero, y le envié mentalmente mis disculpas al sabio loco.

Sí, a veces el dolor era salvador, tenía algo de bueno. Por fin me sentía viva. Estaba lista. Sin preocuparme por molestar a mi alrededor, puse el volumen de la música muy alto. Me coloqué frente al espejo. Inspiré profundamente y me dejé llevar por la improvisación. Di el primer paso. A partir de ahí, perdí completamente la noción del tiempo, me fui lejos, muy lejos; bailaba, bailaba, desplegaba los brazos, las piernas, saltaba, me arqueaba al máximo, agarrada a la barra, encadenaba incluso pequeñas piruetas, teniendo buen cuidado de no forzar mucho. Recobraba el contacto con el suelo, aspirando el parqué, acariciándolo delicadamente con mis movimientos —o, al menos, eso esperaba—. Respiraba tan bien, había mejorado tanto que el sofoco normal tras un periodo de inactividad como aquel no me molestaba, lo asumía, lo aceptaba incluso con gusto. Mi cuerpo estaba vivo, sudaba y aquel sudor de esfuerzo, de placer y de adrenalina me daba fuerzas de nuevo.

Sin dejar de bailar, bajando simplemente un poco el ritmo para no agotarme, lloraba, reía. Las lágrimas eran por los adioses que estaba dando: Aymeric, que había salido de mi vida, me había vuelto feliz, triste, enfadada, me había hecho perder el tiempo... y, sin embargo, ya no me arrepentía de nuestra historia, había valido la pena que la viviéramos. Derramé lágrimas de nostalgia también porque iba a decirles adiós a la academia, a Bertille y a Sandro. Y las últimas se las dediqué a Auguste, que había confiado en mí, me había apoyado siempre y, sobre todo, me había devuelto la libertad.

Esas lágrimas se mezclaban con las risas porque era profundamente feliz allí, bailando frente a la naturaleza, al sol, a los árboles azotados por el mistral, en el calor sofocante de mi casa. Dentro de mí ya no había miedo, miedo a la pérdida, miedo a no ser amada. Estas últimas semanas había deconstruido mi vida. Ahora iba a construir. Construir mi futuro. Iba a vivir para mí.

Incluso aunque estaba ausente —sabía que era lo bastante discreto y respetuoso como para no romper su palabra de dejarme sola—, pensaba con muchísima intensidad en Élias. ¿Cómo ese hombre, en pocas semanas, con pocas palabras y unas pocas miradas, había podido llenarme tanto? Estaba dispuesta a abrirle todas las puertas de mi vida, sin pensar, sin darle vueltas, en confianza.

Pero si él se arrepentía y me rompía el corazón, las decisiones que estaba tomando no resultarían afectadas. Ya no dejaría de vivir por amor o por la esperanza de tenerlo. Le tendería la mano, esperando que la cogiese, que me permitiese ayudarlo a acabar con sus fantasmas, a curarle como él me había ayudado a curarme, de la forma más sencilla del mundo, sin ni siquiera darnos cuenta.

Por fin me detuve, con el entrenamiento del día siguiente ya en la cabeza, agotada y revitalizada. Estiré con cuidado —no tenía intención de despertarme dolorida por las agujetas— y salí al aire libre, ansiosa por compartir de inmediato aquella viva emoción junto a Élias. Fui a buscarlo. Nadie delante de la casa. Escuché por si había ruido procedente del piso de arriba, en el caso de que hubiese vuelto a su habitación: nada tampoco. Antes de investigar en el jardín, me puse una camiseta para no coger frío. Me invadió una ligera angustia y salí corriendo hacia el patio. Bingo. Todas las puertas de su coche estaban abiertas, al igual que el maletero. Alrededor, bolsas, cajas y él trajinando entre ellas. Me tomé unos segundos para observarlo: parecía absorto, concentrado, ajeno al mundo. Mientras me acercaba, pisé algunas ramas secas, pero no reaccionó, no oía nada. ¿En qué estaría pensando? Quizás se preparaba para marcharse; había terminado el estudio de baile, había pasado la noche conmigo, nada lo retenía y lo esperaban en su casa. Sin embargo, aquello me parecía imposible y completamente opuesto a lo que me había hecho descubrir ese día.

—¿Qué haces? —me atreví por fin a preguntarle cuando estaba a menos de un metro de él.

Se detuvo en seco y se levantó hacia mí. Me miró unos segundos antes de sonreír.

—Ya no encuentro nada en mis cosas, estoy ordenando un poco.

—¿Por qué?

Mi voz no había podido disimular mi angustia. Franqueó la distancia que nos separaba y me cogió entre sus brazos.

—Porque tenía que hacer algo mientras tú estabas ocupada..., eso es todo.

—He pensado algo.

—Te escucho.

—Quizás podrías dejar libre tu habitación y meter tus bolsas de viaje en la mía.

Pareció avergonzarse.

—Sabes que casi no duermo, no me gustaría molestarte todas las noches...

—Prefiero sentir cómo te mueves en la cama a tener que subir para estar contigo. Y, además, ¿quién sabe? Quizás dormirás mejor conmigo...

—Es posible...

Me besó mientras me abrazaba con fuerza, sus manos se colaron sobre mi piel para acariciar mi espalda.

—O quizás no... —murmuró con su boca contra la mía.

Aquella noche, tras muchas dudas, decidimos quedarnos en la Bastida. Nos debatíamos entre las ganas de ir a un restaurante, de que nos sirviesen, y las de permanecer en nuestra burbuja, sin enfrentarnos al mundo exterior. Después de cenar, me acurruqué en sus brazos. Acababa de pasar uno de los días más hermosos de mi vida. Tendría que haber aprovechado la ocasión para encontrar el valor de confesarle que había leído su diario y que temía que se fuese pronto. Pero había comprendido algo en esas últimas cuarenta y ocho horas: me equivocaba cuando interpretaba un papel por amor. Debía dejar a Élias libre, no meterle presión y, sobre todo, no obligarlo a vivir lo que yo había vivido. ¿Con qué derecho podía obstaculizar su camino cuando yo acababa de encontrar mi lugar? Por dolorosa que fuese esa decisión, no podía retenerlo si su felicidad estaba en otra parte. Pero ¿cómo transmitirle el mensaje sin revelarle que lo sabía todo? Levantó mi mentón sonriendo.

—Y bien, cuéntame. El baile... Todavía no me has dicho nada.

—¿Quieres saberlo?

—¡Por supuesto!

—Prométeme que no le dirás a Cathie que lo has sabido antes que ella.

—¿Confías en mí?

Acaricié su mejilla. Me sentía tan emocionada de poder decirlo en voz alta.

—No voy a volver a París al final del verano. Me quedaré aquí y abriré una pequeña academia en la Bastida, sola, quiero enseñar a mi modo, en mi casa. Es mi sueño desde siempre.

Me besó con pasión. Rompí nuestro beso para seguir contándole:

—He comprendido algo: cuando uno tiene un hogar, una vida, un proyecto, no hay que renunciar a ello. Por nada del mundo. Ni siquiera por amor...

Frunció el ceño.

—¿Por qué me dices eso?

—Porque es lo que he hecho estos últimos años. He aprendido la lección. Y creo que es importante que no lo olvide.

Dejó un beso doloroso en mis labios. ¿Acababa de perderlo?

Por la noche, me besó en el hombro y salió de la cama lo más discretamente posible. No intenté impedirlo, oí sus pasos en la escalera mientras subía a su habitación; debía confiarse a su cuaderno. ¿Qué podía ser? ¿Querría hablar de nosotros? ¿O de otra cosa? Volvió dos horas más tarde. Me giré hacia él, se encogió entre mis brazos y escondió su rostro entre mis senos. Lo abracé con fuerza.

Al día siguiente, en cuanto la Bastida se vació, subí las escaleras, con la cabeza y el corazón llenos del beso y de la ternura que me había dado antes de marcharse a trabajar. Encontré su cuaderno de colegio y su bolígrafo en su lugar sobre la mesa. Me llevó unos segundos pasar todas las páginas que había leído, sus palabras, sus sufrimientos, sus dudas... Las recorrí antes de llegar, por fin, a la última noche.

Tengo la impresión de perderme en ella, de perderme y de liberarme. Ella sonríe, ella ríe, me parece que levita, y eso me vuelve loco. Espera pacientemente, se mueve nerviosa, convencida de que no la estoy viendo, también preocupada, y no sabe cómo decírmelo, es dulce y paciente. Espera encontrar el amor, pero no lo fuerza. Si supiese... Ha descubierto su libertad y eso es lo principal, ahora podrá ser feliz... ¡Cómo le brillaba de orgullo la mirada cuando me ha hablado de su academia! ¿Tengo un lugar en su vida? Desde que regresó de París y se abrió la posibilidad de volver a mi pueblo, esa pregunta me acosa continuamente. Pero, desde el instante en que mi mano se encontró con la suya, no he querido volver a retirarla. Lo que me provoca es tan fuerte que podría quemarme las alas. Habría querido conocerla antes, antes de estar destrozado. Lo sé, siento en lo más profundo de mis entrañas que podría amarla, amarla hasta morir. Me parece que no podrá haber nadie más que ella. Pero... debo ser sincero conmigo. Y con ella.

Mis mejillas estaban empapadas de lágrimas. Sin embargo, tenía que llegar hasta el final, dar la vuelta y leer la última página. A pesar de que podría causarme mucho daño, después de estas últimas frases.

Hortense:

Es a ti a quien escribo. No mires a ningún otro lado. Sé que me estás leyendo. No te preocupes. No estoy enfadado. Desde hace unos días sé que lees mi diario. Me siento feliz y aliviado. Nunca habría podido contarte todo a la cara. Me cuesta un poco hablar. ¡Quizás te has dado cuenta! Y creo que tú no sabías cómo hacer para confesármelo. ¿Me equivoco? Supongo que alguna vez te tumbaste en mi cama, con este cuaderno en la mano, y dejaste algunos cabellos y tu perfume en mi almohada. Aquella noche no fueron los fantasmas los que me impidieron dormir, sino tú, estabas por todas partes y no podía estrecharte contra mí, estuve a punto de volverme loco. Y el sábado no pudiste evitar echarles un vistazo a mis cosas cuando volviste de París. Dejaste una mancha con tus lágrimas. ¿Lloraste al imaginar que podía marcharme y dejarte? No lo he visto hasta hace solo unos minutos, quiero que sepas que mi decisión estaba tomada con antelación. Ayer noche me diste la libertad de regresar al lugar de donde vengo. Te lo agradezco. Es el regalo más hermoso que me han hecho nunca. Pero no acepto tu regalo. Mi libertad está junto a ti. Así que, si quieres un médico que no quiere volver a serlo, que se convierte en leñador porque ha conocido a gente maravillosa, acogedora y, sobre todo, a una mujer luminosa, una mujer estremecedora que le ha devuelto la esperanza y las ganas de vivir, donde estés, allí estará mi hogar, poco importa dónde. Cuando descubriste el estudio de baile, evité que dijeras las palabras que ansío oír de tu boca, y es porque antes quiero decírtelas yo.

Se oyó la puerta de un coche a lo lejos. No me moví. Sus pasos sonaron en la escalera.

Gracias

A todo el equipo de Éditions Michel Lafon por vuestras sonrisas, vuestro trabajo y vuestro entusiasmo.

Querido Michel, querida Elsa, vuestra presencia y vuestra confianza son muy valiosas para mí. Recordaré mucho tiempo esa comida bajo una sombrilla normanda.

Querida Maïte: me has escuchado y me has permitido ir más allá, dándome el tiempo que tanto necesitaba con Hortense.

Querida Delphine Lemonnier: me abriste las puertas de tu hermosa academia de baile. Aquella mañana de julio fue enriquecedora y dulce, la luz era maravillosa ese día.

Querida Marion Blondeau: compartiste conmigo tu pasión, tu arte, tu relación con el cuerpo.

Querido doctor Savigny: su conocimiento sobre los esguinces de los bailarines me ha hecho comprender mejor las implicaciones de una lesión.

Queridas lectoras y queridos lectores: yo no existiría sin vuestro apoyo y vuestra fidelidad. Pienso en vosotros cuando escribo. Siempre estáis a mi lado, con una constancia conmovedora.

A *Ti*, que me has apoyado con amor y humor durante estos meses de escritura, en los que Hortense y yo estuvimos a veces perdidas. ¿Qué haría yo sin tu luz?

Este libro se terminó
de imprimir en
Martorell, Barcelona,
en el mes de
octubre de 2021

Descubre tu próxima lectura

Si quieres formar parte de nuestra comunidad,
regístrate en **libros.megustaleer.club**
y recibirás recomendaciones personalizadas

Penguin
Random House
Grupo Editorial

 megustaleer